# あわの まにまに

吉川トリコ

awa no mani mani
toriko yoshikawa

角川書店

あわのまにまに

# 目次

装画　ムラサキユリエ
「知れない二重奏」２０２２
装丁　川名潤

# 1

## 二〇二九年のごみ屋敷

二〇一九年
二〇〇九年
一九九九年
一九八九年
一九七九年

## 登場人物

益子《ましこ》木綿《ゆう》　小学三年生
いのり　母
悠和《はるちか》　父
シオン　兄
川島《かわしま》操《みさお》　叔母
杏一郎《きょういちろう》　叔父
織《おり》　いとこ
絢《あや》　いとこ
美幸《みゆき》　杏一郎の母
吉木《よしき》紺《こん》　祖母

ここに、一枚の写真がある。

だからなんだってかんじだけど、そんなような台詞《せりふ》ではじまる映画を前に観たおぼえがあったから、ちょっと言ってみたかっただけ。

でもほんとうにここに、一枚の写真があるんだ。

なんだかくせになる。何度でもくりかえし言いたくなる。すべてを見はるかしているようなフレーズ。

この写真がいつどこで撮られたものなのか、写っている人たちはどこのだれなのか、そもそもなんでわざわざ紙にプリントまでしたのか、実際のところあたしはなんにも、なにひとつだってわかっていやしないんだけど。

ママのガレージのコルクボードにこの写真が飾られるようになったのは、おばあちゃんが死んでしばらく経ってからのことだった。ひょっとすると、おばあちゃん家《ち》の片づけをしているときに出てきたものなのかもしれない。

ガレージといっても、うちはマンションだから専用の車庫があるわけじゃない。蚤《のみ》の市やらリサイクルショップやらごみ捨て場やら家族で行った夏の海水浴場やら、行く先々でママがかて、あたしとパパはありったけのいやみと愛情を込めて「いのり刈《シ》ガレージ」と呼んでいる。もともと最初にそう呼び出したのはシオンなんだけど。

シオンは二十三歳上の兄で、この春、あたしが小学校の三年生に上がる前に家出した。いのり刈《シ》ガレージに耐え切れなくなったのか、あたしのあずかり知らないところでなにかのっぴきならない事情でもあったのか、それともただ単にリッチでやさしい彼氏が用意してくれた愛の巣でよろしくやってるだけなのか、そのことについて大人たちからはなんの説明もなかった。パパもママもモバイルはまだ早いと言って持たせてくれないから、パパのお下がりの旧型のタブレットでシオンのSNSを追うことぐらいしかできないんだけど、来る日も来る日もどっかのパーティーかクラブか彼氏のペントハウスでごきげんにシャンパンを飲んでいる姿を見てたら、だんだん腹が立ってきた。「会いたいよシオン、帰ってきて」ってメッセージを送ってもなしのつぶてだし。

さすがのシオンもおばあちゃんのお通夜にはちらっと顔を出したけど、紫色のど派手なスーツに真っ赤なルージュを引き、会場にいるだれよりも大粒のぶりぶりしたパールのネックレスを首にぶらさげてところかまわず彼氏といちゃいちゃしてたから、パパは泡を吹いて倒れそうになっていたし、「他人《ひと》んちの母親の葬式でなにしてくれてんだ」って操《みさお》ちゃんはこめかみに青筋を浮きあがらせていた。

そんなときでもママは通常運転。シオンの彼氏の顔がルージュまみれになっていてもおかまいなしってかんじで、「だれも私に触れないで」オーラを周囲にまきちらしながら葬儀場の中をふわふわと漂っていた。それで余計に操ちゃんがキーッ！　となって、おねえちゃんはいつだってそう、自分の母親の葬式でもあの調子、ぜんぶ私に押しつけておねえちゃんばっかりずるい、とついには泣き出してしまった。パパや杏一郎《きょういちろう》おじさんやどこのだれだかもわからない黒い服を着た女の人たちが総がかりでなだめていたけど、長いあいだ溜めに溜め込んでいたものがここにきて爆発したってかんじでしばらく収まる様子がなかった。

　いい年した大人がそんなふうに泣くのを、あたしははじめて見た。スヌーピーの漫画に出てくる子どもたちみたいに、のどちんこが見えそうなくらい大きな口を開けて、わーんって。

「下から二番目で」

　葬儀がはじまる前、葬儀場の係の人に選択を迫られるたびに、たれ目をぴんと尖らせて操ちゃんは決然と答えていた。喪主はママということになっていたけれど、なにからなにまで裏で取り仕切っていたのは操ちゃんだった。十畳ほどの控室の座卓にカタログを広げ、てきぱきと進行していく打ち合わせを、すみっこのほうで三角座りしてママは聞いていた。

「お花、私やりたい」

　祭壇の花をどうするかという話に差しかかったときだけ、急にママが横から口を出した。

「花材なら知り合いに頼めばなんとかしてもらえるし、あ、業者さんが決まってるならそちらから入れてもらうのでもいいけど、花の種類はこっちで選ばせてもらえたら。お葬式のお花ってやけに仰々しくて、しっくりこないことが多いでしょう？　私が活けたら、ママにふさわしくコーディネイトできると思う」

「は？」

　腹の奥からねじだされたような操ちゃんの声に、一瞬で空気が張りつめた。皮膚が裂けそうなぐらいきりきりと。

「生きてるときは顔も見せなかったくせに、いまさらなんのつもり？　死んでからそんなこと言い出すぐらいなら、毎日でも病院にきて花活けてあげればよかったじゃん」

　当然のようにママの申し出は却下され、下から二番目のおしきせの花祭壇が用意されることになった。

　一事が万事その調子だったから、お通夜の席で操ちゃんがわーんと泣き出したとき、あたしはなんだかほっとしてしまった。操ちゃんはママの妹だけど、どっちかというと操ちゃんのほうがおねえさんっぽい。あたしとシオンもそうだから、あたしには操ちゃんの気持ちがちょっとわかる。誇らしさと責任感と情けなさと理不尽……複雑な色の入り混じったしゃぼん玉がぱちんとはじけた。そんなかんじの泣き方だった。

　ひともんちゃくの隙に、シオンはお通夜の席からとんずらした。窓の外に目をやると、土砂降りの雨の向こうに紫色のシルエットが揺れながら遠ざかっていくのが見えた。傘もささずに、気取っちゃって。あとから香典アプリを通じてママの口座に十万円の入金があったらしい。シオンがそんなお金を持っているわけがないから、きっと彼氏に出させたんだろう。

　おばあちゃんが死んだのは梅雨入りする前のことで、でももうそのころには何日もうんざりするぐらいの長雨が続いていて、どうせ梅雨入り宣言したとたんに晴れるんでしょって、トイレで化粧を直してきた操ちゃんが、ガラス越しに空を見あげながら恨めしそうにつぶやいていた。

「だいたいそう、毎年そう、あんたらの手のうちはお見通しです。なんつーあまのじゃく。どっかのだれかさんみたい」

　最後のとこだけひときわ大きな声で操ちゃんは言った。まだちょっと涙声だった。ママに対するあてつけだってことはだれの目にもあきらかだったけど、「蒸すから外しちゃお」とすっとぼけたようにママは言って、パールのネックレスを無造作にバッグに放り込んでいた。

　くるぶしまであるゆったりした黒い麻のワンピースに黒いターバン風のヘアバンドを巻いたママはいつにもまして魔女っぽくて、祭壇の前で黒い装束の大人たちが行っている呪術めいた儀式のあやしさをいやがうえにも高めた。おがくずのようなものを指でつまんでおでこにワンバウンドさせ、燃える灰の上にふりかける謎の儀式。けぶたいお線香のにおい。やたらとグルーヴィーなお坊さんの読経。

　おじいちゃんが死んだときはまだちいさかったから、あたしにとってはそれがほとんどはじめてのお葬式だった。生前のおばあちゃんとは数えるほどしか会ったことがなくて、祭壇のまんなかに飾られていた写真の中のふっくらしたやさしそうな笑顔と、棺桶の中にちんまり納まっているしおれた草のような姿とがなかなか結びつかなかった。

それで思い出したんだけど、いのり刈《シ》ガレージのこの写真に写ってる女の人は、もしかしたらおばあちゃんの若かったころなのかもしれない。祭壇に飾られていた写真の面影がぼんやりとだけど、ある。となると、隣にいる男の人はおじいちゃんってことだろうか？

あたしはまだなんにも知らない。ママのことも、この家族のことも、まだなんにも。

ここに、一枚の写真がある。

ポストカードや映画のチラシや請求書や町内会のお知らせ（「最後までしぶとく紙で残るのはこの手のものたちだろうね」とパパ）など、なんでもかんでも虫ピンで留めてあるコルクボード、下のを剝《は》がさずにどんどん重ねていくから、いっぺんにピンを通せないほどぶ厚い地層を形成しつつあるそのいちばん上に、えいやっと留められている。このまま地層に埋もれてしまうのが先か、ピンが通らなくなるのが先か、あるいは――。

わからないけど、撮影された日から何十年という年月を経て、いま、あたしはこの写真を眺めている。それだけは確かなことだった。

*

夏休みの一日目から、ほとんど強制的におばあちゃん家の片づけ要員として駆り出されることになった。

朝ごはんを食べてからダイニングテーブルで夏休みのドリルをやっていると、リビングにヨガマットを広げ、日課のヨガをしていたママが屍《しかばね》のポーズからおもむろに起きあがって、「行くよ」と告げた。

「行くって、どこへ？」

「いいところ」

ぜったいそんなわけないことぐらい、ママと九年もつきあっていればわかった。

「あたしはいいや。家で留守番してる」

「だめだよ。帰り何時になるかもわかんないし、ちかちゃん帰ってくるのだって夕方だし、そんな時間まで木綿《ゆう》を一人で家に置いとけない」

あたしは舌打ちした。こんなとき、シオンがいればママの手から逃れられるのに。

「またそれ。やめてって言ってるのに」

ママもパパも、あたしが舌打ちするのを嫌う。シオンがよくやるからいつのまにか伝染して癖になっている。頭ごなしにやめろと言われても、どうしてシオンがやるのはよくてあたしはだめなのか、納得がいかないからいっこうに改善されないままだ。パパもママも、「女の子だからだめ」「みっともないからだめ」なんてわかりやすいことは決して言わず、「パパがいやだからやめてほしい」「ママそれきらい」といういやらしい手口を使う。

　どこへ行くかも告げないまま、いやがるあたしを車に押し込んでママは出発した。走れば走るほど環境にいいとかいう宣伝文句で去年発売されたばかりのエコカー。そんなわけあるかとシオンはまゆつばだったけど、その手のものに目がないパパとママは発売されるやいなや、それまで乗っていた電気自動車からすぐさまこっちに乗り換えた。走るたびに空気をきれいにするおならを発しているようなものだとママは言い張っているが、もうちょっといいたとえがあるんじゃないかと思う。しゃべるたびに口から宝石や花を吐き出し続ける「ほうせきひめ」みたいなものとかさ。

　新しい車には自動運転機能もついているのに、パパもママも自分でハンドルを握って運転するのを好んだ。「飲酒運転できないんだったら、自動運転なんて意味なくない？」とシオンは言ってたけど、そもそもシオンは免許を持っていない。

「そんなの、やりたいやつがやればいいんだよ」

　なにかにつけてシオンはそう主張する。運転も労働も勉強も掃除も結婚も出産も、なんだってやりたいやつがやればいい。それでもそれなりに世界はまわっていく。

「だったらシオンのやりたいことってなに？」

　いまでこそ一部では名の知られたパーティーボーイと化しているけれど、家にいたときのシオンはいつもぐうたらしているか、涙と鼻水で顔が崩壊するほど辛いインスタントラーメンを作るか、バケツサイズのプリンをもりもり食べるか、お風呂に浸《つ》かりながらパックをしているかぐらいだった。

「なんにも」シオンはきっぱりと答えた。「アタシはなんにもしたくない」

「けど、生きてるじゃん」

「しょうがないでしょ、生まれちゃったんだから。そうかといって死にたいわけでもないし、生きてるから生きてるってだけ。自分で選んだおぼえはない」

「へりくつ」

「屁ってなんだよ屁って。理屈に屁もくそもないだろ」

すごい。びっくりするぐらい見事なへりくつだった。

こうなっちゃうとシオンはもうだめだ。へりくつばかりで話にならない。

「ママとシオンは似てる」となにかにつけてママは言う。

ここでいう「ママ」ってのはママ自身のことじゃなくて、ママのママ、つまりおばあちゃんのことだ。

怠惰で虚栄心のかたまりで欲望袋の底にでっかい穴が開いている。なにもかも自分の思いどおりにしなくちゃ気が済まないたちだけど、人生においてなにもかも自分の思いどおりにするなんて不可能だと気づいてからは、すっかり生きるのを投げて虚無の毛布にくるまっている。

そういうところがそっくりなんだと。

生きているうちに、もっとおばあちゃんに会っておきたかった。ぐうたらでもへりくつ屋でもあたしはシオンのことが大好きだから、きっとおばあちゃんのことも好きになっていただろう。

でも、ママはそうでもなかったんだろうなってなんとなくだけど思う。


都心部にあるうちのマンションから三十分ほど車を走らせた郊外の町に、おばあちゃんの家はあった。

マスクと軍手、雨合羽《ガッパ》と長靴、古布を継ぎ合わせてママが縫った母娘《おやこ》おそろいのスモック、首に巻くアイスノンと首からぶら下げるタイプの携帯クーラー、うちにあるいちばん大きな水筒。後部座席に積み込まれた「装備」を目にしただけで、行き先は見当がついていた。

「あれ、なに？」

『サザエさん』に出てくるような古ぼけた住宅の建ち並ぶ一画に入った瞬間、奥まったところになにかおかしなものが建っているのが見えて、あたしは後部座席から身を乗り出した。表面がうねうねと波打ち、天に向かって螺《ら》旋《せん》を描くようにねじくれたピンク色の建物。

「パパがよく食べてるあれみたい。新ショウガのお漬物」

あはは、たしかに、ちかちゃんあれ好きだよね、とお愛想みたいにママは笑い、

「私はずっと、子宮みたいって思ってた」

とハンドルを握ったまま、にらむように前を見て言った。

まさかそれが、おばあちゃんの家だったとは！

一言でいうと異様。もっというと珍奇。おまけに退廃。ラスボスが待ち構える最終ダンジョンのような風格さえある。近くで見るとピンクの外壁は薄汚れていて、いたるところに無数に空いた窓が、妖怪事典で見た百目を思わせた。

「へんてこな家でしょ。おじいちゃんが、知り合いの建築家に頼んで作ってもらったんだって」

自分だってこの家で暮らしていたことがあるくせに、どこか他人事みたいな口ぶりだった。高校で世界史の教師をしていたおじいちゃんが、カッパドキアの奇岩群やバルセロナのガウディ建築を模してこの家を建てたのだという。ママも相当の変わり者だと思うけど、おじいちゃんもなかなかだったようだ。いくら世界遺産が好きだとしても、世界遺産に住もうだなんてふつうは考えない。しかも、所詮はレプリカだ。

車を降りたとたん、蒸れたような草のにおいが鼻を突いた。わずかばかりの庭には草木が生い茂り、雨のしずくをたっぷりと滴らせた蜘蛛《くも》の巣が頭上に光っている。

郵便受けから中身を抜き取り、羽虫のたかる庭をくぐり抜けてやっと玄関までたどりつくと、

「開けゴマ」

と言ってあたしはドアノブに人差し指をかざした。

「そんなハイテク、搭載してないから」

ママは笑って、鍵束をじゃらじゃらと鳴らした。どうやって見分けているのか、たくさんあるうちから正しい一本をすぐさま見つけ出し、鍵穴に差し込んでいる。

いまだにシリンダーの鍵を使ってるなんてありえない、日本はやばい遅れてる、最初にこっちにきたときは原始時代にタイムスリップしたかと思った、空を見あげれば電線だらけだし現金しか使えない店もいまだに多いしマジでおかしくなりそう《チンチャミッチゲッタ》、とシオンがあんまりうるさく言うので、あたしが生まれる前に指紋認証式ドアロックのマンションにわざわざ引っ越したのだとパパが話していたことがある。

「前から思ってたけど、開けゴマのゴマってどういう意味？」

人差し指をかざしてロックを解除するたびに「開けゴマ」とパパが言うから、そのうちママもシオンも真似して言うようになった。もちろんあたしも言う。一人のときでもちゃんと言う。

「えーわかんない。そういうのはちかちゃんに訊《き》いてよ」

二十世紀の遺物で、ばい菌だらけの、見るもおぞましい金属製の鍵を回しながらママが顔をしかめる。

「白ゴマ？　黒ゴマ？」

「えっ、あの食べるゴマのことなの？」

「べつのゴマがあるの？」

「さあ、どうだろ？」

ドアを開くと、むっと煮詰められたような空気が中からあふれでた。子宮だなんておかしなことをママが言うから、胎内に溜め込んでいたものが一気に噴き出してきたように感じられて、とっさにあたしは息を止める。

家の中は薄暗く、百目の窓から射し込む光の筋があちこちをまるくくりぬき、不規則な水玉模様を生み出していた。奥深くへと招き入れるように複雑なカーブを描くピンク色の壁と、いびつな螺旋階段、それから、山積みになったごみと呼んで差し支えないものたち――三和土《たたき》にはいろとりどりの靴があふれ出し、透明のビニール傘が数十本ほど束になって横たわり、古雑誌や新聞、綿のはみ出した座椅子や脚が三本しかないこたつや贈答品の箱等々が、足の踏み場もないほどに転がっている。埃とかびと蒸れた足のにおいがまざったような、なんとも形容しがたいにおいに朝食べたヨーグルトが喉の奥らへんまでせりあがってくる。

「木綿、マスクして」

ママから渡されるままに各種装備を装着しながら、もしかして二人でこのごみ屋敷を片づけるつもりなんだろうかと一抹の不安をおぼえていると、すぐに助っ人がやってきた。

「あーあ、どうするよこれ」

車から降りてきた操ちゃんが、挨拶もなしに開けっ放しの玄関ドアから中を覗《のぞ》き込んだ。駐車場に蓋をするように、ママの車のすぐ後ろにぴたっと車を停めてある。エコカーでもなんでもないミニバン（「いまどきディーゼル車なんて！」と世にもおぞましそうにママが言っていた）から、だるそうに体を引きずって織《おり》が降りてくるのが見えた。続いて、携帯VRのゴーグルを着けたままの絢《あや》も。

「クーラー入れたいけど、リモコンを捜し出すだけでも苦労しそう」

堆積したごみの隙間を縫うように、ぐんぐん中へと分け入りながらママが言うと、あ、それなら、と操ちゃんがバッグからモバイルを取り出し、「どこでもエアコンー」とドラえもんのようなまのびした口調で言う。

「パパが死んでから、遠隔で操作できるようにしといたんだ。ママってよっぽどじゃないとクーラー使わない人だったじゃん？　真夏にクーラーなしで死なれでもしたら、残されたこっちが処理に困るって説き伏せてようやくこぎつけた妥協案がこれ」

「ナイスハイテク！」

「イエス！」

ママと操ちゃんはハイタッチし、そのまま妙なテンションで「スイッチオンの儀」を執りおこなった。空気がかすかに揺れ動き、どこかしらでエアコンが作動しはじめる気配がした。

「クーラーにばかり頼っていたらだめになるって、しょっちゅう言ってたよね、あの人」

「うちらにクーラーを使わせまいと、出かけるときにわざわざリモコン持ち歩いたりして」

「当時はケチでやってるのかと思ってたけど、いまから考えるとそれだけとは思えない」

いったいこの姉妹は仲がいいのか悪いのか、あたしはいまだによくわからない。おばあちゃんが死んでからというもの、なにかと顔を合わせるようになったけど、それまでは没交渉といっていいぐらいだったし、こんなふうに意気投合して盛りあがっているかと思ったら、次の瞬間にはケンカというか操ちゃんが一方的にママにぶち切れていたりする。二人してものすごい勢いでおばあちゃんの悪口をまくしたてるときもある。一方がおばあちゃんに関するなんらかのトピックをくりだすと、すかさずもう一方が打ちかえし、熟練の餅つきパートナーのようにえんえんと応酬が続く。

「お菓子とか食品のパッケージとか、なんにでも切り口がつくようになったのを見て、こんなふうに甘やかしてばかりいたらだめだ、人間が堕落するって昔、ママが真剣に怒ってたの、私いまだにおぼえてる」

「は？　意味わかんない。便利になってなにがいかんの？」

「さあ？　昔の人ってその手の精神論好きだよね。手間と時間をかけてこそ、みたいな」

「あー、洗濯機が発売されたときも掃除機が発売されたときも、けしからん！　とか言ってる人、いただろうね」

「顆粒《かりゅう》だしなど認めん！」

「お掃除ロボットなどもってのほか！」

「私が無痛分娩で木綿を産んだときも、恐ろしい時代だ、甘えてる、お腹を痛めないでなにが出産だ、そんなことが許されていいわけないって、すごかったんだから」

「やばかったよね、あのとき。おねえちゃんから聞いてたから、私も絢のときはそうしたかったんだけど、ママが許してくれなかったんだよ。母親失格とまで言われたからね」

「母親失格！」

ママがのけぞり、

「産んで、すみません」

操ちゃんが直角まで腰を曲げた。

なにがおかしいのか、そこで二人はそれぞれ玄関のドアに突っ伏したり、その場にしゃがみこんだりしてひとしきり笑った。「人間が便利に暮らすことを優先してきたせいで地球に大きな負担をかけている」とかなんとか言っていつもママはぷりぷり怒ってるのに、便利を嫌うおばあちゃんを責め立てるなんて矛盾してる。でも、こういうこと、ママには（パパにも）わりとよくある。環境にいいからといって新しい車に乗り換えるようなことをやすやすとやってのける。

「わかんないな」腕組みしてあたしは言った。「おばあちゃんとシオンは似てるってママいつも言ってるけど、実際のおばあちゃんは楽するのが悪いことだと思ってたんでしょ？　シオンとはぜんぜん似てないじゃん」

わずかばかり空いた床の隙間をバシバシ叩きながら笑っていたママが、あのねえ、とはずみをつけて立ちあがった。

「ひとくちに怠惰といってもいろいろあるんだよ。思考停止っていうのも立派な怠惰のひとつなんだから」

「立派な怠惰」おうむがえしに言って、操ちゃんがうなずいた。「まさに、ママのことをよく言いあらわしてる」

「見あげた怠惰」重ねるようにママが言い、「威風堂々たる怠惰」操ちゃんがさらに重ね、たちまち大喜利がはじまった。他の追随を許さない怠惰、日本が世界に誇る怠惰、純度一〇〇％の怠惰、百年の怠惰、かぎりなく透明に近い怠惰、怠惰・ザ・ファイナル……とめどなくあふれ出す。

車から降りてきた織が庭先に突っ立ったまま、奇怪なものでも見るような目つきで母親と伯《お》母《ば》がはしゃぐ姿を遠巻きに眺めている。あたしが軽く首をすくめてみせたら、応えるように織も目玉をぐるんとまわしてみせた。腰までの黒髪をたらし、フリルのたくさんついた甘いワンピースを着ているのに、織がそうしていると不思議と涼しげに見える。後についてきた絢はあいかわらずVRゴーグルをつけたままで、「おっす」とこちらに向かって直角に曲げた腕を上げた。「おっす」とあたしもそれに倣う。

おばあちゃんの死により、唐突に出現したいとこたち――あくまであたしにとって唐突だっただけで、遠隔で作動するエアコンみたいにどこかには存在してて、あたしのあずかり知らぬところで彼らは彼らの人生を生きていたのだが——記憶がないくらいちいさなときに会ったこともあるらしいけど、いまさらどう接したらいいのか、おたがいに距離をはかりかねているような、くすぐったいかんじがある。

「織ちゃんって呼ぶのやめて」

まわりの大人たちが織のことを「織ちゃん」、絢のことを「絢くん」と呼んでいたから、そのまま真似してあたしもそう呼んだら、織に言われた。葬儀場の大部屋で大人たちがお酒を飲んでいるのを、すみのほうに設けられた「お子さま席」から眺めていたときのことだ。

「えっ、いやだった？」

「うん」

「どうして？」

「女みたいだから」

「でも、織ちゃんは——」

「織でいい」

自分より五歳も年上のいとこを、しかもほとんど初対面に近い相手を呼び捨てにするなんて、そんな図々《ずうずう》しいこと、ママならともかくあたしにできるわけがなかった。折り目正しく真面目ないい子。自分で言うなってかんじだけど、パパによく似たこの性質を、あたしは自分で気に入っていた。

「織さん、じゃだめ？」

「織でいい」

「――織」

えいやっと階段の高いところから飛び降りるぐらいの気持ちであたしは言った。「織、織、織」はずみをつけるように、くりかえし何度も。

「さっき、木綿はなにを言おうとしてた？」

「えっ」

「でもって、なにか言いかけた」

「ああ」とあたしはうなずいた。「でも織は、髪を長く伸ばしてるし、スカートを穿《は》いてるのにって言おうとしてたんだ。それなのに、女みたいなのがいやなの？　って」

織は笑って、そういうことじゃない、と首を横に振った。

「髪を長く伸ばしてスカートを穿いている男の人だっているし」

「そうだね」

あたしはシオンの顔を思い浮かべた。スカートを穿いているところは見たことがないけれど、そのときどきによって、自分のことを「アタシ」と言ったり「俺」と言ったりするシオン。日本語は厳密すぎるのだとシオンは言う。韓国語なら、男も女もクィアも「나《ナ》」でいいのにって。

「織ちゃんって呼ばれると、この人は自分を女とみなしてるんだと思ってがっかりする」

ママがパパを「ちかちゃん」と呼ぶみたいに、「ちゃん」づけで呼ばれる男の人だっているけれど、織が言っているのはそういうことでもないんだろう。

「二十世紀の人たちがそう呼ぶのはもうしょうがないって割り切ってる。でも、二十一世紀の人にまでそんなふうに呼ばれたくはないかな」

どうやら織も生まれた時代で人間を分けるタイプらしい。シオンもそうだ。自分だって二十世紀生まれのくせして、二十世紀の人を旧人類だとバカにしている（そのくせ、「さすが令和《れいわ》っ子はちがうね」となにかとおちょくってくる）。性別で人間を分けるのとなにがちがうんだろうと思いつつも、自動的になにかの属性に振り分けられることを拒否する織の潔癖さをあたしは好ましく思った。

絢のことは、いまのところ好きでも嫌いでもない。一つ年下の、ゲームに夢中のどこにでもいるバカな男子――これも偏見といえば偏見かもしれない。

おばあちゃんの葬儀のときも、絢は携帯ゲームを持参していた。ところかまわずゲームに興じていい場面ではないという分別はかろうじてあったみたいで、大人たちの目を盗んではこそこそとすみっこのほうでＶＲゴーグルを嵌《は》めている絢に、そこまでするかとあたしは無性にいらついた。

「なんのゲームしてるの？」

それで、興味もないのになにかと話しかけてゲームのじゃまをすることにした。この巧妙な意地の悪さはシオン仕込みだ。

「え、ミリオネアハンター」

「オネハンか、うちのクラスの子たちもみんなやってる。面白い？」

「うん」

「どういうところが？」

「えっ」

「具体的に教えて？　どういうところが面白いの？」

「えっと……モンスターの形とか……？」

「形？　モンスターのデザインってこと？」

「うん、まあ、そう……かな？」

「それってゲームの面白さとはちがくない？」

「えっ」

「モンスターのデザインが面白いってだけならフィギュアを買い集めるとか、設定資料集を眺めるとかでいいじゃん。あたしが訊いているのは――」

　とまあこんな具合にいやがらせをしていたら、

「あんたら、なにやっとんの」

　見るからに高級そうな装いのおばあさんが近づいてきて、怒鳴りつけられた。艶《つや》のあるこっくりとした深い黒のアンサンブル。白粉《おしろい》で真っ白な顔に、濃すぎる眉墨が浮いていた。首元も手の甲も黒いレースで覆われていて、地肌がのぞいている部分はごくわずかだったが、どこもかしこもしわくちゃに乾いているのが見てとれた。大粒のパールのイヤリングだけが、なまものっぽいてりてりとした存在感を放っている。

「絢くん、その子といっしょにおったらだめって、ばあば言ったでしょ」

てっきりゲームをしていることを咎《とが》めたのかと思ったが、おばあさんはそう言って絢の手をつかみ、そのまま大人たちのいるほうに連れていった。

見知らぬおばあさんにいきなり怒鳴りつけられたことよりも、他人からはっきりと忌避の言葉を投げつけられたことにあたしはショックをおぼえた。大人が――それも、あたしの何倍も年のいってそうなおばあさんがそんなことを言うなんて。いじめっ子じゃあるまいし。

「気にしなくていいよ。あのババア、いかれてるから」

あたしがあっけに取られていると、すぐ隣でモバイルをいじっていた織が吐き捨てるように言った。あのババアは、織と絢のもう片方のおばあさん、つまり杏一郎おじさんのママにあたる人らしかった。

翌日の告別式にも、そのいかれたババアはやってきた。足を悪くしているのか、杏一郎おじさんに手を引かれて車から降りてきたババアは、受付にいたパパやママの前を挨拶もなしに素通りし、ママと二人で葬儀場に泊まり込んでいた操ちゃんにだけ、「昨日はよく眠れた？」と妙にべたべたと甘い声で話しかけた。

思わずあたしは舌打ちした。ここにシオンがいれば、二人してあのくそババアの悪口を言えたのに。

だけどその怒りも、お焼香という名の謎の儀式や読経が済み、参列者が棺《ひつぎ》に花を手向ける段になって、どこかへ飛んでいってしまった。

「なんでよ、紺《こん》ちゃん」

棺の中に頭をつっこむ勢いで、ババアが泣き出してしまったからだ。おばあちゃんが好きだったという昔の日本の歌謡曲が流れ出し、会場のそこかしこから洟《はな》をすするような音が聞こえはじめ、いままさにクライマックスを迎えようとしていた、そのときだった。

「紺ちゃん、最後まで、なんでえ」

両目からだらだら涙を流し、おおんおおんとババアは泣きわめいた。見かねた杏一郎おじさんが骨ばったちいさな肩を抱きかかえて連れ出そうとしてもじゃまくさそうに振り払って、花に埋もれるおばあちゃんの死顔に、白粉を塗りこめた青白い顔を近づけた。きれいに死化粧を施されたおばあちゃんよりもむしろ、ババアのほうが死んでいるみたいな顔をしていた。

二人は独身時代、同じ職場で働いていた元・同僚で、結婚してからはいっしょにお店をやっていたこともある親友同士だったのだと、あとからママが教えてくれた。

あのしわくちゃで妖怪みたいな姿のババアや、棺の中に横たわっていたおばあちゃんにも若い頃があったなんて、うまく想像ができなかった。あの人たちが、だれかにとっての親友なんていうぴかぴかと輝くなにかだったなんて。花の蜜でも吸うような甘やかさでもって、紺ちゃん、美幸《みゆき》ちゃん、とおたがいの名前を舌にのせていたなんて。

家に帰る車の中で、会場で流れていた古い曲をパパが口ずさんでいた。

ママの職業を一言でいうと、「ほうぼうから拾い集めてきたがらくたに手を加えて売る人」だ。廃棄される作業着やジーンズをどこかの倉庫から引きあげてきて、刺繍《ししゅう》やダーニングを施したり、レースの切れ端やデッドストックのワッペンを縫いつけたり、バッグや小物に仕立て直したりしたものが、いまでは看板商品になっている。ほかにも食器や家具、雑貨や中古家電、謎のオブジェまで幅広く取り扱っている。ブランド名は「ki;won」。韓国語で「祈り」という意味だ。

もともとはエシカルをコンセプトにしたセレクトショップを経営しながら、その一角で細々と自作の商品を売っていたのが、二〇二〇年コロナ禍のど真ん中にあたしを出産したのをきっかけにお店のほうはたたんでしまったらしい。いまはオンラインショップをメインに、地元のマーケットに出店したり、年に二度ほど展示会を開いていたりする。裁縫、編み物、刺繍はもとより、染色から彫金、金継ぎ、家具工作、溶接、フラワーアレンジメントまで、思いついたアイディアを思うまま形にするためならなんでもやる。最近では、県外の窯元に足しげく通って陶芸まではじめようとしている。

「ヌナ、意外にあれで儲けてるみたいなんだよな」と、いつだったかシオンが言っていた。

「ヌナ」っていうのは韓国語で男の人が親しい年上の女性を呼ぶときに使う呼称で、だいたいいつもシオンはママをそう呼んでいた。そうでないときは「先輩《ソンベ》」とか「いのり씨《シ》」とか。パパのことは「ヒョン」（韓国語で男の人が親しい年上の男性を呼ぶときに使う呼称）と呼ぶときもあれば、「オッパ」（韓国語で女の人が親しい年上の男性を呼ぶときに使う呼称）と呼ぶときもあって、そうでないときはママのまねして「ちかちゃん」と呼ぶ。悠和《はるちか》の「ちか」。

「うそだあ。だってママのお店、へんなものしか売ってないのに」

ぼろ切れをつなぎ合わせただけの洋服とか、廃材ガラスで作ったピアスとか、錆《さび》だらけの鉄板とワイヤーでこしらえたオブジェとか、ママの作り出すがらくた商品を買う人がそんなにたくさんいるとは思えなかった。しかもシオンが言うには、「けっこういい値段する」んだそうだ。

「トゥブヤ※、あんたはまだまだ世間っていうものを知らないよ」

シオンはあたしを「トゥブ」と呼ぶ。韓国語の豆腐のことだ。

父親が韓国人で母親が日本人のシオンは、十八歳になるまで韓国で暮らしていた。韓国で日

※韓国語では親しい相手を呼ぶときに「ア」「ヤ」「イ」などをつけるのが一般的

本語教師をしていた母親の影響で、ある程度は日本語に親しんで育ったが、「木綿」と書いて「ゆう」と読むなんてまったく意味がわからない！　と言って、いつのころからかあたしを「トゥブ」と呼ぶようになった。つまり、木綿↓豆腐↓トゥブってわけだ。小学生レベルのあだ名センス。

「ああいうものをありがたがって、バカみたいな値段で買うモノ好きがこの世には一定数いるんだよ。一定数っていうとこがポイントで、あんまり大勢に支持されるより、一部の人に熱烈に支持されることによってブランド価値が上がって成り立つ商売もある。ヌナが狙ってそれをやってるとは思えないけど、志向っていうか信仰っていうか思想っていうか、そういうのぜんぶひっくるめて、うまいこと時代にマッチしたんじゃない？」

褒めてるんだかバカにしてるんだかよくわからない調子でシオンは言っていた。

ママが借りているアトリエにはそれこそがらくたが山積みになっていて、「危ないから」となかなか中に入れてもらえないんだけど、仕事を持ち帰ったママがダイニングテーブルで作業しているのを見るのがあたしは好きだった。まっさらな布に針を通すごとに、花や鳥やつる草などの美しい模様が浮かびあがる、その魔法のような手際。「木綿もやってみる？」とすすめられ、デッドストックのビーズをつなぎあわせてブレスレットを作ったこともある。展示会の期日が迫ってくると、夜遅くまでトンカチでカンコンやっていたりするから、上からも下からも両隣からも苦情がきたりした。

前置きが長くなってしまった。

つまりなにが言いたいかっていうと、がらくた商がごみ屋敷に出会ってしまったという、その運命の——「悲劇の」と言い換えてもいい——めぐりあわせについてだ。これほど相性がいいんだか悪いんだかわからない組み合わせがあるだろうか。

ごみの山を前にしたママは、目をらんらんと輝かせ、いまにも飛び込んでいきそうな殺気を放っていた——そう、あれは殺気と呼ぶにふさわしいものだった。「やばい、ハンターの目になってる」と操ちゃんはおちょくっていたけれど、あんなにわかりやすくぬらぬらとした気を発していたら、野生の動物なんかすぐさま逃げていってしまうだろう。

「どこからどう見てもごみだとわかるものだけ分別してごみ袋に捨てよ。迷ったら、私に判断を仰ぐか、和室に運び入れること」

可燃ごみ、不燃ごみ、資源ごみ——三種類のごみ袋をそれぞれ配ると、ママは子どもたちに指令を出した。

「いやいやいやいやいや、もうなんでもかんでも片っぱしから捨てちゃっていいから」とすぐに操ちゃんがそれを却下した。

「待って、まだ使えるものがあるかもしれない」

「使えるものなんかないから。そんなことやってたらいつまでも片づかないって」

「使えるかどうかは私が決める。いいからなんでもかんでも捨てないで。古い雑誌やチラシの一枚でも」

「あんたたち、このいかれたおばさんの言うことは聞かなくていいから」

「だから私一人で片づけるって言ったのに。操がきたらじゃまされるだけだから」

「よく言うよ。おねえちゃん一人にまかしておいたら片づくどころかごみが増えかねないと思ってきてやったのに。専業主婦なめないでよね、これでも毎日いろいろやることあって忙しいんだから」

一事が万事その調子だったので、作業は遅々として進まなかった。

業者に見積もりを出したら百万円かかると言われた、特殊清掃でもないのにそんなわけあるか、ぼったくりだと操ちゃんは怒り心頭だった。虫とかにおいとかが発生するのだけは避けたかったから、おばあちゃんが入院したときに生ごみとその予備軍だけは片づけておいたのに、百万円なんてありえない。

「だったら、私がやる」

葬儀の花を活けたいと言い出したときとほとんど同じ、ごくごく軽い調子でママが言い出した瞬間、こうなることはもうわかっていたとこめかみに汗を光らせながら操ちゃんはぼやく。

「ずるいよね、おねえちゃんは。私がほっとけないってわかってて言ってるのか、どういうつもりなんだか知らないけど」

ママ一人にまかせておいたら、一年後も二年後も十年経ってもこのまま放置ということになりかねない。いますぐにでも片づけないと役所の人がやってきそうだし、家だって傷むいっぽうだ。取り壊すにしろ売るにしろ（あんな家売れるわけがないが、それこそモノ好きな金持ちがいないともかぎらない）、とにかく一刻も早く片づけないことにはらちが明かない。

そんなわけで、それぞれの子どもたちを動員し、「夏休みだョ！　ごみ屋敷片づけ大作戦」が決行されることになったのだった。そんな、夏休みのアニメ祭りみたいなノリで言われても、こっちにだっていろいろ――ドリルとか自由研究とかやらなくちゃいけないことがあるっていうのに。

「だったら片づけ大作戦を自由研究のテーマにすればいいじゃーん！」

と操ちゃんはさもいいことを思いついたように言ってくるけど、死んだ祖母の家がごみ屋敷だったなんてクラスのだれにも知られたくないし、そもそもそんなテーマの自由研究なんて見たことも聞いたこともなかった。

「片づけられていく様子をつぶさに写真に撮ってレポートするだけで、じゅうぶん見ごたえのあるものになると思うけどなあ」

休日に片づけ大作戦に駆り出されたパパはそう言って、まだやるともなんとも言っていないあたしの自由研究のためにあちこち写真を撮りまくっていた。ごみ屋敷の片づけとか池の水をぜんぶ抜くとか、好きな人にはたまらないものがあるのだとパパは言う。

「ロマンがあるんだよな。どんなお宝が飛び出してくるか、わからなくてわくわくするかんじが」

「お宝」

「お宝といったって、なにも金銭的な価値のあるものって意味じゃない。いのりさんの仕事を見てたらわかるでしょ？　だれも見向きもしなかったがらくたが、いのりさんの手にかかればだれかにとってのお宝になる。ものの価値を決めるのは、結局のところ自分なんじゃないかな」

そう言ってパパは、しげしげした眉毛を持ちあげてみせた。

なんていうか、この妻にしてこの夫ありってかんじだ。

パパは「けっこう大きな」不動産会社の都市再開発部で働いている。古い町や建物に価値を見出し、どのように生まれ変わらせるか考えて、できるだけ円満に迅速にローコストで実現させる仕事。パパが手がけた古民家再生プロジェクトのテナント募集に、ママが申し込んだのがきっかけで二人は出会ったそうだ。いちばん新しく、いちばん正しいとされているほうに向かっていくことになんの躊躇《ためら》いもないけれど、基本的に二十世紀人間だからときどきびっくりするぐらいアナログで、あきれるぐらい夢見がちな理想主義者。パパを評するときのシオンはいつもに輪をかけて辛辣だ。

いまやヴィンテージと化したブランドものの靴やバッグ、あたしが生まれるよりずっと前に発行された新聞や雑誌、象みたいな形をした掃除機、なんに使うのかよくわからない平べったい機械（ＦＡＸっていうらしい）、その気になれば人一人ぐらい撲殺できそうなぶあつい百科事典。ざくざく掘り起こされるそれらの品に、いまのところあたしは「昔のもの」以上の価値を見出せそうにないけれど、かつてはおばあちゃんの大事なものだったりしたんだろうか。想像してみても、よくわからなかった。

　どうしておばあちゃんは、がらくたばかり溜め込んだこんな家に一人で暮らしていたんだろう。おじいちゃんが死んだときに家を処分してコンパクトなマンションに移り住むことを操ちゃんはすすめたようだが、まるきり聞き入れようとせずこの家に固執していたという。もともとものの多い家だったけど、加速度的にごみ屋敷の風格をそなえはじめたのはそれからだ。定期的に様子を見にきては家を片づけようとする操ちゃんを、「余計なことをするな！」と怒鳴りつけて追い払うので、操ちゃんもついカッとなって「もう知らない！」と放置しているうちに手が付けられない状態になっていた。

「あのとき、もうすでに軽い認知症がはじまってたのかもね」

　嘆くでも悔いるでもない、余計な色づけをいっさい拒むみたいに、平板なトーンで操ちゃんは言い、リビングに敷きっぱなしだった薄べったい布団をビニール紐でぐるぐる巻きにしていた。二階に上がる動線がごみで塞《ふさ》がれてから、おばあちゃんはここで寝起きしていたようだ。

「そんなテーマの自由研究ありえない」と織は相手にもしていなかったが、単純な絢はあっさり口車に乗って、どこからか発掘してきたアナログカメラでぱしゃぱしゃ写真を撮っていた。あんな古いカメラ――しかも中にずっと入れっぱなしだったフィルムとかいうのでちゃんと写真が撮れるものなんだろうか。その場で確認もできないなんて不便だし不安すぎて、よく絢は平気でいられるなと思ったけど、単になにも考えていないだけかもしれない。

　自由研究なんかそっちのけで、片づけを手伝う対価としてママになにを要求しようかということばかりあたしは考えていた。週五日も駆り出されるのならそれ相応の対価が支払われるべきだと織が言い出して、県の最低賃金に満たない日給で操ちゃんと交渉が成立したようだった。絢は新しいゲームソフト一本でまんまと買収されていた。業者に百万円支払うことを考えたら、多少ふっかけても交渉が成立する可能性はじゅうぶんあった。

　エアコンを遠隔操作したところで焼け石に水で、みんな汗だくになりながら作業していた。一時間働いたら、どこか空いてるスペースにレジャーシートを敷いて、不規則な水玉模様の中で水分を摂《と》り、ママが瓶に詰めてきたライムの砂糖漬け（「ライム飴《あめ》」と操ちゃんは呼んだ）をつまんで食べる。くりかえしているうちに、稼働時間より休憩時間のほうがだんだん長くなっていく。帰り際にはみんな、どろどろのぐちゃぐちゃだった。

　異常気象だね、この暑さは異常だよって、夏がくるたびに大人たちがさざめいてるのは見慣れた光景だけれど、ママと操ちゃんもことあるごとにくりかえしていた。よくそんな熱量で同じことを言えるなとびっくりするぐらい、その熱量で温暖化が進んでるんじゃないかと疑ってしまうぐらいに。「異常」しか知らないから、あたしにとってはもうこれが「正常」なんだけど、みんな深刻そうにしているからふりでも深刻にならなくちゃいけない気がしてくる。

昔の夏はこんなんじゃなかったと大人たちは口を揃えて言う。家でも学校でもクーラーなしで過ごせていたし、水温が低すぎてプールの授業がなくなることはあっても、水温が上がりすぎてプールに入れなくなることがあるなんて考えたこともなかった。地球はどんどんおかしくなっている。人間が好き勝手に自然を破壊し、経済成長にばかり目を奪われて消費に明け暮れてきたせいだ。未来を生きる子どもたちに大きなツケを押しつけるようなことになってはならない——って途中からはパパとママがいつも言ってることだけど。

「だったらなんで子どもなんか産んだの？　人類なんて滅んだほうがよっぽど地球にやさしいんじゃないの？」

こっちはシオンがいつも言っていたことだ。突き詰めていったらそういう話になってしまうけど、もちろんあたしはそんなひねたことを言って親を困らせたりはしない。

「あんたはほんとにいい子だね、アタシとちがって」

真っ赤な唇をゆがませて笑うシオンの姿が、埃を孕《はら》んでゆらゆら揺れる光線の向こうに浮かんで消えた。

話したいことがいっぱいあるのに、どうしてシオンはここにいないんだろう。こめかみから伝った汗がひとつぶ、まつげを重たくたわませ、どこかへ落ちていく。泣いてると思われたらやだなと思って、首にかけたタオルで急いで顔をぬぐった。

そんなような夏だった。

いつもとちがう夏。

だけど、これまであたしが過ごしてきたどの夏だってそれぞれぜんぶ、いつもとちがっていた。いつもなにかが欠けていて、いつもなにかが過剰だった。

シオンのいない夏。操ちゃんと織と絢がいる夏。おばあちゃんの家ですごす夏。つねにどこからか、腐りかけの花束のような焦燥のにおいがしている。

こんな夏を過ごすことは、この先二度とないだろう。

まだ九年しか生きていないあたしにも、それぐらいのことはわかっていた。

ある日の夕方、

「あー、もう無理。腰が限界」

腰を折り曲げたままの恰好でなかなか直立の姿勢に戻れずにいる操ちゃんに、

「今日はこのへんにしとこうか」

二階を探索していたママが戻ってきて言った。

「おなかすいたなー。おねえちゃんちは、今日ごはんどうするの？」

「うちは、ちかちゃんが用意してくれてるはず」

「いいなあ、おねえちゃんとこは、益子《ましこ》さんがいろいろやってくれて。うちは出前でチキンとキンパでも取るかなあ」

「杏一郎、いまも遅くまで仕事してるの？」

なにか一瞬だけ、次元がゆがんだような空白があって、

「杏《きょう》ちゃん、社畜だから。信じられないよね、いまどき」

汗拭きシートで首元を拭《ぬぐ》いながら、酸っぱいものでも食べたみたいな顔をして操ちゃんが肩をすくめた。杏一郎おじさんは週末でもたまにしか片づけ大作戦には参加しない。

こんなふうに、ふいに二人のあいだに不穏なびりびりが走ることがある。そのことに、二人とも気づいているのに素知らぬふりをしてやり過ごそうとしているように見える。

それであたしは思ったんだけど、片づけを手伝いにきてるなんてほんとは嘘《うそ》で、操ちゃんはママを見張りにきてるのかもしれない。この家のどこかに見つけられたらまずいなにかが眠っていて、それを暴かれることを恐れているんじゃないかって。

二人のあいだのびりびりは、そう思わせるだけのびりびりだった。そこに秘密のにおいをかぎとって、勝手にあたしはどきどきした。

東京の大学を出て向こうの会社に勤めていた操ちゃんは、織を妊娠したのをきっかけに杏一郎おじさんとこちらに戻ってきた。それきり子育てとおばあちゃんの介護に追われ、ずっと働いていない。「いまどき専業主婦」とときどき自虐的に操ちゃんは言う。

「昔、まだ絢も産まれていなかったころに、パパとママとおばあちゃんとおじいちゃんと、あともう一人だれかがいて、この家でごはんを食べたことがある。たぶん、あれは、いのりさん

だったんだと思う」

だれかの誕生日だったか、なにかのお祝いだったか、なんの名目で集まったのかはわからないけれど、五月だったとなぜかそこだけ確信をもって織は話した。

「おばあちゃんが豆ごはんを炊いてくれたんだ。私が好きだからって、生のグリーンピースで」

家族の食卓にもう一人、見知らぬショートカットの女性が座っていて、豆ごはんの豆だけ箸《はし》でつまんで食べていたのが妙に記憶に残っていると織は言った。そんなことをするのはママにちがいないと私はうなずいた。豆だけぜんぶ食べてしまって残ったごはんはどうするつもりなんだろうと気になって見ていると、横から杏一郎おじさんがひょいっと手を出して、なにも言わずに豆なしの豆ごはんをぽいぽい口に入れたのだという。

「みんな、それがあたりまえって顔してるから、ためしに私も豆だけ食べてみたら、ちゃんとごはんも食べなさいってママに叱られた」

あたしと織は顔を見合わせ、同じ方向に首を傾《かし》げて笑った。おかしいような気もするけれど、なんだかよくわからない話でもあった。もしいまママが同じことをしたら、パパは豆なしの豆ごはんを代わりに食べてやるどころか、ちゃんとごはんも食べなさいと言ってママを叱るだろう。

家族の集まりにママが参加していたということは、パパと結婚する前のことだと考えてよさそうだ。

ママとおばあちゃんはあまり仲のよくない親子だったらしい。それでも即《つ》かず離れずの距離でだましだましやっていたのが、十年前にパパと結婚したことで決定的にだめになった。おばあちゃんがパパとの結婚に大反対したからだ。あたしが生まれたのと前後してほぼ絶縁状態となり、自動的に操ちゃんとも疎遠になった。おじいちゃんが死んだときやおばあちゃんが病気で入院したときなんかに必要に迫られて顔を合わせることはあっても、心の通った家族らしい交流はいっさいなし。

　これまで大人たちが話しているのをつまみ聞きしてかき集めた、あたしの知ってるぜんぶだ。この家のことを、あたしはほとんどなにも知らないのと同じだった。

「え、だっておじいちゃんは高校の先生だったんじゃないの？」

「ちがうよ、うちらのおじいちゃんは公務員——あ、どっちも公務員か。えっと、市役所の職員だったほうのおじいちゃん」

「どういうこと？　この家には、おじいちゃんが二人いたの？」

　織や絢と話していて話が嚙《か》み合わないと感じることがたまにあったけど、おじいちゃんが二人いたという新事実を聞かされたときはほんとうにびっくりした。四年前に死んだおじいちゃんが織と絢のおじいちゃんで、ずっと前に死んだおじいちゃんがあたしのおじいちゃんなんだという。つまり、ママと操ちゃんは父親のちがう姉妹だったということだ。

　そうなると、前のおじいちゃんが死んでからも、前のおじいちゃんが建てた家——それも、ものすごくへんてこな——にみんなで暮らしていたということになる。そんなことってあるんだろうかと思ったが、実際にそうしていた一家がここに存在する。

百年の怠惰。

ママだったか操ちゃんだったか、どっちかが言っていた言葉がふいに浮かんできて、あたしはぞっとした。

なんということだろう。「怠惰」の二文字で、すべて説明がついてしまうなんて。そして、あたしもまたこの怠惰な一族の一員であるのだ。

「おばあちゃん家、行きたくない」

夏休み最後の日曜日、あたしは朝から駄々をこねた。

亀の歩みで進んでいたごみ屋敷片づけ大作戦はいよいよ二階の本丸、長いこと使われずに放置されていた夫婦の寝室に踏み込もうとしていた。

あとどれだけの秘密が、この家には眠っているんだろう。

ロマンだとかってパパは言っていたけど、あたしは急に怖くなってきた。すべてを知りたいという好奇心と、すべてをつまびらかにしてしまうことへの恐れが、シーソーのように上がったり下がったりをくりかえす。知ってしまったら、もう元には戻れない。その取り返しのつかなさが怖かった。

「三百六十五日プリン、支給されないよ？　いいの？」

とママは脅してきたが、それぐらいではあたしの心は動かされなかった。三百六十五日、一日一個プリンを支給すること。ごみ屋敷片づけ大作戦の対価として、あたしがママに要求したことだ。

「じゃあ今日は、パパと弥生《やよい》さんのとこに行く？」

横から救いの手を差しのべたパパを、「余計なことを！」とばかりにママがにらみつけたけれど、あたしはすぐさまその手に飛びついた。


麦わら帽子とアイスノン、虫よけスプレーと日焼け止め、腕と脚のところがネットになっている防虫オールインワン。おばあちゃん家に行くよりもさらに重装備で、あたしとパパは弥生さんの暮らす隣県の山のふもとの町まで向かった。

「あら木綿ちゃん、ひさしぶり。また背のびた？」

畑で作業をしていた弥生さんが、こちらに向かって大きく手を振っている。帽子の上から小花柄の手ぬぐいをかぶっているから、ほとんど顔が見えない。

「見て、すいか、こんな大きいのが生《な》って。帰りに持っていきなね」

「そんな大きいの、食べきれないよ！」

だってうちにはもう大食いのシオンがいないから——とは言いたくなくて、遅れて車から降りてきたパパを見あげた。パパもママもうさぎみたいにちょっとしかものを食べない。しかも、野菜中心で肉や魚はごくたまにしか摂らないフレキシタリアンだ。

「後で、ママたちのところに持っていってあげよう。汗だくになって働いた後のすいかなんて、ごちそうじゃんか。みんなで食べればぺろりだよ」

まだ午前中だというのに、太陽はぎらぎらと凶悪な熱を放っている。まぶしい、と目をしぱしぱさせていたら、車に忘れてたよとパパが言って、上から麦わら帽子のやわらかな感触が落ちてきた。干した草の香ばしいにおい。

自分たちの畑の様子を見に行ったパパと離れ、あたしは弥生さんに教えてもらったとおりになすやきゅうりやトマトを収穫し、雑草をむしった。生温かい土の感触に触れながら、この数ヶ月のあいだにあたしの身に起こったこと——シオンが家出して、おばあちゃんが死んで、夏休みにごみ屋敷の片づけをして——ソーダ水の泡のように頭の裏側にみっしりと張りついてぱちぱちざわざわしてること、それらを順序も脈絡もてんでんばらばらに思いつくまま弥生さんに話した。

「わけわかんない。いろんなことがあたしの知らないところで変わってて、わけわかんないまままどんどん進んでく。気持ちとしては置いてけぼりなのに、勝手にベルトコンベヤーにのせられて同じペースで進めさせられてるみたい」

「ふうん、そうなの」

弥生さんがちいさく相槌《あいづち》を打った。

ぱんぱんに膨《ふく》らんではち切れそうになっていたところに、すん、と針を入れられるような、ちょっと拍子抜けするかんじ。弥生さんと話していると、そういうことがたびたびあった。だからパパもあたしをここに連れてきたんだろう。

弥生さんはこの町で、畑の世話をしながら暮らしている。その一画を間借りして、パパとママが野菜を育てはじめたのは数年前のことだ。アーティチョークとかエホバクとか青い韓国唐辛子とか変わった色形の葉っぱとか、日本で手に入りにくい野菜をおもに作っている。ふだんの世話は弥生さんにおまかせして、時間が空いたときにたまに顔を出すだけの「ＤＡＳＨ村」方式だってシオンは揶揄《やゆ》していたけれど、エホバクも青唐辛子もシオンのために作ってるのに、シオンが畑仕事を手伝いに来たことはただの一度もなかった。

「それで、木綿ちゃんはどうしたいの？」

葉っぱのあいだから芋虫がまろび出て、うねうねと土の上で蠢《うごめ》いている。弥生さんはそれを指でつまむと、そのへんの葉物の上に戻した。「おすそわけ、おすそわけ」と片目をつぶる。毎日畑に出ている人とは思えない、つるりと白い顔。

あるときまであたしは、弥生さんがパパのママなのだとばかり思っていたんだけど、大人たちの話をつまみ聞きしているうちにどうもそうではないようだと気づいた。パパのほうのおじいちゃんやおばあちゃんがまだ生きているのか、パパにきょうだいがいるのかどうかさえ、あたしは知らないでいる。

「自分でもわかんないから困ってる。ほんとうのことが知りたいって思うけど、ほんとは知りたくないのかもしれない」

知ってしまったら、いまのままではいられない。土を掘り返してとんでもないものが出てきてしまったら、どう処理していいのか見当もつかない。

「そうねえ」

パパのほうにちらりと視線をやり、弥生さんはふふふと笑った。

「まあ、そんなに怖がりなさんな。意外にどうってこと、なかったりするから。長く生きてるといろんなことが起こるんだけど、そういうのぜんぶ、なかったふりして知らん顔で生きていけちゃうものなのよ、大人ってのは」

そういえば、弥生さんに家族がいるのかどうかも、あたしは知らなかった。

「それが悪いことだとは、思わないけどね」

弥生さんの言っていることは、あたしがいまいる場所のはるか先を行っていて、呑《の》み込もうにも呑み込めなかった。いつのまにか難しい顔になっていたんだろう。「しゅうまいみたいな顔してる」と言って、弥生さんが土にまみれた指先であたしの眉間を指した。

「大人になんか、なりたくない」

しゅうまいみたいな顔のまま、あたしはつぶやいた。

それだけは、いまのあたしにもかろうじてわかることだった。

「お父さんそっくりなこと言っちゃって」

おやまあ、とばかりに弥生さんが目を丸くする。そうかなあ？　とあたしが首を傾げていると、生の青唐辛子をかじったパパが辛い辛いとヒーヒー泣きながらこちらに走ってくるのが見えた。

＊

プリンをあげるから、とあたしはシオンに言ったのだ。

夏休みのあいだ、あたしが働いて稼いだプリンを三百六十五日、シオンにぜんぶあげる。だから帰ってきて、と。

「なんだそれ」と言ってシオンは鼻を鳴らした。

「だってシオン、プリン好きじゃん」

「プリンぐらい自分で買うし」

「三百六十五日が過ぎたら、またあたしが働いて稼ぐから」

「ヤー、トゥブヤ、泣かせること言うじゃん」

シオンの手がのびてきて、あたしの鼻をぴんとはじいた。その帰りに、クリームソーダのアイスの上にのっかっていたチェリーをさらっていった。「あっ」とあたしは叫んで、シオンのプリンアラモードの上にのっかっていたチェリーを奪い返した。

　近所の喫茶店で、あたしたちは向かい合っていた。弥生さんと同じぐらいの年齢の老夫婦が切り盛りしていて、現金しか使えないと文句を言うくせに、自家製のプリンがおいしいのでシオンが足しげく通っていた店。シルバーグレーの髪をおかっぱにしたママさんは、シオンのことを「パパさん」と呼ぶ。年の離れたきょうだいだってなんべんも言ってるのに。

　夏休みの真ん中ぐらいに、シオンが帰ってきた日があった。

　マンションのドアロックにはシオンの指紋がまだ登録されたままだったようで、やすやすと開けゴマして部屋に忍び入ってきたシオンは、ダイニングで夏休みのドリルをしていたあたしを見つけて、「シバ……」とつぶやいた。その日はいつもＳＮＳにあげてる写真みたいにドレスアップしてなくて、肩まである髪を一つに括《くく》り、こざっぱりとしたＴシャツにジーンズ姿だった。ハイヒールじゃなくてぺたんこのビーチサンダルで、メイクもしてなかった。

「駐車場にヌナの車がなかったから大丈夫だと思ったのに」

　そう言って、シオンは舌打ちした。

「今日は朝早くからアトリエに行ったから、お昼すぎには帰ってくるよ」

「わかった《アラッソ》」

　それだけ言うとくるりとこちらに背を向け、リビングボードの抽斗《ひきだし》を探って中からえんじ色のパスポートを取り出した。韓国成分が強すぎてときどき忘れそうになるけれど、シオンは日本国籍を持つ日本人（って言い方が正しいのかわからないけど）なのだった。

「なんでパスポート？　どっか行くの？」

「どっかっていうか、親父《アッパ》が倒れたって連絡があって……」

そこで話を止めて、シオンはいのり刈《シ》ガレージのコルクボードに目を向けた。「古い写真だな。これ、いのり刈《シ》？　こっちはあのくそババアだろ？」と写真を指差しながら、切れあがった目をさらに吊りあげて笑う。

「どんなもんかと見に行ってみたけど、面白かったよな、ババアの葬式。いまどきあんなオーソドックスな葬式、逆にめずらしいんじゃない？」

「葬式に面白いとかあるの？」

「面白いっていうか、日本の葬式はなんか滑稽だなって思う」

二〇二〇年のパンデミック以降、家族だけでひっそり行う葬儀が増え、遠方からはオンラインで出席したり、香典アプリを利用したりすることが増えたと葬儀場の人が言っていた。昨今は簡略化をご希望になるご遺族の方が多く、昔ながらのこんなお式は月に一度あるかないかです、とも。

母はなんでもみんなと同じにするのが好きな人だったから、と操ちゃんははにかみながら答えていた。お葬式もふつうに、みんなと同じにしたほうがいいんじゃないかって思ったんだけど、いまではこっちが少数派になっちゃってるなんて皮肉ですね。

おしゃれ好きだったおばあちゃんのために、生前よく着ていた花柄のワンピースを操ちゃんは死装束に選んだ。唯一、オーソドックスじゃないところがあるとしたらそれぐらいだった。これグッチだよ、ミケーレの、ママのいっちょうら、なにかあるといつもこればっかり着て、死装束にするにはちょっと派手だったかな？　いいんじゃない、華やかで、これ着せておけば別れ花いらないぐらいだね、ママすごくきれい。棺の中でドレスアップしたおばあちゃんを覗き込み、ママと操ちゃんがひそめた声で話していた。ちょっと泣いてるようにも見えた。

　わけがわからなかった。ぎすぎすしてるかと思ったら楽しそうで、仲が悪いって聞いてたのにおばあちゃんの死を悼《いた》んでいる。ママの形をした知らないだれかを見ているみたいだった。いのりさん。ヌナ。おねえちゃん。いのり。「ママ」以外の呼び名で呼ばれている女の人。

　頭の裏側にびっしり張りついたソーダの泡がはじける。このかんじ、知ってる。いつどこで体験したことなのかも思い出せないけど、たしかに知ってることだった。パパの足の小指だけ青く染まっていた朝。シオンのおきにいりのマニキュアの色。なかなか開かない瓶の蓋。海が見える。船のデッキでママの短い髪が風に煽《あお》られている。どこまでも見渡すかぎりの海。風を孕んで膨らむパパのシャツ。ショートパンツから剝《む》き出しになったシオンの美しい脚。煮詰めたシロップの甘いにおい。西向きの部屋にのびる黄色い影。開いたドアの隙間。順序も脈絡もなくぱちぱちと頭の中ではじける。どこまでが実際の記憶で、どこまでがそうじゃないのかもわからなかった。

「韓国に帰っちゃうの？」

あたしはシオンに訊《たず》ねた。日本人なのに「韓国に帰る」って言い方もおかしな気がするけど、でもシオンにとって韓国はやっぱりどうしたって帰る場所だった。そのことが、いつもあたしはさびしかった。

「帰るっていっても一ヶ月とかそこらだよ。アッパ本人よりオンマのほうが参っちゃってるから、しばらくそばにいてやろうと思って。トゥブヤ、そんな顔するんじゃないよ。これが今生の別れでもあるまいし」

シオンが家出してからの半年、あたしだってじゅうぶん参ってたのに、あたしよりもオンマを取るんだと思ったら泣けてきた。結局、血かよ。あたしが思っているほどには、シオンはあたしを思ってくれていない。そのことが、泣けてくるぐらいに悲しかった。

「アイゴ、トゥブヤ、泣かないでよ。あんたを泣かしたらヌナに殺される」

「知らない。シオンなんて殺されちゃえばいい」

ママと鉢合わせすることを恐れるあまり、シオンは気が気じゃないようだった。それで、あたしたちはマンションを出て、喫茶店までやってきたのだった。

「どれだけプリンを積まれたところで、もう帰らないよ、あの家には」

ガラスの器に残ったカラメルソースまで舐《な》め尽くす勢いでプリンアラモードを食べ終えたシオンは、銀色のスプーンをくわえたままあたしの目を見ずに言った。傍若無人で怖いもの知らずのように振るまっているけれど、実はものすごく臆病なのだ。

なんで？　と訊ねようとして顔をあげたら、お店の奥に設置されているテレビの画面が目に入った。お昼のワイドショーで同性婚した芸能人のニュースをやっている。これまでに何人か同性婚した芸能人はいたけれど、芸能人同士のカップルは彼らがはじめてだった。

「――もしかして、彼氏と結婚するの？」

あたしが訊ねると、シオンは傷ついたような顔をした。

ああ、やっぱり。

とっくにわかっていたことだけど、やっぱりそうなんだ、と思った。

選択的夫婦別姓制度が導入されたのに続いて、日本でもようやく同性婚が法制化されたのが去年の秋のことだった。ようやくっていうか遅いぐらいだよ、とパパはしげしげした眉を寄せてつぶやいていた。まさかこんなに時間がかかるとはね。

そうかあ？　とシオンはいつものからかうような調子で笑っていた。思ってたより早かったぐらいだよ、ヘル日本のことだからあと五十年はかかると思ってた。まあ、どっちみちアタシには関係ないことだし、クソほどどうでもいいけどね。戸籍とか国籍とか形式とか、チンチャたるいわ。そんなふうに言葉を重ねれば重ねるほど、シオンのほうこそ、そのことにこだわっているように見えた。

十八歳のとき、兵役を逃れるために日本国籍を選んで日本にやってきたシオンは、そこでパパと出会って養子になった。

たぶん、ぜんぶがつながってるのだ。シオンの家出、おばあちゃんがパパとママの結婚に反対したこと、パパのほうの親族と行き来がまったくないこと、パパとママの寝室が別なこと、三年生にあがるまであたしがママの部屋で寝ていたこと、夜遅くにシオンがパパのベッドに潜り込んでいたこと。

うすうす気づいていた。うちの家族はふつうとはちがう。でもそんなことを言ったら、クラスにもいろんな家の子がいる。パパかママどちらか一人だけの家の子もいれば、どっちもいない子だっている。お母さんが二人いる子もいるし、朝鮮、中国、ベトナム、ブラジル、アメリカ……国籍や人種だってさまざまだ。「ふつうに」「みんなと同じに」なんてありえない。

「結婚なんかしないよ、アタシはだれとも。クソ食らえだ」

銀色のスプーンを歯でガチガチ鳴らしながら、吐き捨てるようにシオンが言った。

「ママもパパもシオンを愛してるよ。もちろんあたしだって」

そう言うよりほかに、あたしになにが言えただろう。

「あんたに愛のなにがわかるのさ」

「わかんないけど、シオンがいつでも帰ってこられる場所になりたいと思ってる」

そうは言っても、プリンで気が引けないならどうしたらいいのか、あたしにはこれ以上打つ手がなかった。シオンの部屋がすでにあたしの部屋になってしまっていることは、とりあえず黙っていたほうがよさそうだ。

「トゥブヤ」

感極まったようにつぶやいて、それきりシオンはなにも言わなかった。切れあがった目が、水を引いた田んぼのようにとっぷりと膨らんでいる。

たぶんシオンはなにかを変えたかったんだろう。望むものを手に入れられるか、家や家族を失うか、二つに一つ、覚悟の家出だった。シオンはぐうたらだけど怠惰じゃない。怠惰なのは、なにも変えようとしなかったパパやママのほうだ。

俺、現金持ってない、とシオンが言うので、喫茶店の支払いはあたしが済ませた。シオナ、また《ト》プリンおごってあげるから《ネガサルケ》、いつでも《オンジエラド》帰ってきな《トラワ》ね。へたくそな韓国語であたしが言うと、アイゴ、トゥブヤ、とシオンがあたしの髪の毛をぐちゃぐちゃにかきまぜた。

「パパさん、お嬢さんにプリンおごってもらったの、よかったねえ」

ボタンを押すとチンと音が鳴る昔ながらのレジを操作しながら、ママさんがにこにこと笑った。

「そうなの、いい子でしょ。アタシのかわいいもめんちゃん」

調子に乗ったシオンは、ふざけてあたしの顔中にキスをした。今日は赤い口紅をつけていなくてよかったと思った。

畑の収穫をどっさり車に詰め込んでおばあちゃん家に到着するころには、夏の暴君は勢いを失い、ゆっくりと黄昏《たそがれ》に向かっていた。

　駐車場に停まっている操ちゃんのミニバンのうしろに蓋をするように最新型のエコカーを停めると、二階の窓からママが顔を出し、おいでおいでと手招きした。寝室の片づけが終わったんだろうか。なにか面白いものでも見つかったのかもしれない。そう思って階段を駆けあがっていくと、そこはお花畑だった。

「うわあ」

　おばあちゃんのクロゼットに所蔵されていたいろとりどりのドレスが、部屋中を埋め尽くす勢いでそこかしこに掛けられていた。赤、青、黄、緑、紫、オレンジ、ピンク！　知っている色の名前をぜんぶ並べても追いつきそうにない。

「こうして見ると、壮観だね」

「ほら絢、写真撮っときな」

「あんまりフィルムを信用しすぎないようにね」

「よく言うよ。アナログ人間のくせに」

　操ちゃんがからかうように言うと、

「失礼な。私はアナログなものが好きなだけで、結局どこまでも悲しいぐらいに現代人よ」

となぜかママは胸を張って言い返していた。

「これ、昔ママがよく着てたのおぼえてる。まだ取ってあったんだ……」

手前に掛けられたとろりとした濃紺のドレスの袖を、ダンスでも踊るみたいにするりするりと撫《な》でながら、ママがつぶやいた。「ノスタルジーって、バカみたい」

「でも、それがなかったら、とっとと業者に百万払ってた」

「言えてる」

ママと操ちゃんのしんみりした笑い声を背後に、絢がシャッターを切る。ぱしゃぱしゃとかわいた音が響く。長いあいだクロゼットに閉じ込められていた甘く埃っぽいにおいにむせ返りそうになりながら、黄色い水玉模様に照らされたおばあちゃんのお花畑をあたしは眺めた。ドレッサーの上にずらりと並べられた空の香水瓶が、夕陽をうけてプリズムの輝きを放っている。ひと夏かけてごみ屋敷を片づけても、おばあちゃんがどんな人だったのか結局よくわからないままだったけど、死んでからもこんな情景を作り出せる女の人のことなら好きになれそうだった。

「――あ！　自由研究のこと、すっかり忘れてた！」

突然そのことを思い出し、あたしは飛びあがった。もうすぐ夏休みが終わろうとしているっていうのに。

「じゃあもう決まりだね」

操ちゃんがにやにや笑っている。

「絢くん、いい写真撮れてたら木綿に焼き増ししてあげてね」

というママの言葉に、

「焼き増し！　四半世紀ぶりに聞いたそのワード！」

操ちゃんがのけぞった。

「いいけど、べつに」

首からアナログカメラをぶらさげた絢が、得意そうに笑っている。その顔があまりにも憎たらしくて、ぷいっとあたしはそっぽを向いた。

その日はめずらしく杏一郎おじさんも片づけに参加していて、織と二人で一階の和室の畳をきれいに拭き清めていた。こんな変わった家なのに和室はきっちり作るなんてどうかしていると呆《あき》れるというよりは賞賛のトーンでパパは言い、ちゃぶ台に新聞紙を広げて畑から運んできたすいかに包丁を入れた。

スーパーで売ってるものにくらべたら、形がいびつで冷えてもいなかったけれど、ほっぺたがちりちり痛むぐらいあまくておいしいすいかだった。うまいうまい、けっこうあまい、うまいはあまいと言いながら、みんなですいかを食べた。すいかに塩をかけて食べるとおいしいだとか、種を飲み込むとへそから芽が出る、とくに白い種がやばいだとか、まゆつばものの豆知識を杏一郎おじさんが披露し、うそだあ、またパパがおかしなこと言ってると織と絢が騒ぎ出すと、生意気言ってるとこうだぞと二人に向かって杏一郎おじさんが種を吹き飛ばした。うわ、きたねー、やめてよパパ、さいあく。二人がいやがればいやがるほど、杏一郎おじさんの悪ノリは加速し、種マシンガンが炸裂《さくれつ》した。

ぺろりだよ、とパパが予想していたとおり、大きなすいか丸ごと一個を七人がかりであっというまに平らげてしまった。晩ごはんの前にこんなに食べちゃって平気かな、すいかなんてほぼ水分みたいなもんでしょ、よゆーよゆー、あっこの後みんなで回転寿司《ずし》行こうぜ、すいかで腹膨《ふく》れてるし安く済みそうじゃん、さんせー杏ちゃんのおごりね、なんで俺が、だってぜんぜん片づけ手伝いに来なかったじゃん、だからってなんで、うるさいもう決まったの——なんて話をしながら、冷房の効いた和室でだらだらしていると、

「あー、疲れた。すいかでおなか膨れたら眠くなってきちゃったよ」

そう言って操ちゃんが畳の上にごろんと横になった。美肌に効くとか言ってすいかの皮で肌をこすっていたママも、そのままアイマスクみたいにすいかの皮を目の上にのっけて寝ころんだ。あああ、ううう、と心地いいのか不快なのか、判別しかねる呻《うめ》き声をあげている。

「こんな面白い家を取り壊しちゃうの、もったいない気がするな」

皮と種だけになったすいかの残骸を新聞紙で包みながらパパが言った。

「えっ、取り壊すの？　それどこ情報？」

あちこちに飛び散らした種を拾い集めながら、杏一郎おじさんが驚いたようにパパを振り返った。

「いのりさんからはそう聞いてるけど……」

「まったく逆のことを、俺は操に聞いたけど」

「だって操ちゃんがそうしたいって」

「え、いのりがアトリエにするんじゃなくて？」

？マークを浮かべて、パパたちが顔を見合わせる。あたしと織もそっと目配せし合って、同じ方向に首を傾げた。

二週間ぐらい前に、この家をアトリエとして使えないだろうか、いまのところが手狭になってきたからちょうどいい、と急に思いついたようにママが言い出して、は？　いまさらなに言ってんの、ふざけないでよ、と操ちゃんが目を吊りあげて怒っていたことがあった。いつもだったら言い争いが勃発したとしてもどちらかが（たいてい操ちゃんが）折れて、最終的にはなごやかなムードで解散となるところが、その日にかぎっては最後まで険悪なムードのままだった。それきり、そのことについて二人のあいだで話し合われた様子は、あたしが知るかぎりではなかった。

「よくわからないな、姉妹って」

と肩をすくめるパパに、

「ほら、あれ見てよ」

杏一郎おじさんがなにかに気づいたように、畳の上に寝そべるママたちを顎《あご》で指した。いつのまにか二人とも、腕を卍《まんじ》の形に折り曲げて寝息を立てている。「あ、サボテンダー！」と背後で絢がすっとんきょうな声をあげた。

「ぜんぜん似てないけど、こういうとこ見るとやっぱ姉妹だなって思うわ」

絢の首からカメラを抜き取ると、杏一郎おじさんはおかしそうに笑って、姉妹の寝姿を写真におさめた。

この写真も、いつか遠い未来、ここにはいないだれかの目に留まり、淡い関心でもって眺められるときがくるのかもしれない。そんなことをふと思ったけど、浮かんでは消える泡のように、次の瞬間にはもう意識の外に追いやられていた。

# 2

二〇二九年

## 二〇一九年のクルーズ船

二〇〇九年

一九九九年

一九八九年

一九七九年

好々爺《こうこうや》とはいうのに好々婆といわないのは、好々爺の絶対数が少ないからなんじゃないだろうか。一部の意地悪ばあさんを除き、おばあさんなんて生きものはだいたいみんな好々婆だから、わざわざ「好々」なんてつける必要がないのだ。

そんなことを考えながら、いま私は一枚の写真を見ている。どうしてこんなことになってるんだか、ディナーの席でたまたま相席になっただけの相手の家族写真を。

「あらあら、かわいい、利発そうな子ね」

なんて、つい思ってもないことを口走ってしまう。悪いくせだ。

「織っていうんです。織物の織。ほんとに賢い子で、まだ四歳なのに、ちゃんと人間っていうか」

スマートフォンの画面を差し向けながら、その女性は囁《ささや》くような声で話した。乗客でにぎわうメインダイニングの中でも涼やかに通る声。

張りのあるクリーム色の織地のドレスは流行《はや》りのコクーンシルエットで、袖もたっぷりと膨《ふく》らんでいる。痩せたからだが布の海に溺《おぼ》れているようだ。少年のように短くカットした髪に化粧っけもほとんどなく、なにか、どきりとするようなアンバランスな魅力のある女の子——といっても、もうすぐ四十になろうという年齢らしいのだけれど。「うちの娘とそう変わらねえじゃねえか」とジンさんが、げっとつぶやいた。

「ちゃんと人間って……」

すぐ隣で、彼女の夫がたしなめるように笑った。おしゃれな妻とは対照的に、吊るしのスーツをそのまま着ているだけの、善良そうだが凡庸な中年男性。

「そりゃ人間だろ。四歳児をなめるなよ」

と夫の友人だという年若の男性が、ワイングラスを傾けながら笑う。こちらは遊び心のある青いタキシードジャケットにグッチのボウタイという今風の若者らしいドレスアップ。顎《あご》の長さまである濡れたような艶《つや》の髪はゆるいカーブを描き、片側だけ耳の後ろに撫《な》でつけられている。男の子なのにめずらしい（いまどきはそうでもないのかもしれないが）、一粒パールのピアスと青いネイル。

「ごめん、言い方がおかしかったね。なんていうのかな、四歳にしてちゃんと自己が確立されてるっていうか……」

「そりゃ、いのりさんに比べたら、四歳児のほうがまだしっかりしてるんじゃない？」

彼女の夫が笑い、

「言えてる。ヌナ、いい年して、ほんとぼんやりしてるもんな」

と友人が引き取り、

「なにそれ。ちょっと君たち、失礼なんじゃないの？」

と彼女が軽く頰をふくらませてみせる。

なんだかすべてがパフォーマンスのように見えた。これから一週間、同じテーブルで夕食をともにする私たちに向けての初回公演。おっとりとして抜けたところのある妻とやさしく理性的な夫、皮肉屋の友人。サービス心にあふれた手際のいい人物紹介。

「そう、織ちゃんっていうの、すてきな名前ね。そう言われてみたらたしかに、意志の強そうな顔してる」

そんなことを言ったら私だってそうだ。隣人として申し分ないことを示そうと必死にパフォーマンスしている。ツイードのシャネル風スーツに身を包んだ、愛想のいい、どこにでもいる平凡なおばさん。

「ねえ、ジンさん、そう思わない？」

水を向けると、反対隣でもくもくと肉料理を切り分けていたジンさんが、よくやるよ、と呆《あき》れたように片眉を持ちあげた。年々深まっている額の皺《しわ》が、ぐっと陰影を濃くする。

「ごめんなさい、この人愛想がなくて。昔っからこうなの、好々爺じゃなくて嫌々爺《けんけんや》」

けんけんや……とそのままくりかえして女性は笑い、スマートフォンを引き下げようとしたが、

「じゃあ、こちらが妹さんのご主人？　姪御《めいご》さんはどちらかっていうとパパ似なのね」

なおも私は食いついた。興味もないのにどうしてこんなことになってしまうのか、自分でもわからない。背後でジンさんが呆れたように息を吐く気配がする。

「そう、ですかね……？」

意外なことでも耳にしたかのように女性が首を傾《かし》げる。義弟にあたる男性の顔のあたりを親指でくるくると撫ぜながら、性格はぜんぜんちがいますけどね、と笑いを含んだ声で言う。市《いち》松《まつ》人形のような髪型の女の子をセンターに、父と母、祖父と祖母がそれぞれシンメトリーに配置された絵に描いたような（って写真を表現するときに使う言葉じゃないかもしれないけど）家族写真。そこに彼女の姿はなかったが、はなから彼女が入り込む余地などないようにも見えた。

「気をつけたほうがいいよ、お嬢さん」

肉の脂で濡れたナイフを持ちあげて、ジンさんが身を乗り出した。あ、いやな予感と思ったときには遅かった。

「この人はね、昔、保険のセールスをやってたんだ。そりゃ、やり手でね。世間知らずで気のいいおばさんのふりして近づいてきて、気づくと根ほり葉ほり、家族構成やら年収やら貯金額やらなんやら聞き出されて、最後には契約書にサインするはめになる。骨までしゃぶられちゃうよ、気ぃつけな」

「なに言ってんですか、そんな昔のこと。保険のセールスなんてもう随分前にやめてるじゃないですか。ごめんなさいね、おかしなこと言い出して」

「おかしなことってこたぁないだろう。まぎれもない事実なんだから。そうそう、この人の言いなりになって契約した保険がこのあいだ満期を迎えてね。けっこうまとまった額の金が入ってきたから、そのお礼っていうんでもないけど、こうやって豪華客船の旅にご招待してるってわけ」

ジンさんは愉快そうに肩を揺らしながら、「この人」と言うときだけ、ナイフの先で私のほうを抉《えぐ》るように指した。ウェルカムドリンクとしてふるまわれたシャンパンと、晩酌にビール一杯しか飲んでいないのに、酔っぱらってるんだろうか。

「わあ、すてきなプレゼントですね」

入力された文字列をただ読みあげるだけのＡＩみたいに、感情のこもっていない声で彼女が言った。

思わず私は、彼女の横顔をまじまじと見てしまった。なんて幼稚で愚鈍な清らかさ。

気まずい沈黙が一瞬テーブルの上を流れ、「ひでえな」すべてかき消すようにジンさんが声をあげて笑った。

場を乱すのは、なにも嫌々爺にかぎったことではないようだ。

「あんた、こういうの好きだって言ってただろ」

と言ってジンさんは、どこかの旅行代理店でもらってきたらしいパンフレットをばさりと放ってよこした。

「そんなガラでもねえけど、たまにはこういうのもいいんじゃないかって思ってさ。ちょうどこれなんか、クリスマスにかかってるみたいだし、あんたさえよかったら」

横浜《よこはま》から出発して釜山《プサン》、長崎に寄港する六日間のショートクルーズ。

一度でいいから豪華客船に乗ってみたいといつだったか漏らしたことを、まさかジンさんがおぼえていたなんて。これを逃したら、金輪際こんなチャンスはないだろうから、誘いに乗るしかなかった。母を置いて一週間も家を空けるなんて最初は無理だと思ったが、ショートステイやらヘルパーさんやら弟夫婦やらほうぼうに手を尽くして、なんとかした。

「この手の船にはドレスコードがあるんでしょう？　どうしよう、私イブニングドレスなんて持ってない」

「弥生さんよ、そんなにはりきりなさんなって。あんたのドレス姿なんてだれが見たがるよ。そんなに難しく考えんでも着物にしときゃいいんじゃねえの？」

「着物でいいって気軽に言いますけどね、むしろ着物のほうがおおごとになりますよ。そういうジンさんはどうするおつもりで？」

「俺はなんとでもなるよ、てきとうに礼服でも持ってきゃいいんだろ」

「あ、私もそうしよう。甥《おい》っ子の結婚式のときに仕立てたスーツ、ろくに着る機会もないまま押し入れに仕舞ってあるんだ。ああ、やだやだ、六十過ぎたじいさんとばあさんが、ドレスコードにあたふたしてみっともないったら。これだから日本人っていやあね」

「おい、主語を大きくしてんじゃねえよ。あたふたしてんのはあんただけだろ。人を勝手にじいさん扱いしないでくれ」

「なに言ってんですか、あなたもう立派な前期高齢者じゃないですか」

「それだよ、それそれ。ことさらに自分から前期高齢者だってアピールするやつにかぎって、自分のことを老人だなんてさらさら思ってねえんだよな。とてもそんなふうには見えません、お若いですねって若いやつらに言わせたいだけだろ」

「よくもまあそんな減らず口ばかり次から次へと。私に言わせれば、いい年したじいさんのくせにじいさんぶらないほうがよっぽど厚かましくてみっともないですよ」

「出たよ、みっともない。弥生さんは、なにかっていうとすぐそれだ。そんなに他人の目ばかり気にしてなにが楽しいんだろうね」

外では嫌々爺のジンさんも、二人でいるときはこんなふうにぽんぽんと、気楽な調子でくだけたことを言う。ふだんは好々婆の私も、ジンさんといるときだけは遠慮なく言いたいことを好きなように言い放つ意地悪ばあさんと化す。

ジンさんといるときだけ、ありのままの自分でいられる……というのとはまたちょっとちがう。どれがほんとうの自分か、なんて思春期の少女みたいなよしなしごとを、還暦すぎてまでうじうじ指先で弄《もてあそ》んでなんかいられない。

呼吸するようにあたりまえに、女は装うものだ。裸で外を歩いたりなんかしない。そうして、この靴を履いているときだけは無敵でいられる――そんなふうに思わせてくれる装身具をなにか一つはクロゼットに隠し持っている。それでいうとジンさんは、私のフェラガモなのかもしれなかった。

「フェラガモだかフェラチオだか知らねえけど、あんた、俺といるときはだいたいいつも素っ裸じゃねえか」

助平な笑みを浮かべ、ジンさんが手を伸ばす。くったりと疲れきったように俯《うつむ》いていた乳房を下からひょいとすくいあげる。暖簾《のれん》をかきわけ、馴染《なじ》みの店にでも入っていくような気やすさでもって。

「なにをそんな、見たままのことを、得意げに」

ふん、と笑って、ジンさんの手をゆるく振りはらった。

女は心にだって化粧するということを、ジンさんは知らないのだ。

船内にはメインダイニングのほかにもブッフェやカフェテリア、お鮨《すし》屋さんやナイトクラブまであって、乗客は好きなところで食事をとれるようになっている。食事代はツアー料金に含まれているが、アルコールは別料金、一部の有料レストランでは追加料金を支払うというシステム。

　毎晩フルコースのディナーが供されるメインダイニングは二部制で、日本人の乗客はたいてい十八時からの部に振り分けられ、日本人同士で相席させられることが多いようだ。基本的に席は固定で、最初にあてがわれたテーブルの同じ顔ぶれで、クルーズ期間中は食事をとることになる。

　なんて窮屈で厄介なシステムなんだろう。見知らぬ他人と毎晩顔をつきあわせて夕食をとらなきゃならないなんて。「他の乗客とコミュニケーションを取ることこそクルーズ旅の醍醐味《だいごみ》」などとガイドブックには書かれていたけれど、しがらみから解き放たれ、船の上でのびのびと過ごしたい人だっているだろうに。

「毎晩メインダイニングで食わにゃならんってわけでもないだろうし、そんなに心配しなさんなって」

　乗船する前から気を揉《も》んでいたら、まあまあ、とめずらしくジンさんが私をなだめにかかった。

「相席になった相手が面倒そうなやつだったら他んとこで飯食ってもいいし、毎晩洋風のしゃれた飯っていうんじゃ俺もきついしな。そうだ、長崎に寄港したときは、うまい鮨屋があるからそこ連れてってやる。鯨の鮨なんて、あんた食ったことないだろ？　美脂《びし》っていったかな、ピンク色したつやつやの脂の握りを食わせる店があるんだ。もう、とろけるぜ」

電機メーカーで技術職をしていたジンさんは、出張で日本全国あちこち飛びまわっていたので、地方のおいしいお店屋さんをよく知っている。地酒や地のもの、かわいらしい郷土菓子なんか、たまに土産に買ってきてくれたりしたものだ。

「今度乗る船はアメリカの船なんでしょ？　だれが聞いてるかわかんないんだから、鯨の鮨なんて大きな声で言わないでよ。航海中にシーシェパードが乗り込んできたらどうするつもりですか」

「おかしなことを言う人だね」

「私からしたら、ジンさんが相手方にいやな思いをさせるんじゃないかってほうが心配ですよ。愛想よくしろとまでは言わないけど、お願いだからどうか穏便に、おとなしくしていてくださいね。お酒も飲みすぎないように」

いやみのつもりで言ったけど、半分は本音だった。これまでにも飲み屋でたまたま隣り合った客と口論になったり、他人《ひと》んちの葬式で大立ちまわりを演じたり、そりゃもうさんざんやらかしてきたんだから。

そうして迎えたクルーズ初日のディナー、テーブル係のアレックス（褐色の肌の、流暢《りゅうちょう》な日本語を話すアメリカ人女性）に案内されたテーブルには、私たちの子どもと言っていいぐらいの年齢の夫婦と、さらにもうひとまわりもふたまわりも年若の青年がすでに顔を並べていた。

どうも、こんばんは、とあたりさわりのない挨拶だけして席につき、最初のうちはメニューや乗務員による催し物や、クラシカルなのにどこかリラックスした雰囲気の内装なんかに気を取られているふりをして、なるべく向こう岸には目をやらないようにしていた。それでも、前菜、スープ、魚料理と進むにつれ、次第に間が持てなくなったというのか、ときどき不用意にあちらさんと視線がぶつかったりなんかすることがあって、そのたび、かんじ悪く取られないようにと微笑《ほほえ》みかけたりしているうちに、まったく触れないでいるのもそれはそれで不自然じゃないかと思って、すぐ隣に座る女性に私のほうから声をかけていた。

「ご家族ですか？」

「ええ、そうです」

迷いなくはっきりと彼女は答えた。まるで、そう訊《き》かれるのを待っていたみたいに。

「彼はぼくの友人で……」

そこへ、すかさず夫が口を挟み、会釈のつもりか、ワイングラスに口をつけたまま若い男の子のほうがちょっと首を傾げてみせた。

その流れで、あれよあれよという間に、彼女――いのりさんの家族写真を見せられるはめになっていたのだった。妹の夫とはもともと親が友人同士で子どものころから交流があり、幼なじみのようないとこのような存在だったのが、東日本大震災の折に、大学進学で東京に出ていた妹と、東京に転勤中だった妹の夫が心細さからたがいに連絡を取り合い、そういうことになった――なんて妹夫婦のなれそめまで聞かされ、「やだ、なんだか少女マンガみたいね」とはしゃいでみせたりまでした。

「お二人は、長いんですか？」

話の流れで夫のほう――益子と名乗った男性に訊《たず》ねられ、私とジンさんは顔を見合わせた。

いつも、こんなとき、たいていの場合は夫婦だと決めてかかられる。頭ごなしにジンさんは

「ご主人様」、私は「奥様」にされてしまう。するとジンさんは、否定もせずに、これ以上ないほど悪い顔をして「ご主人様」のふりをする。「おまえ」とか「これ」とか「かみさん」とか、ぞんざいな呼び方で私を呼んで、にやにやしてる。私はといえば、こちらのたくらみが相手に伝わらないようにつとめて心を配るのみである。ジンさんに調子を合わせ、かりそめの夫婦ごっこに加担するにはするが、ことさらに虚偽の発言をしたりはしない。「主人」なんて口が裂けても言わない。「あなた」ぐらいは言うかもしれない。

「そりゃあね、保険が満期になるぐらいだからね」

益子さんに向かってというよりは、ひとりごちるみたいにもごもごとジンさんが言った。勝手がちがうから、ジンさんも戸惑っているんだろう。

「――となるともう十年、二十年……いやもっとか」

どういう関係なのか訊こうとはせず、益子さんのほうももぞもぞとつぶやいている。これがいまどきの流儀なんだろうか。ずいぶんともってまわった言い方をする。

「三十年よ」じれじれしてきて、私のほうから告げた。「三十年満期の養老保険。バブルの真

っ只中《ただなか》だったから、いまじゃ考えられない利回りで、いわゆるお宝保険ってやつ」

そうか、あれからもう三十年も経つのか、と自分で言っておきながらびっくりした。どうりで、と脂っ気の抜けたジンさんの横顔を眺める。あのころよりだいぶ増えた白髪が、シャンデリアの光をうけて光っている。

「へえ」

デザートに出てきた大きなチョコレートケーキをだらしなく突っついていたシオンと呼ばれている青年が、急に興味を引かれたように顔をあげた。

「どれぐらいの金額になったか訊いたら、やっぱだめ？」

銀のフォークを歯で鳴らしながら、こちらにもはっきり聞こえるぐらいの声量で隣の益子さんに耳打ちする。だめに決まってるだろ。声には出さず、そっと目をすがめただけで、益子さんは好奇心旺盛な友人をたしなめた。

こんなじいさんばあさんの関係なんか、どうでもいいか。この子にとっては満期の保険金額のほうが気になるのだと思ったら、ひさしぶりに肩パッドの入ったスーツなんか着て、へんにいかっていた肩の力が、すん、と抜けていった（三十年前にはこの比じゃないほどいかりきった肩パッドのスーツを着ていたものだけれど）。

二時間のディナータイムをなんとか円満に円滑に過ごせるようにと、気負いすぎていたようだ。ジンさんにはまかせておけないから、昔取ったなんちゃらで、私ががんばらなくてはと。

「あなたがたは、どうしてこの船に？」

崩れかけたアイスケーキにフォークを刺し入れながら、改めて私は訊ねた。

そこではじめて、そういえばあちらから夫婦だなんて一言も聞かされていないことに気づいた。こっちが勝手にそう見なしていたってだけで。

いやだ、自分だって同じこと、してるじゃないか。かっと頬が熱くなり、急いでアイスケーキを口に入れると、すぐにじゅわりと溶けた。ほんのり焼き色のついたメレンゲの甘酸っぱさがぴりぴりと舌を刺す。

「ぼくたちは、新婚旅行なんです」

「えっ、新婚旅行なのに、お友だちもいっしょなの？」

よかった、やっぱり夫婦だったとほっとして、つい思ったまま口を滑らせてしまった。シャンパンとワイン一杯で私も酔っぱらっているのかもしれない。お酒に、というよりはこの場の雰囲気に。

「やっぱりおかしいと思われますよね。どうしてもついてくるって、聞かなかったもので……」

シオンのほうを顎で指しながら益子さんが苦笑する。「彼、韓国出身だから、釜山に寄港するとき、なにかと便利かなと思って。ソウルなら日本語が通じるけど、釜山はそうもいかないらしいから」

「ああ、それで」と私はうなずいた。どうりでちょっとニュアンスのある日本語を話すと思った。タタタッと階段を駆けおりていくような急《せ》いたかんじ。

「もしなにか釜山で困るようなことがあったら、遠慮なく使ってやってください」

「便利だとか使うとか、さっきから黙って聞いてりゃ……」

非難するように言って、シオンが舌打ちした。

「ごめんごめん、頼りにしてるってば」

そう言って益子さんはシオンの耳元に唇を寄せ、二言三言、なにかを囁いた。それを受けて、くすぐったそうにシオンが笑う。メイプルシロップの甘いにおいが、ぷんと香った気がしてあたりを見まわしてみたが、どのテーブルにもそのようなデザートが供されている様子はなかった。

「いろいろ考えて、飛行機よりは船のほうがいいんじゃないかって思ったんです」

唐突に、いのりさんが口を開いた。

「私たち、式も挙げなかったから、旅行ぐらいは行きたいねって、だったらシオンの韓国に行きたいねって、飛行機よりは船のほうがまだ$CO_2$排出量も抑えられるよねって、三人で話しあって決めたんです」

あらかじめ用意してあったみたいに、ぺらぺらと一方的に彼女は話した。あらあら、と私は思って、ミルクを数滴落としたコーヒーを口に含みながら、どこか張りつめたような彼女の横顔と、妙に親密な彼女の夫とその友人の様子を見くらべた。

「実は私いま妊娠してて、ちょうど二十週目に入ったとこなんですけど――」

まあそうなのと相槌《あいづち》を打ちながら、彼女のお腹のあたりについ目をやってしまう。細くすんなり伸びた首と体の線を拾わないコクーンシルエットも手伝って、とても妊娠中期には見えなかった。

「子どもが生まれたらしばらく旅行なんてできないだろうから、妊娠中にどこかへ行っておきたいと思ったんです。お医者さんは大丈夫って言ってたし、妊娠中に海外旅行する人も多いって聞くけど、でもなんとなく飛行機に乗るの、怖いじゃないですか。気圧で赤ちゃんがぽんっと飛び出てきちゃいそうで。船ならそんな心配はなさそうだなと思って、釜山に寄港するツアーを調べて参加することにしたんです」

心にやましいことのある人のしゃべりかただと思った。大きな病気があることを隠していたり、借金で首がまわらなくなって自殺を考えていたりする人が保険に入ろうとするとき、決まってこういうしゃべりかたになる。情報量と勢いでこちらを圧し、なにかを隠蔽《いんぺい》しようとする。

ウリエギ、という聞きなれない響きに耳を取られ、引っぱられるように私もいのりさんも視線を宙にさまよわせた。シオンが韓国語でなにかをつぶやいたのだと理解するまでに、少し時間がかかった。

「シオン」

益子さんが彼の名を呼んだ。控えめではあったが、咎《とが》めるようなニュアンスの、静かな抑圧を感じさせる声だった。

　ふてくされた子どものようにシオンは舌打ちし、

「ヌナは心配しすぎなんだよ。そんな、飛行機の気圧ぐらいで赤ん坊が飛び出してくるかよ」

すぐにおちょくるような調子で言って場をなごませた。なぜか不穏に胸がどきどきして、「そうよね、そんな話初めて聞いた」とちょっと大げさなぐらいに声をあげて私は笑った。「でも、台風の日は気圧の影響でお産が増えるっていうじゃないですか」と言い訳するようにいのりさんも笑い、隣で益子さんは穏やかな笑みを浮かべていた。やっぱりみんな、舞台の上でパフォーマンスしているみたいだった。

　ジンさんだけが、興味もなさそうにげっぷして、あさってのほうを向いていた。

　食事を終え、船内の劇場でダンスショーを楽しんでから、バーで一杯だけお酒を飲んで部屋に戻るころには十一時をまわっていた。

「デッキ、クッソ寒っ。夜景どころか真っ暗でなんも見えないし」

「真冬のクルーズをなめてたな」

「もう二度と行かない。十二月のソウルより寒かった」

「行くとしたらジャグジー入るつもりで水着でいかないと」

「オッパ？　ミッチョッソ？」

廊下で騒いでいたシオンと益子さんと再び鉢合わせし、あらあらお部屋もご近所さんでしたか、おやすみなさい、なんて言い合ってそれぞれの部屋に分かれた。あたりまえのように同じ部屋に吸い込まれていく二人の背中を見送り、いのりさんはいまどこでどうしているんだろうとふと気になった。

「なんか、おかしな雰囲気の三人組だったよなあ。新婚旅行にくっついてくるってだけでも妙なのに、新婚の奥さんほったらかして男だけであんなはしゃいだりするもんかね」

ジンさんも似たような感想を抱いたようだ。部屋に入るなりジャケットを脱ぎ捨て、ネクタイを外しながらぼそぼそ言っている。ソファに投げ出された黒い礼服につい手を伸ばしかけ、いかんいかん、と放置する。皺になろうが私の知ったことではない。

「妊娠中って話だったから、奥さんのほうは先に部屋で休んでるのかもよ」

自分のジャケットだけハンガーにかけながら、「きらい?」となんとなく訊ねた。

「そういうんでもないけど、なんか妙なかんじがしたっていうか……」

「妙なかんじ?」

「ちょいと昔にね――っていったってもう三十年、へたすると四十年前か、似たような夫婦と……そんときは二組の夫婦だったが、行き会ったことがあってね。そのことを思い出した」

「よくそんな昔のこと、おぼえてましたね」

「いや、すっかり忘れてたんだよ、ついさっきまでは。だけど、ウィスキーって……」

そう言ってジンさんは、にっと唇を横に広げ、片手でショットグラスを傾けるようなしぐさをして見せた。

ディナーの最中、テーブル係のアレックスがカメラを携えてやってきて、写真を撮ってくれた。かしこまってうまく笑えないでいる私の耳元で、「ウィスキー」といのりさんが言った。「南米では、チーズじゃなくてウィスキーって言うらしいですよ。最後、キーって伸ばすと、ほら、自然と笑顔になる」

そうしてみんな、「ウィスキー」の笑顔で写真におさまったのだった。ディナーが終わるころにはそれぞれの家族に一枚ずつプリントされ、データまでシェアされた。

「そんなような会話をあのときもしてたなって。それでふいに、古い記憶がよみがえった。妙な四人組だったなあって……」

顎を撫でながら、遠くを見るような目つきになっているジンさんに、私はふふふと笑った。

「向こうだってジンさんに言われたかないでしょうよ」

「うるせえな。しかし、あんたって人は、どうしたらああも外面《そとづら》ばかりよくできるかね」

「だって、ウチ面をよくしたってなんの得にもならないじゃないですか」

「ああ言えばこう言う」

「外面なんていくらでも取り繕っておけばいいんですよ。どうせほんとうのことなんか、他人にはわかりゃしないんだから。善良で平凡な人間のふりしとけば、みんな放っておいてくれる」

「実感がこもってるねえ」

にやにや笑いながらジンさんはカーペット敷きの床の上に靴下を脱ぎ捨て、手前のベッドに仰向けになった。これで自動的に、海側のベッドが私のものということになる。

上から数えても下から数えてもちょうど真ん中の、海側バルコニー付きのスーペリアクラス。シティホテルのツインルームと比べるとどうしても窮屈に感じるが、海の上だと思えば、それでもじゅうぶんな広さである。希望があればツインベッドをダブルに替えられるということだったが、寝るときぐらい一人になりたいという理由で二度も離婚しているジンさんと同じベッドで眠りたいはずもなかった。それに、私だって、寝るときぐらいは一人のほうがいい。

ふと、バルコニーの外に気を引かれて細く窓を開けると、これまで触れたことのないような冷気が流れ込んできて、アルコールと海の上にいる高揚感とでふわふわした頭を急速に冷やしていった。

空には星のひとつもなく、闇の向こうから波の音だけが聞こえてくる。日没後すぐに出航したときは、息をのむような景色が広がっていたのに。

デッキの上はびゅうびゅう風が吹いて五分といられなかったから、バルコニーの窓から遠ざかる横浜港と刻々と色を変えていく海の様子を眺めた。太陽の名残りが海と空にじゅわりと溶け出して、ピンクから紫へ、にじむようなグラデーションを描いていた。この世のものとは思えない幽玄の世界。いつまでも眺めていられそうだった。こんな色のドレスなら多少大胆でも着てみたい。せめてあと二十、いや、十も若ければ……。

「こういうのをトワイライトタイムっていうんですって。こんな景色、はじめて見た。夢みたいにきれい……」

感に堪えて、思うまま漏らしたら、

「トワイライトタイムぐらい俺だって知ってるよ」

とふてくされたようにジンさんが言った。

「好きだよな、女の人はそういうの」

「女じゃなくて私が好きなんです。ジンさん、この景色見てなんにも感じないの？　人としてなにかおかしいんじゃない？」

「あー、ほんとに、うるせえおばさんだな」

そんなことよりジンさんは、喫煙所が部屋から遠いことのほうが気がかりのようだった。船上での火事は命取り。客室では電子タバコのみ喫煙可とあらかじめ送られてきた冊子には書いてあった。

「こんなことなら電子タバコにしときゃよかった。しかしあれ、どうも吸った気になんねえんだよなあ……」

目の前の絶景そっちのけで、言ってもしょうのないことをしつこく愚痴っているのだから呆れてしまった。まったく、とんだ嫌々爺である。

今朝は早くから家を出て新幹線で横浜に向かい、お昼過ぎにはチェックインを済ませていた。夕飯前に大浴場で汗を流しておいて正解だった。長い一日の疲れが体に詰まって、もう指一本も動かせそうにない。

「ジンさん、着替えてから寝たらどうですか」

窓を閉め、洗顔と歯磨きを済ませてバスルームを出ると、ワイシャツに礼服のズボンのまま、ジンさんはベッドの上で鼾《いびき》をかいていた。何度呼びかけても起きる気配がない。

「皺になっても知りませんからね。アイロンなんか、だれがかけてやるもんですか」

ベッドに入ったとたん、なにか考える間もなく私も眠りに引き込まれていた。

三十年前に出会ったとき、ジンさんは二度目の離婚をしたばかりだった。

保険の外交員の仕事をはじめて一年ほどが経ち、ようやくコツをつかんできたところだった私はすぐさま彼に飛びついた。最初のうちは話しかけてもろくな反応がなかったが、「またきた」「またあんたか」とうんざりしたような素振りを見せながらも回を重ねるごとに打ち解けてきて、そこへ付け入るように見積書を差し込んだ。これを機にライフプランを見直し保険の乗り換えをしたほうがいい、いま加入している保険だと独り身には少々載せ過ぎのようだから我が社のこのプランがうってつけである、じゅうぶんな保障がついていまより負担も軽くなるし利回りもずっといい、乗り換えない手はない、とせつせつと訴えた。

「わかった、わかったよ、あんたには負けた。あんたの言うとおりにするから、その代わり今晩一杯つきあえよ」

　所帯を持っていたころは女房も子どもも煩わしいばかりだったが、毎晩一人でいるのもそれはそれで応えるのだと、身勝手きわまりないことをのたまってジンさんは私を誘った。

　そういうことはよくあった。こちらが独り身だと知るや、食事や酒に誘ってくる見込みの客は後を絶たなかった。保険に入る代わりに夜の相手をしろとあからさまに誘われたことも一度や二度じゃない。すぐさま営業所に戻って所長に報告したところで、その手の誘いをうまくかわして成約をもぎ取ってこそ真の生保レディだなどと説かれて終わりだった。折しも世間では、「セクシュアルハラスメント」なんて言葉が出てきて騒がれていたが、地方で働く生保レディのもとまでその風が吹いてくる気配はなかった。

「お酒ぐらい別にいいけど、それって、おごり?」

　普段なら、なんやかんや理由をつけて断るか、食事だけでうまいこと切りあげるかのどちらかなのだが、このときばかりは私も気を引かれ、女みたいにしなを作って訊ねた。男盛りの三十六歳、愛想はないけど妙な色気のある男で、そそられた。

「酒につきあわせるのに、女に払わせるかよ」

　ふん、とジンさんは唇をゆがませて笑った。

　よく知らない相手には不愛想なくせに、気安くなった相手にだけ見せる愛嬌《あいきょう》のようなものがジンさんにはあって、二度の離婚もうなずける気がした。これは女が放っておかないだろう。人馴れしていない野良猫を手懐《てなず》けたいという欲望は私にも理解できる。

一杯だけで済むわけないと思っていたが、案の定、誘われるまま、その日のうちにジンさんと寝た。客に誘われて寝たのは後にも先にもその一度きりだ。ジンさんとのそれは、それまで経験してきたものとはぜんぜんちがった。

「びっくりした。こんなにいいものだなんて、知らなかった」

行為を終え、ホテルのベッドでしばし呆然とする私に、「なんだそれ」と言ってジンさんは笑った。いっしょに、煙草《たばこ》のけむりがこちらまで流れてきた。

「そりゃ気の毒に。ろくな男とやってこなかったんだな」

そう言って、ベッドの上に放り出されたままの私の乳房を、手のひらですくいあげた。最中とはまたちょっとちがう、性的なニュアンスを感じさせない清らかな手つきに、されるがままになった。私だって、女盛りの三十三歳だったのだ。

それから折に触れ、ジンさんと遊んだ。私から誘うこともあったが、たいていはジンさんから呼び出され、どこかで軽くお酒を飲んでからホテルに向かう。酒は一杯か二杯までが媚薬《びやく》、それ以上は鎮静剤――とはジンさんの持論で、ほろ酔いで理性を保ったまま私たちはいつも抱き合った。「セックスフレンド」なんて言葉が浸透しはじめたころで、こんなインスタントな男と女の関係があるのかと戸惑いながらも、誘惑には勝てなかった。

「結婚はもうこりごりです。娘と息子一人ずつ、それぞれのかみさんと作ったんだ。務めは果たしたし、じゅうぶんでしょう」

そういうことになる以前から、しつこいぐらいジンさんは言っていたし、私もそのつもりで保険のプランを練った。

今風に言えば「セフレ」の関係でも、私のほうでは一向にかまわなかったのだが、次から次に、どこから見つけてくるのか、ジンさんの身のまわりの世話をしたがる女があらわれては消えていくのがなにかと厄介だった。女ができると、ジンさんからの連絡がぱたりと途絶えるのですぐにわかった。

限られた一部のビジネスマンが持っているぐらいで携帯電話もまだ普及していない時代だったから、そうなるとジンさんと連絡を取るのに苦労した。家にかけると女が出る。職場にかけても地方出張や現場に出ていることが多く、つかまらない。一度、自宅の留守番電話にメッセージを残しておいたら、その数日後、思い詰めた顔をした女に営業所の前で待ち伏せされた。さらさらと霧のように降る春の雨の中、傘も差さずに長い髪を顔に張りつけて、うらめしやとでも言わんばかりの風情だった。

「牧野《まきの》弥生さんですよね？　私、神義昭《じんよしあき》と暮らしている者です……」

俯きがちにそう言うと、女は腹の中に溜め込んでいたものを吐き出すように、あの人とはもう会わないで、もう連絡もしないでください、いっしょになろうって、あの人言ってくれたんです、おまえは他の女とはちがう、おまえとなら三度目の正直になるだろうって、あなたのことは遊びだって、体だけの関係だってあの人言ってました、あなただってそうなんでしょう？　あの人のこと好きでもなんでもないんでしょ？　どうしてそんな、いやらしい、好きでもない人と寝るなんてふしだらよ、気が知れない、ともかくもうあの人には連絡してこないでください、お願いだから私たちをかき乱さないで……、頭に浮かんだ言葉をそのまま舌に乗せるみたいに好き放題にまき散らした。これにはさすがに閉口した。

「あんたには悪いことしたたな。なかなか思い込みの激しいやつでさ、まあそこがかわいいとこでもあったんだけど、いいかげん潮時かなとは思ってたんだ。どうにも重苦しくて、あんなのと四六時中いっしょにおってみい、肩が凝ってかなわんわ」

　冬のあいだに湿気を溜め込んだ綿布団をぽいと放り出すみたいに、ジンさんは女と別れたようだった。あの女もどうかと思うが、彼女にあそこまでさせてしまうジンさんもジンさんだと思った。

「その点、あんたはいいね。さっぱりとして、どこまでも軽く、雲でもつかんでるみたいだ。まったくもって、いい女だよ」

　からっからにかわいた肌掛布団。いつでも好きなときに出し入れできて、持ち重りしない。男にとっての「いい女」というのは、おしなべて「都合のいい女」ということになるのだろう。でもまあ、それは女もおんなじか。

「なに言ってんですか、あほらしい」

半狂乱で雨に濡れそぼっていた女の姿を思い出しながら、私は鼻で笑った。ただの男と女になってしまったら詰まらない。私は狂えない。狂ったら、終わってしまう。

相手の言うことをよく聞き、ことさらに主張などせず、控えめで従順でよく気がつき、いつでもすぐ隣に寄り添っていると顧客に感じさせること。先輩から教わった「生保レディの極意」である。

ならば日本の女はみな優秀な生保レディになるだろうと、それを聞いたときに思ったものだった。幼いころからもの言わぬ女でいろと育てられてきたのだから筋金入りである。まったく、あほくさいったらなかった。

バブルが弾《はじ》け飛ぶのと時期を同じくして、保険外交員の仕事に見切りをつけ、ちいさな建設会社に会計事務の職を得た。給料は驚くほど安かったが、毎月のノルマに汲々《きゅうきゅう》とするストレスから解放されたことを考えればお釣りがくるぐらいだった。

たんたんと、つましい女の一人暮らしをしながら、ときどき思い出したようにジンさんと遊ぶ。

私にとってそれは、氷砂糖をとかしたラム酒をちびちび舐《な》めながら、クロゼットの奥に仕舞い込んであるとっておきの宝石を夜更けまでうっとりと眺めているような行為だった。あるいは、懐に隠し持った短刀をていねいに研ぐような、ぜいたくで物騒なお巫山戯《ふざけ》。こんな時間を持っている女に、独り身の侘《わび》しさなど無縁というものだ。

むろん職場では、おくびにも出さずに、さびしい中年女のふりしてた。「一人はさびしいでしょう」なんてだれかに声をかけられたら、「ええ、そりゃあもう！」と大きくうなずいて、ハンカチを振りしぼる真似だってしてみせた。そうすれば笑いも取れるし、周囲からの同情も得られ、ときどきお菓子を分けてくれたり、ランチをご馳走してくれたりもする。可哀想な隣人には、いくらでも親切にできるものだ。私のような平々凡々なおばさんが、こんなふしだらな愉《たの》しみを隠し持っているなんて、職場のだれ一人考えもしなかっただろう。

独り身の女なんていまではそうめずらしくもないのだろうが、私たちの時代ははっきりと異端だった。だからこそことさらに示さなければならなかった。特異な思想も信条も持っていない、ごくごくふつうの人間であることを。あなたがたの生活を脅かしもしなければぶち壊したりもしないので、端のほうに身を寄せることをどうかお許しください、と平凡なおばさんの仮面を装着して請うことが、独り身の女の——というよりは私の、処世術だった。

「いいのよ、肩肘なんて張って生きなくても。あちこち肩ぶつけて青タンたくさんこさえて……そういうのって疲れるじゃない。自立した女の誇りを持てとか言われても、私はリブの人たちとはちがうし、軋轢《あつれき》とか、いらないのよ。主張とか、ないのよ別に。社会にとけこんで、だれの目にも留まらないように、静かに暮らしていたいだけ」

「いやあ、見あげたもんだね、実際」

ほんとうに文字通り、私が上になる形でつながっていたから、二人でけらけらと笑った。気楽でおいしい関係を気ままにつまんで、ほっと息をつく。

そんなふうな三十年だった。即《つ》かず離れずの距離を保ったまま三十年。あっというまだったような気もするし、なんだかずいぶん遠くにきてしまったような気もする。

二人ともすっかり年を取った。田舎の父ががんを患い、長い闘病生活の末に母まで要介護の身となり、所帯持ちの弟は身動きが取れないからと、建設会社を早期退職して私が実家に戻ることになった。日々、両親の介護に追われながら過ごしているうちに、気づいたらいつのまにか、出会ったころより十キロも体重を増やしていた。それでもなんとか時間を作って、ジンさんに会いに隣県の町まで出かけて行った。「羽が生えてきとるな」とジンさんは面白がって、肩甲骨のあたりに溜まった肉を執拗に愛撫するようになった。

ジンさんの背後にちらついていた女の影も、いつのころからか、ぱたりと途絶えた。


どういうわけだか昔から、船の旅に憧れていた。テレビや雑誌で豪華客船クルーズが特集されているとかぶりつきになったものだ。

いつか、一度でいいから、クルーズ船で旅してみたい。

海なんてさして好きでもなければ、きらびやかでゴージャスな内装も趣味じゃないのに、どうしてこんなにも惹きつけられるのだろう。理由がわからないからこそ、余計に焦がれるということもあるかもしれなかった。

「どうだい、乗ってみてのご感想は？」

「なんだかぜんぶがうそみたいで、狐につままれたような気分」

「俺は、チビどもを連れてディズニーランドに行ったときのことを思い出してる」

ジンさんとディズニーランド。これ以上そぐわない組み合わせがあるだろうか。思わず噴き出したら、「ま、つまり、そういうこと」とジンさんが肩をすくめた。

巨大な要塞のようだとフェリーポートで最初に見たときは思ったが、航海がはじまってしばらく過ごしているうちに、よくもまあ、こんなもので海の上を移動しようなんて思いついたものだと感心というより呆れに近い感情が湧き起こった。

全長三百メートルにも及ぶ巨大な客船の中にはレストランと客室に加え、スポーツジムや図書館や映画館、銭湯やスパや美容院、ちょっとした商店街まであって、町の機能がひとところにぎゅっと詰まっている。クルーズ中、いくつかの港に立ち寄るが、地上には下り立たずに船内で過ごす人も少なくないという。わざわざ飛行機に乗って遠い国まで行き、滞在中ずっとホテルの中で過ごす人もいるぐらいだから、船の旅は理にかなっているといえば理にかなっているのかもしれない。

正直なところ、なんだ、こんなものか、と拍子抜けしたような気分だった。蓋を開けて中に飛び込んでしまったら、なんてこともなかった。どんなに高価で美しい贈り物だとしても、リボンをほどく寸前が最高潮で、それ以降は目減りしていくばかりだ。

「消費主義の権化みたいなこと言いよるな」

とジンさんは呆れていたけれど、「まあ、なんにしたって一度は味見してみんと、わからんもんな……」と妙にしんみりした声でつぶやいていた。

二日目は終日航海日だったので、朝早くに目が覚めた私たちは、同じく早起きの年寄りであふれかえるブッフェで朝食を済ませ、無料のコーヒーは白湯《さゆ》みたいで飲んだ気がしないと言うジンさんにつきあって、プロムナードのカフェに移動した。うんと濃い有料のコーヒーを飲みながらそれぞれ船内新聞に目を通し、語学教室やゲーム、ミニコンサートなど朝から晩まであちこちで催されているさまざまなイベントから、いくつか興味のあるものをピックアップする。

中には「ＬＧＢＴの集い」なんてものもあって、いささか面食らってしまった。こんなふうにお膳立てされて、その手の人たちが素直に集まってくるものなんだろうか。そこにいるっていうことは、つまりそういうことだって、まわりに宣言してるようなものじゃないか。それともいまどきは、へんに気にするほうがおかしいんだろうか。

「ヨガのレッスンがあるけど、有料かあ」

「十一ドルだろ？　それぐらい払ってやるから行ってきなさいよ。この際エステでもなんでも」

「いやですよ、やるなら自分のお金でやります。つましい年金暮らしですけどね——あっ、無料の太極拳のクラスがあるからこっちにしよ。ジンさんはどうする？」

「え、やだよ俺そんなの、かったるい」

「じゃ、それぞれ自由行動にしましょうか。ジンさん、カジノに行きたいんでしょ？　夕食前に一度、着替えに戻りたいから部屋で待ち合わせにしましょう」

六日間の旅行中ずっとジンさんと顔をつきあわせているのも、それはそれで気疲れするだろうと踏んで、早々に別行動を提案したら、

「ええっ、じゃあ、昼飯はどうすりゃいいんだよ」

と縋《すが》るようにジンさんが言うので驚いてしまった。

「お昼ぐらい一人で食べなさいよ。働いてたときは、いつもそうしてたんでしょ。長崎でも札《さっ》幌《ぽろ》でもどこでも」

「地上で一人で飯食うのと、船の上とじゃわけがちがうだろ」

「そのちがい、ぜんぜんわかんない。ジンさんはあれですね、もしいまも結婚してたら、俺の飯はどうするんだって奥さんの後をついてまわるような、絵に描いたような定年クライシス夫だったでしょうね」

しまった、と思ったときには遅かった。ジンさんがふと押し黙り、甘えるように唇を突き出して、こずるく目を泳がせた。

「わかった、わかりました。じゃあ、十二時にピッツェリアの前で待ち合わせってことで。太極拳はじまっちゃうから、もう行きますね」

それだけ言い捨てて、逃げるように席を立った。

船内はどこもかしこもクリスマスムードが漂っていて、どこからか、クリスマスソングの生演奏が聞こえてくる。乗客の大半が日本人だが、中には西洋人や中国人も交じっていて、昔、母と二人で泊まった香港《ホンコン》の日系ホテルを彷彿《ほうふつ》とさせた。深い青のペルシャ絨毯《じゅうたん》を踏みしめ、まばゆく豪奢な吹き抜けのアトリウムを通り抜けて、急ぎ足でデッキに向かう。ヒールを履いてこなくて正解だった。だだっぴろい船の中を移動するだけでもけっこうな運動になる。

小型船とはちがって大きく揺れることもないから、海の上にいることを忘れそうになるが、ふいに窓の外に海が見えて、はっとする。三六〇度、見渡すかぎりずっと海。グラスいっぱいまで注いだ水のように水平線がまるくふくらんで、あふれだすのを堪《こら》えているみたい。海の上のかりそめの町。なにもかも非日常に彩られたこの船がどこに向かっているのか、私にははっきりとわかっていた。

その夜、ディナーの席にいのりさんはあらわれなかった。

「奥さんはどうされたの？　体調でも悪いのかしら？」

余計なお世話と知りつつ、長年のくせでつい訊ねてしまった。おばさんの擬態が身にしみついている。

「いや、ご心配には及びません」

アペリティフのグラスに口をつけながら、益子さんが首を横に振った。オックスフォードのボタンダウンシャツにブルックスブラザーズの紺ブレ。今日のドレスコードは「スマートカジュアル」だから、昨日よりずいぶんリラックスした恰好だ。アイビールックのお手本のような組み合わせが、如才ない彼の雰囲気によく似合っている。

「野菜とフルーツをめいっぱい食べたいからって、ブッフェのほうに行きました。彼女は肉も魚もあまり食べないし、こっちの料理はどうも重たいみたいで」

「へえ、そうなの……」

と相槌を打ちながら、どうにも釈然としなかった。だったら彼女につきあって、ブッフェのほうに行ったっていいのに。いくら日本人の乗客ばかりで、日本語堪能《たんのう》なクルーが大勢いるとはいえ、仮にも外国籍の船である。身重の妻を外国船にひとりぼっちにして心配じゃないんだろうか。万が一、『タイタニック』みたいなことが起こらないとも限らないわけだし。

「昨日、赤ワインのボトルを開けちゃって、ボトルをキープしてあるんですよ」私の考えを読んだかのように、すかさず益子さんが付け足した。「続きを飲まないとって彼がうるさく言うもので、ぼくらはこっちに」

彼の言い訳——なのだろう、おそらく——を聞いても、溶けきらない角砂糖のように釈然としない気持ちが腹の底に残った。なにか、彼のありようには違和感をおぼえずにいられない。いわゆる「ふつう」からはちょっと外れた、偏執的ともいえるいのりさんのふるまいや、人を食ったようなシオンの尊大な態度はそれほど気にならないのに。

そこまで考えて、ああ、そうか、と合点がいった。彼も私と同じで、擬態してるのだ。平々凡々な一般家庭の夫に見られようとパフォーマンスしてる。本物と見まがうほど精巧に作られた「ふつう」。

「まあ、どんな仲の良い夫婦だって、四六時中、顔をつきあわせちゃいられねえわな」

食前酒がわりのビール一杯で、頬をうすく上気させたジンさんが、めずらしく会話に口を出してきたので、

「よく言う！」

思わず、この場にそぐわない声をあげてしまった。カジノで派手にすり、一人じゃ間が持てないというジンさんを放っておけなくて、ランチの後、ゴルフのパッティング大会やら麻雀大会やらにつきあわされたこっちの身にもなってほしい。こんなことなら早々にエステの予約を入れておくんだった。

「オッパ、イゴバラ」

聞きなれない響きに耳をとられて顔をあげると、はす向かいに座ったシオンが手元の船内新聞を示しながら韓国語で早口になにかを告げた。おそらく女物なのだろう、しんなりと纏《まと》ったピンクのカシュクールブラウスが恐ろしく似合っている。なにを言っているのかはわからなかったが、物騒なことを口にしたのだということは表情から読み取れた。

「シオン」

またちょっと、咎めるような響きの声で、益子さんが彼の名を呼んだ。

――この二人は、恋人同士なのか。

甘いメイプルシロップの香りが、急にしめった生臭いものに感じられ、唐突に私はそれを悟った。


翌日は釜山に下り立ち、シオンに薦められたとおりにヌタウナギのわら焼きで焼酎《ソジュ》をやり、その翌日はお昼に長崎で、冷酒片手にお鮨《すし》をたらふく食べた。ヌタウナギに鯨、二日連続で食べつけないものを食べたというのもあるけれど、連日の外食疲れでそろそろ胃が限界だったので、夜はブッフェでかんたんに済ませることにした。

「いまいちばん食いたいもんは？」

「もうしばらくは、白いご飯とおみおつけだけでじゅうぶん」

「せっかくのクリスマスイブだっていうのに、甲斐がない」

「明日のメインダイニングはクリスマスの特別メニューだっていうじゃないですか。それに備えて今日は胃を休ませておきましょうよ」

クルーズは翌日の終日航海日を残すばかりとなったが、この調子だと、船内の有料レストランを利用することのないまま終わりそうだ。思っていたよりお金を使わずに済んで、正直ほっとしていた。家族へのお土産は明日、船内のギフトショップのセール品からてきとうに見繕えばいい。

「見てよ、これ」

夕食後にバーラウンジで一杯飲んでいると、喫煙所から戻ってきたジンさんがうれしそうに免税店の袋から電子タバコを取り出した。

「いまそこの免税店で見かけて、辛抱できずに買っちゃった。これでやっと、部屋で煙草が吸える」

「明後日《あさって》の朝には船を下りるっていうのに、あと一日ぐらいがまんできなかったんですか。それじゃ吸った気になんないって前に言ってたじゃない。けっこうな値段、するんでしょ？」

「そのあと一日が耐えられなかったんだよ。多少金を払ってでも、便利なほうを俺はえらぶね」

「はいはい、そうですか」

退職金も厚生年金もおまけに満期保険金までたんまり懐に入ってきて老後の不安のない人はいいですね、あとはお世話してくれる人さえいれば万々歳ですね。喉まで出かかったいやみをのみこんで、窓の外に目をやる。月からのびた光の帯が海面に揺れているのを眺めながら、一杯九ドルのラムとミントシロップのカクテルを舌の先で突っつくように舐める。

「多少不便でも、私はおいしいものが食べたいけどな」

ため息のようにつぶやいて、グラスのふちを指でなぞっているうちに、スイッチが入るのがわかった。最近じゃ、とんとご無沙汰だった、あのスイッチ。

「ジンさん、部屋に戻りましょうよ」

老眼鏡をかけ、電子タバコの説明書を読み込んでいるジンさんの節くれだった手に指を絡める。はっとしたようにジンさんが顔をあげる。グラスに残ったカクテルを一息で呷《あお》り、私は立ちあがった。

「酔っぱらったかな。それとも、船の揺れかな」

免税店の袋を片手にふらふらとついてくるジンさんの手を取って、長い廊下を歩く。若いころとはちがって水気も脂気も失ったかさついた指に指を深く絡ませたら、いつもの仏頂面でジンさんはそっぽを向いた。私はもう、ふちの赤くなった耳に噛《か》みつきたくてしかたない。

部屋に入るなり、私たちは自分で自分の身につけているものを素早く脱ぎ捨てて、ベッドに入った。若いころの性急さとはかけ離れ、じっくりと肌を吸い合わせるような行為も、それはそれで愉しいものだった。

四十も過ぎれば、セックスなんてしなくなるんだと思っていた。バイアグラの認可が下りたときは、「これで一生現役だな」なんて冗談で話していたけれど、ジンさんも私も獰猛《どうもう》な性欲こそなくなったものの、五十を過ぎても六十を過ぎてもこの愉しみを続けていた。そうでもしなければ、おたがい会う口実がなかったというのもある。

おそらくだけど、ジンさんはこの旅で、私にプロポーズするつもりでいる。

結婚はもうこりごりだと言っていたが、年を取ってからの独り身の侘しさに意を翻したのかもしれない。ジンさんの周囲をもぞもぞしていた女たちもそれぞれどこかに身を落ち着かせ、残ったのは私だけ。こんなのでもいないよりましかと、繋ぎ止めようとしてる。そうでなければ、こんな旅に誘ったりしないだろう。

二年前に私の父が死んだとき、ジンさんはわざわざ車で二時間近くかけて隣の県からお通夜にやってきた。ちょっとびっくりするぐらいの額を香典に包んでよこし、面識もない父のためにたっぷり時間をかけて焼香した。思えばあのときもうすでに、そういう心づもりでいたのかもしれない。

喪主をつとめたのは弟だったが、席次がなってないだとか、段取りが悪いだとか、こんなんじゃ親父さんも浮かばれないだとか、葬儀に集まってきた親戚はなにかと不手際をあげつらい私を責めた。父の入院中、ほとんど顔も出さなかった人たちが、どうして父が死んでからあれこれ口を出してくるのか理解できないまま、はあ、すいません、いい年してお恥ずかしい、といつものようにへらへら笑って頭を下げた。私は、ぜんぜん、平気だった。そんなところに私の心はなかったから。なのに、ジンさんが怒った。

「さっきから黙って聞いてりゃ、いい年したじいさんどもが寄ってたかってこんなちいさ……くはないな、こんな小太りのおばさんを責め立ててなにが楽しいんだろうね。この人はね、親が死ぬのもはじめてなら、葬式を出すのもはじめてなんだ。だれだって最初は素人だろ。落ち度があったって言うなら、年配のあんたらが助けてやりゃいいだけの話じゃねえか」

通夜振る舞いの席で、すみっこのほうで手酌でビールを飲んでいたジンさんが、こっちのほうまでしゃしゃり出てきて、啖呵《たんか》を切った。

「それになんだよ。喪主はこの人じゃなくて弟のほうなんだろ？　文句があるならそっちに言やいいもんを、わざわざ弱そうな女をえらんで責め立てるあたり、金玉がちいさくて笑っちまうわ」

「ジンさん、やめて」

すぐにジンさんの腕をつかんで、葬儀場の外に連れ出した。それでなくとも、「あの人はどちらさん？」と目《め》敏《ざと》い親戚や近所の人に訊かれて説明に困っていたのに、こんな騒ぎまで起こされちゃかなわない。

「よそんちの葬式にやってきて言いたいこと言って、それでジンさんはすっとするんだろうけど、私はこれからもここで生きていかなきゃいけないの。波風立てるようなことしないで」

わずかばかりの外灯が、駐車場に並んだ無数の車をうすぼんやりと浮かび上がらせていた。その先には、闇に沈んだ田畑がどこまでも続き、はるか遠くに民家の灯《あか》りがぽつぽつと見える。子どもの一人も産まないでなにが女だ、役立たず。そう罵《ののし》られて逃げ出したこの町に帰ってくることになるなんて、私だって思っていなかった。

「だったらこんなとこ、とっとと出ていけばいい」

「かんたんに言わないで」

「かんたんには、言ってない」

あのときも、ジンさんは拗《す》ねたように唇を突き出して、甘えん坊の子どもみたいな目つきで私を見たのだった。彼がなにを欲しがっているのか、それだけで私にはわかってしまった。

「私には無理」

ジンさんは、とっておきの非日常だ。そんな詰まらないことにしたくはなかった。生臭くしめった女の一人に、だれが進んでなりたいと思うだろう。


肌の上にまだ官能の余韻《よいん》を残したままシャワーを浴びてバスルームを出ると、すでにジンさんは鼾をかいていた。なぜか、ほっとしている自分に気づいて、一瞬ぎくりとする。

今朝は早くに船を下りて長崎の町をあちこち歩きまわったから、死体でも背負ってるみたいに体が重たく疲れきっていたが、頭だけは妙に冴えていた。とても眠れそうになかったので、先ほど脱ぎ捨てたばかりのワンピースを再び身につけ、母のお下がりのカシミヤのストールを肩にかけて部屋を出た。

水気を残したままの体に、ポリエステルの裏地がぺったり吸いつくのがじゃまくさくて、いっそ潮風で乾かしてしまおうとデッキに出たら、五分ともたずに体が凍えてしまった。ライトアップされた大きなクリスマスツリーの下、毛布にくるまって寄り添う二つの影が遠くに見えた。蜃気楼のように揺らめくジャグジーで口づけをかわす恋人たちの姿も。二人でいれば寒さなんて関係ないらしい。おかしくなって笑ったら、吐き出すそばから白い息が風に散った。こんなにたくさんの水に囲まれているのに、なんだか砂漠の真ん中に一人取り残されたような気分だった。

　冷えた体を温めるために強いお酒が飲みたくて、どこか開いているバーはないかと船内をうろついていると、営業を終えたロビーラウンジのソファに腰かけ、金色のかぎ針で編み物をしているいのりさんを見つけた。素通りしてもよかったのだが、なんとなく気を引かれて、「こんばんは」と声をかけた。ここまでくるともう、おばさんの擬態なんて言い訳は通用しない。単なる私の好奇心だ。

「あ」

　焦点の合わない目を動かして、いのりさんが私を見つけた。ニットワンピースのおなかがまるく膨らんでいるのが、少し離れた位置からでも見て取れる。

「赤ちゃんの？　靴下かなにか？」

　近づいていって訊ねると、くす、と含みのある笑い方をした。

「やっぱりみんなそう思いますよね。妊婦が編み物をしてると、赤ちゃんのためになにか編んでるって」

「やだ、ごめんなさい」

「エコたわしです。お店で売ってるんですけど、なかなかの人気商品で、生産が追いつかないぐらいなんですよ」

「エコたわし」

隣の県に住むいのりさんは、都心でちいさなセレクトショップをやっていると最初のディナーのときに話していた。近くに寄ることがあったら覗《のぞ》いてみるわね、とあのときも、好々婆ぶって社交辞令を述べたのだった。

「旅行に仕事を持ってくるなってちかちゃんには――あ、夫のことです――言われてたんだけど、手持ち無沙汰になるかなって思って、こっそり荷物に道具を忍ばせてきて正解でした」

手のひらサイズの平べったい編み地を差し出され、まじまじと見下ろす。じゃりじゃりした手触りの生成りの麻ひもで編まれている。こんなものが商売になるなんてと感心しながら、「これなら私でも作れそう」とつい漏らしたら、「ほんとですか？　だったら外注お願いしようかな」と冗談とも本気ともつかない調子で言って、いのりさんが予備のかぎ針を取り出した。

「どうやるんだったかしら。もうずいぶん、触ってないから……」

それでなんとなく私もソファに腰かけて、編み物をすることになった。最初の目さえ作ってしまえば、あとは手が覚えていた。凍えていた指先が動かすごとになめらかさを取り戻していく。私たちはぽつぽつと言葉をかわしながら、一心不乱に編み物に取り組んだ。手を動かすことに集中していると、騒がしかった頭の中がすっと落ち着いていく。

「こんな遅くまでいいの、妊婦さんが」

「昼間、部屋で寝てたら、眠れなくなっちゃって」

「ああ、妊娠中は眠くてしかたなくて、へんな時間に寝ちゃうのよね。鉄分を摂《と》るのがいいらしいわよ。レバーとか納豆とか……ってこんなこと、知ってるか。いまはなんでも、スマホで調べられるから」

「いちおうサプリメントは飲んでるんですけど、それでも足りてないのかな」

「私のときは、サプリメントなんて便利なものはなかったから、鉄瓶で沸かした白湯を飲めって、姑に毎日せっつかれてた。つわりで水も飲めないような状態だったのに、錆《さび》くさい白湯を突き出されて、飲まなきゃ許してもらえなかった」

　せっせと手を動かしながら、記憶の糸をたぐるように私は話した。当時もこんなふうに編み物をしたものだった。靴下や帽子やおくるみ、淡い色の毛糸で生まれてくる赤ん坊のためになにか編んでいるときだけが、落ち着いて静かにものを考えられる時間だった。

「でもまあ、すぐだめになっちゃったんだけど。なかなか子どもができなくて、やっと妊娠したって喜んでたんだけどねえ……」

　夫だった人は高校の同級生だった。卒業してしばらく経ってから、地元のお祭りでばったり再会し、そういうことになった。長男だったから、当たり前のように両親と同居することになったものの、結婚して何年経っても孫の顔が見られず、業を煮やした姑についには家を追い出された。田舎だというのもあるけれど、まだまだそういうことがまかりとおる時代だったのだ。逃げるように地元を離れ、誘われるまま生命保険の外交員の職に就いた。ほかにできることもなかったから、がむしゃらに働いて、ジンさんと出会った。

遠い記憶をたどればたどるほど、運命の不思議を感じずにはいられない。なにかがひとつでもちがっていたら、いま私はここにいないのだ。

「――ってやだ、妊婦さんにこんな話して。怖がらせちゃったわね。そんなつもりじゃなかったのに、ごめんなさい」

「いいんです」

編み物の手を止めて、いのりさんが微笑んだ。

「私も、一度、経験、してるから。この子の前に」

聞いているこちらがじれじれするような、もったりとした口調で彼女は告白した。それから急にチャンネルを替えたみたいに、年齢のこともあるけど、体外受精で授かった子だったから、流産の確率がどうしても高くなるんです、と早口に続けた。

「体外受精」

おうむがえしにつぶやいたら、

「ちかちゃんが、やっぱり年齢的なこともあるのか、精子の数とか運動率とか、いろいろ問題があったみたいで、医者から顕微授精を勧められて、だから、そうするしかなかったんです」

きれぎれの言葉で、つんのめるように、いのりさんは言い訳した——言い訳のつもりだったんだろう、おそらく。

「私たちのころは、そんなもの、なかったから。でもそれで自分の子に会えるんなら、よかったじゃない」

どうしたら彼女のこわばりを解いてやれるのか、慎重に言葉をえらびながら言った。かつては「試験管ベイビー」なんてひどい言われようをしていたぐらいだ。あの姑ならきっと許さなかっただろう。そんなの自然に反する、とかなんとか言って。

「なんだっていいのよ、利用できるものは利用すれば。すいかだってかぼちゃだって、人工授粉で実をつけさせるじゃない。それとおんなじよ」

今日、長崎に下り立って最初にしたことは、スマホで「ウリエギ」という言葉を調べることだった。「私たちの赤ちゃん」という意味の韓国語。船の中には有料のＷｉ‐Ｆｉも通っているし、インターネットカフェもあったけど、わざわざお金を出すまでのこともないだろうと今日までお預けにしていたのだ。

韓国では共同体意識が強いから、なんにでも「私たちの《ウリ》」をつける文化があるという。「私《ウ》たちの国《リナラ》」「私たちの夫《ウリナムピョン》」といったふうに。恋人を「ウリエギ」と呼ぶこともあるようだけど、英語でいう「マイベイビー」みたいなものなんだろう。そう考えれば、いのりさんのお腹にいる子をシオンが「ウリエギ」と呼んだところで、それほどおかしいことでもないのかもしれない。

だけど、どうしてもなにかが引っかかる。あのときの益子さんの過剰な反応や、シオンのばつの悪そうな表情を思い出すだに、なにかもっと別の意味合いがあるのではないかと思えてならないのだった。

「わからないんです、どれだけ考えても」

奇妙に澄んだ瞳をあげて、いのりさんが言った。

「なにがいけないのか、みんなだめって言うけど、その理由までは説明してくれないから。倫理的にだめ、道徳的にだめ、世間が許さないからだめ。頭ごなしにそんなこと言われたって、納得できないし、わからない。なんべんもくりかえし飽きるぐらいに考えたけど、どうしても私にはわからなくて」

なんの話をしているのか、途中から理解できなくなりそうだった。もしかしたら、お腹の子の父親は——確信がどんどん深まっていく。シオンが「オッパ」と舌に乗せるたび、メイプルシロップの甘い香りがたちこめる。親密な男たちとそこからはじかれたような妻。不妊の夫。ウリエギ。大きな秘密を抱えた家族という名の共同体。

「そうねえ」

手元の針に目を落として、私はつぶやいた。

「みんながだめだと言うことには、素直にしたがっておいたほうがいい——ってこんなとき、いつもだったらアドバイスするところなんだけど、でももうそんな時代でもないんでしょう？　たくさんの選択肢から自分の道をえらべるいまの人たちがうらやましいって思ってたけど、それはそれで大変そうね」

　彼女の選択が正しかったのか間違っていたのか、そんなこと、私には判断しようもないけれど、目の前に延びる幾本もの道から自分でえらびとった。それだけは賞賛に値することだった。

　結局、私はなんにも、なにひとつだってえらばずにここまできてしまった。

　ジンさんのことはもちろん嫌いではないけれど、恋とか愛とかそういうものなのか、考えるのもバカらしくて、ずっと昔に放棄して宙ぶらりんのままにしておいた。そんなものがなくたって男と女はかんたんに番《つが》えるし、そんなものがあったところで必ずいっしょになるともかぎらない。せめてあと二十、いや、十も若ければ……なんて考えないこともないけれど、六十過ぎていまさらいっしょになるなんて、みっともないとかいう以前に、たがいの打算が見えすぎて後ろめたかった。

「お酒の飲めるとこを探してたんだけど、あったかいお茶が飲みたくなってきちゃった。カフェなんて、もうどこも開いてないわよね」

「遅くまでやってるバーならあるみたいですけど、お茶を出してるところはあるのかな。よかったら私の部屋にきません？　ルームサービスなら二十四時間やってるから」

　誘われるまま部屋におじゃましたら、予想していたとおり、いのりさんはツインルームを一人で使っているらしかった。

「だれかといっしょだと気を遣うし、一人じゃないと寝られないたちだから、男子部屋と分けてもらったんです」と早口に言い訳しながら、ソファやベッドの上にちらばった服を丸めてクロゼットに押し込む。たった六日間のクルーズによくもまあそんなにと目を瞠《みは》るぐらい何着もつくねてあって、おしゃれなのも考えものだなと私は苦笑した。

小腹が空《す》いたので、温かいお茶とピーナッツバターとジャムのサンドイッチをルームサービスでとり、好きにつまみながら編み物の続きをした。釜山で立ち寄ったところ、市場で買った釜山名物のみかんを検疫で没収されたこと、長崎のお鮨、底にざらめの敷いてあるカステラ、船の中で見たりやったりしたあれやこれや、思いつくまま話題を探しているうちに話すこともなくなり、もくもくと作業していたら、いつのまにか夜明けが近づいていた。

「弥生さん、見て」

カーテンを開け、囁くような声でいのりさんが私を呼んだ。

最初に、空を切り裂くように光が射し込んだ。あっと声をあげるまもなく、海に黄金が流し込まれる。鋭く光って目を射る波濤《はとう》。儚《はかな》く消え入りそうな日没の景色も美しかったが、船から見る日の出は漲《みなぎ》る生命力でようようと世界を染めあげようとしていた。

「ジンさんに、見せてあげなきゃ」

考えるより先に体が動いていた。挨拶もそこそこにいのりさんのもとを飛び出し、私は自分たちの部屋に戻った。たとえあの嫌々爺といえど、この景色にはきっと息を呑《の》む。

「ジンさん、ジンさん、ねえ起きて」

しきりに呼びかけながらカーテンを開くと、真っ暗だった部屋が瞬時にはちみつ色に染まった。一秒ごとに様相を変えていく景色をつかまえておけないことに焦《じ》れて、何度も私はジンさんを呼んだ。

「見てよ、ジンさん、うそみたいな景色」

ジンさんは目覚めなかった。眠っているうちに心筋梗塞を起こし、このときには手遅れになっていたようだ。一度も使われることのなかった新品の電子タバコが床の上に置き去りになっている。船内の医療スタッフが部屋にやってきて、ジンさんの体を検分しているあいだも、悲しみよりなにより先に、たいへんなことになったという衝撃にうたれ、ぼんやりと私は海を見ていた。

# 3

二〇二九年

二〇一九年

## 二〇〇九年のロシアンルーレット

一九九九年

一九八九年

一九七九年

うちのおねえちゃんは変わってる。

どれぐらい変わってるかというと、クリスマスの夜遅くに帰ってきて、ダイヤモンドの指輪を餃子《ギョーザ》で包んで食べようとするぐらい変わっている。

この世に生まれてから十八年、私はずっと、おねえちゃんに振りまわされてきた。

でももう、それも終わる。


その夜、私は自分の部屋で受験勉強をしていた——正確には受験勉強をするという名目で机に向かいながら、十分に一度、携帯を開いてｍｉｘｉを見ていた。両親はすでに寝ていて、日付が変わるころにおねえちゃんが帰ってきた。

「なにやってんの？」

酔っぱらって帰ってきたおねえちゃんにうざ絡みされたくなくてそのまま寝てしまおうと思ったが、なにかただごとではない物音が階下からしきりに聞こえてきた。耐えかねて一階に下りていくと、なぜかテーブルの上に薄力粉と強力粉、ニラと白菜とネギ、大きな豚肉の塊、クッキーを作るときなんかに使う薄い板と麺棒が並べられていた。夕飯にママが丸鶏を焼いたから、台所にはまだ鶏の脂のねっとりとしたにおいが満ちている。

「なにって、見てわからない？」

腰に手をあて、どうだと言わんばかりにおねえちゃんが胸を張った。

「いや、わかんないから。わかりたくもないし」

突き放すように私は答えた。その手には乗らないという精一杯の意思表示のつもりだった。いつもそうだ。おねえちゃんは自分のペースに他人を巻き込むのが天才的にうまい。

「餃子を作るの」

妙に芝居がかったかんじでおねえちゃんは言った。舞台の上でスポットライトでも浴びてるみたいな調子だった。

「いや、餃子って。いま何時だと思ってんの」

「餃子を作るのよ」

台詞《せりふ》を読みあげるように、おねえちゃんはくりかえした。「餃子食べたいなあと思って。ねえ、操は餃子、食べたくない？」今度はミュージカル調だ。

「食べたくない。もう十二時すぎてるのに、こんな時間から餃子なんて、しかも――」

それ以上は口にするまいと、私は言葉を呑《の》み込んだ。

単に餃子を作るというだけなら百歩譲ってまあいいとする。よくないけどいいとする。見たところ皮から作ろうとしてるだけでなく、肉まで自分で叩こうとしているようだが、それはそれであまりにもわかりやすい釣り餌だからスルーすることにする。

よくよく見たらテーブルの上には、むきえびとチーズと大葉が並んでいるのだった。なんと、変わり餃子まで作ろうとしている。こんな夜中に味変までして、どれだけの餃子を食べるつもりなんだろう。

「ごはん、食べてこなかったの？」

相手にしないほうがいい、すぐにでも自分の部屋に引き返したほうがいいと思っているのに、おねえちゃんを前にすると、なにかひとこと言ってやらないと気がすまない。あぶなっかしくて、落ち着かない気持ちにさせられる。モテる女の条件のひとつ「放っておけない」をそのまま体現してるみたいだと思うけど、はたして「モテ」とはそういうことなんだろうか。

「杏ちゃんとデートだったんじゃないの？」

大きく襟ぐりの開いた白いモヘアのニットをおねえちゃんは着ていた。細い金の鎖が、浮きあがった鎖骨のくぼみに溜まっている。私が着たら、たちまち野暮ったくなってしまうタイプの服だ。すんなりと伸びた首やもてあましたように長い手脚。おねえちゃんはなんだか、つる性の植物を思わせる。

「なぜそれを？」

豚肉の塊に手を伸ばしかけていたおねえちゃんが、依然として芝居がかった調子でふりかえった。つとめて白けたふうに私は肩をすくめてみせた。

「見ればわかる。杏ちゃんと会うとき、おねえちゃんいつもダサくしてくじゃん」

夢見るようなベルンハルト・ウィルヘルムのワンピース、シャープなのにどこか甘いサカイのシャツ、要塞のようなギャルソンのスカート。

給料のほとんどぜんぶを服に注ぎ込んでいるおしゃれバカ一代のおねえちゃんは、どういうわけだか杏ちゃんと会うときだけ急に女を出す。普段なら黒を選ぶところを白やベージュに替え、体のラインが出すぎない、かといって出なさすぎない絶妙の素材やシルエットのデザインを選び、服を映えさせるためにいつもはコンパクトにまとめている髪をゆるく巻いて肩にたらす。真っ赤なリップはピンクベージュに、マルジェラのタビではなくプレーンなバレエシューズを履く。ファッションによる自己主張を抑え込み、女らしさのほうへ面舵《おもかじ》いっぱいである。

このごろじゃ、どんなファッション誌にも「男ウケ」「愛され女子コーデ」なんて文字が躍っているから、たとえ図抜けたおしゃれバカ一代でも男の趣味に合わせて服や髪形を変えるのは当然だろうと他人事《ひとごと》ながら思ってたんだけど、この中途半端にコンサバで中途半端に男ウケを意識した中途半端な大人ガーリーファッションが、どうも杏ちゃんの趣味ではないらしいと知ったときはさすがにぞっとした。

「いのりがいつもしてるみたいな女子っぽい恰好、かわいいとは思うけど、なんかじゃまくさいっていうか、攻略しにきてるってかんじがして若干こわいんだけど」

「うそだあ。てっきり杏ちゃんの趣味なんだとばかり思ってた」

「ないね、ないない。俺どっちかっつーと、ジーパンにスニーカーとかそういうのが好きだもん。今日、みさちゃんがしてるぐらいの恰好が、よけいな気を遣わんでもいいし俺的にはちょうどいい」

「でも、色気ないって言われるよ」

「おっ、だれに？　彼氏？　みさちゃんももうそんな年になったか」

杏ちゃんがにやにや笑って身を乗り出してきたので、おじさん丸出し、と冷ややかににらみつけて私は携帯に手をのばした。先輩からのメールはきていなかった。

「杏ちゃんはそうやって気軽に言うけどね、今日のこの私の服装がどのようにしてこの形に落ち着いたのか、その歴史を知ったら、そんなこと言っていられなくなるよ」

　その日、私はデニムシャツの上に厚手のボーダーＴシャツを重ね、太めのボーイフレンドジーンズを穿《は》いていた。どれも一度着ただけでいらなくなったからとおねえちゃんがくれたものだ。靴だけはサイズが合わないから、ママが買ってきたキャンバス地のスニーカー。

　Ｈ＆Ｍが東京にできてからというもの、おねえちゃんはわざわざ新幹線に乗って山のように服を買い込んできては、ちぎっては投げちぎっては投げしていた。これまではわざわざ海外のＨ＆Ｍで買ってたんだから、ときには手荷物重量オーバーで飛行機の追加料金を払ってたことに比べたら新幹線代ぐらい安いもんだと言い張っているけど、何度聞いても意味がわからない。

モード系のセレクトショップで雇われ店長をしているくせに、商売敵ともいえるファストファッションに夢中になっていることも理解できなかった。おねえちゃんに言わせると、「それはそれ、これはこれ」ということらしい。

「フレンチのフルコースや会席料理も毎日だと飽きるでしょ。日々つましく海苔《のり》でごはんを食べたり、ファストフードで済ませてるからこそ、一流のクリエーションのありがたみを感じられるんだよ」

　わかるようなわからないような理屈である。

「こんなに安くてあれこれ遊べるなんて夢みたい」

　大方こっちのほうが本音だろう。ろくに試着もしないで買ってきた大量生産の服たちをほとんど使い捨てみたいにしてる。

　おねえちゃんは洋服が似合いすぎる。のびやかな首と手脚にくわえ、全体的に肉付きが薄くて平べったい。おしゃれ好きの女の子なら一度は憧れるような体形だ。

　だいたいなんでも着こなしてしまうけど、ある程度、お尻の丸みがないと恰好のつかないジーンズや地厚のTシャツなんかを着るとたちまち貧相に見えてしまうから、その手のものはすぐさま私のところにまわってくる。私だってそこまで太ってるわけじゃないけど、胸や尻や太もも、いわゆる「つくべきところ」に肉がついているから、女子っぽい服を着たらそれこそ生々しく「女」になってしまうし、おねえちゃんが好んで着ているような、凝ったデザインのモードブランドの服は絶望的に似合わない。

「ほらね、ママの言ったとおり。操にはこういうのがいちばん似合うの」

ラルフローレンのボタンダウンシャツや紺ブレ、ポロシャツにチノパン――ひと昔前の大学生が着ていたような服ばかり、ママは私に着せたがった。

「操は体に厚みがあるから、てろてろした流行《はや》りの安っぽい服なんて着たら太って見えるだけ。流行に左右されないこういうトラッドなものこそ長く着られて、結局は安上がりだしスタイルのある人に見えるんだから」

結婚前は百貨店の婦人服売り場に勤め、私が生まれる前にちいさなブティックを経営していたママは、服飾にはひとかたならぬこだわりがあった。ヴィンテージのグッチやイヴ・サンローラン、シャネルやディオール、ピエール・カルダン……いろとりどりのドレスをクロゼットに蔵し、ときどき引っぱり出してはおしゃれを楽しんでいた。

「ママの言うことを聞いておいたらまちがいないんだから。ママがいちばん、あなたたちのことをわかってるの。あなたたち以上にね」

実際ママが買ってくる服は私にとてもよく似合った。好きで着ているかといったらちがうけど、別にいやというわけでもなく、まわりの女の子たちがリボンやフリルで飾られたシフォンの服を着ているのを横目に、質実剛健を具現化したようなギャバジンのステンカラーコートや直線だけで仕立てられたようなキルトの台形スカートなんかをおとなしく着せられていた。

たぶんなんでもいいんだと思う。着られるならなんでも。こういうところ、自分でもパパに似てるなと思ってうんざりするんだけど、服なんかに余計なリソースを割きたくないし、だれかが用意してくれるならそれをそのまま着ちゃったほうが楽でいいと思っているようなところがある。

　毎晩、寝る前に翌日のパパの通勤着を用意するのがママの日課だ。ワイシャツの下に着る肌着から靴下までぜんぶ揃えてかごに入れ、スーツとネクタイはクロゼットのいちばん手前にかけておく。朝になると、パパはそれを着て市役所に通勤する。

「ママの忠実なる着せ替え人形」とそれを揶揄《やゆ》するようにおねえちゃんは言う。「マリー・アントワネットの衣装係でもあそこまでしないって」

　それでも当人たちが疑問に思っている様子はなく、しゅくしゅくと二十年近くこの習慣をつづけている。遠慮があるのか、おねえちゃんはパパに対してそこまで辛辣なことは言わないが、血のつながった実の娘から言わせれば、パパほど主体性がなく空っぽな人間はいない。

「スタイルがある人って言うけど、スタイルっていうのは自分で見つけるものであって、ママが買ってくる服をそのまま着てるだけじゃ単なるお仕着せだよ。それに、ママが買ってくる服は操に似合う服じゃなくてだれにでも似合う服ってかんじ。若いうちから守りの姿勢なんてもったいなくない？　最初は違和感があったって、着てるうちになじんでくることもあるし、着たい服を着たほうがずっと気分がいいのに」

とおねえちゃんは言うんだけど、たいていの服ならやすやすと着こなしてしまう人にそんなことを言われたところで、反発をおぼえこそすれ、納得などできるはずもなかった。保守と自由。旧と新。伝統《トラディショナル》と流行《モード》。ママとおねえちゃんとじゃ、同じファッション中毒者《アディクト》でも方向性がぜんぜんちがっていた。バンドだったらすぐ解散してる。

「私たちのころは、服でもなんでも、ものを大事にしていた。靴下一枚でも穴が開いたら繕って、サイズが合わなくなったら仕立て直して、そうやって一枚の服を大切に長く着ていたのに」

「あのね、いまは時代がちがうの。そりゃ昔は服も高かっただろうし、作りもしっかりしてたから直して着ることもできただろうけど、いまは昔とくらべてずっと安くなったし、流行のサイクルも早いからシーズンごとに買い替えたほうが逆に経済的なの」

「やだやだ、おそろしい。いやな時代になったもんだわ。キャバスケじゃあるまいし、あんな下着みたいな安っぽい服を着てそのへんを歩いてる女の子が、男の人に大事にされるわけがない」

「そのキャバスケって言葉、ママよく使うけどやめてくれない？　あの子たちは、男なんかいらないってファッションで中指立ててんの。男に大事にされる必要なんかないんだよ」

寄ると触ると言い争ってばかりいるが、あれで実は似たもの母娘《おやこ》なのではないかと私は思っている。一度こうだと言い出したら他人の意見などいっさい聞こうとせず、そうかと思ったら次の日には百八十度ちがうことを言い出したりもする。なにより、他人にきびしい。ことファッションに関してはノンポリであることを許さず、自分と同じ流派に引きずり込まなければ気が済まないのだった。

着たい服が、私は自分でわからない。

好きとか嫌いとか、着たいとか着たくないとか、そんな強い気持ちを服に向けたことが、生まれてからたったの一度もない。おしゃれしたいという欲求すら希薄。若い女の子がそんなことありえない、若いころは明日着る服のことで頭をいっぱいにしているものだとママもおねえちゃんも揃って目を剝《む》くが（その顔がまたそっくり！）、自由に楽しめというのも、似合う服を着ろというのも、私にとってはおんなじことだった。おしゃれしろと言っている時点で抑圧が生まれている。

「ほんと、いやになる。同じ家におしゃれバカは二人もいらないよ。一人でも手にあまるっていうのに、厄介なのが二人もいるんだから」

私は大げさに頭をふって、ため息をついてみせた。この世の不幸を一身に背負う、韓《ハン》流ドラマのヒロインみたいに。

「お、おん……」

ちゃんと聞いているんだかよくわからないような曖昧な相槌《あいづち》を打ちながら、杏ちゃんは口からびよーんとチーズを伸ばした。

青と白のタイル張りの、やたらと天井の高いピッツェリアで、私はシチリアオレンジジュース、杏ちゃんはビールを片手に、顔の二倍ぐらいある大きさのマルゲリータを食べていた。
婚約指輪を買いに行くのにつきあってほしいと杏ちゃんに頼まれて、二人で買い物に出かけた帰りのことだ。お礼に焼肉をおごるからという杏ちゃんに、女子高生を誘い出すなら焼肉じゃなくてパフェとかケーキブッフェとかのほうがいいと思うけどと言ったら、パフェとかケーキブッフェはおっさんにはハードルが高いと泣きつかれたので、あいだをとって窯焼きピザでかんべんしてあげることにした。

はて、そんならおねえちゃんは、いったいなんのために自分の趣味でも杏ちゃんの趣味でもない服をデートに着ていくんだろう？　駅ビルに入っている大手のセレクトショップで全身揃えたような、「ザ・無難」の杏ちゃんと釣り合いが取れるようにしてるんだろうか、それならそれで杏ちゃんの好みに寄せたってよさそうなものなのに……とそこまで考えたところで、やめやめ、これ以上考えるのは時間の無駄だと思って、残りのピザを口に押し込んだ。

それが、十一月末の日曜日のことだった。


「まずは皮だね、皮からやらないと」

ニットの袖をまくりあげ、おねえちゃんは家でいちばん大きなボウルに、買ってきた強力粉一袋を分量も量らずにぶちまけた。

「おい、待て」

おねえちゃんが餃子を作り出す前に二階に避難しようと思っていたのに、まんまと引き留められた。

「餃子の王将でもはじめる気？　キャベツ一日二万個じゃないんだから」

「え？　キャベツじゃなくて白菜買ってきちゃった。いつもママ、餃子作るとき、キャベツじゃなくて白菜使ってるよね？」

「だから、そういうことじゃなくて！」

見かねて私はリビング脇のパソコンのスイッチを入れた。いまのうちに着替えてこいとおねえちゃんに指示を出し、てきとうなレシピを見つけてプリントアウトする。パソコンラックの上部で音をたてて動き出したプリンターを見あげながら、なんでこんなことをしているんだろうと息をつく。というかこうなってくると、これだけ騒がしくしているのに一向に起きてくる気配のないパパやママのほうがどうかしてるとすら思えてくる。

こんなおかしな家で、おかしな家族に囲まれて、私みたいにまっとうでいられるほうが、むしろどうかしてるのかもしれないけど。

十五畳ほどのリビングダイニングは、ピンクのしっくい壁にぐるりを囲まれ、南欧風の色鮮やかな陶器のペンダントライトが天井からぶら下げられている。そこだけ切り取ってみれば、ヨーロッパ映画に出てきそうな雰囲気ではある。

しかし、視線をずらせばこたつは置いてあるし、その周辺には正露《せいろ》丸《がん》の瓶やみかんの入ったかごなんかが散らばってるしで、どこからどう見ても一般の日本の中流家庭でしかない。この家で生まれ育った私にとってはあたりまえの光景で、普段はほとんど意識することもないが、こうして改めて眺めてみると、調和のとれていないへたくそな絵画でも見せられているようだ。

住宅街ににょきっと生えたピンクの瘤《こぶ》みたいな外観は、外の人の目には強烈で異様なものに映るらしい。友だちがうちにやってくると、「操ちゃんちって変わってる！」とみんな口を揃えて言うので、そうか、うちって変わってるんだ、と頭では理解するようになった。私からすれば、みんなが住んでる茶色とか灰色とかで構成された四角い家のほうが、よっぽど「変わってる！」んだけど。

この家を建てた人のことはよく知らない。私が生まれたころにはすでに死んでいて、この世にいなかった。パパと結婚する前にママが結婚していた人。おねえちゃんの父親。世界史の教師で、世界遺産を模してこの家を建てたこと。そのくせ、家ができてすぐにこの家を出ていってしまったこと。話がその部分に差しかかると大人たちはみな一様に口ごもるのだが、わずかな情報をかき集めて推測するに、どうやら外に女ができたらしい。女と暮らすために妻子を捨てた最低なクソ男。私が知っているのはそれでぜんぶだ。

その人が死んだときに保険金がおりてローンの返済はすべて終わったから、いつでも出ていけるはずだったのに、パパと結婚してからもママはこの家で暮らし続けた。私にはこの家の珍奇さよりもそっちのほうが奇妙なことのように思える。みんなと同じかそれよりやや優れていることを良しとし、二度にわたって公務員と結婚するほど平凡と安定と堅実を好むママが、この家に留《とど》まっていることが。

「私はね、なんでもいいんですよ、ママさんのしたいことが私のしたいことなんだから。だいたいね、住宅ローンを払わなくていいなら、それに越したことはないでしょう。だれだって飛びつくんじゃないの、夢みたいな話だってね」

そう言ってパパは、一点のくもりもなくほがらかに笑う。もしかしたら、この家でいちばんおかしいのはパパなんじゃないかと思う。

この家はママそのものだと言って、おねえちゃんは何度か家出をくわだてた。

服飾系の短大を卒業してすぐ家を出て、半年もしないうちにお金がなくなって戻ってきたのが最初で、その後もお金を貯めては家を出、無一文になっては戻ってくることをくりかえしていたが、家賃や水道光熱費や食費に給料をまわすぐらいなら服や靴を買いたいと居直って、ここ二年ぐらいは無駄な抵抗をやめている。

ひとまわりも年が離れているのに、おねえちゃんは姉というより世話の焼ける妹のようだ。二日酔いで死んでいるおねえちゃんに、まだ私が小学生だったころから、どれだけのインスタント味噌汁やラーメンを作ってあげたことか。おねえちゃんがそのへんに脱ぎちらかした服を拾い集めるのも、水滴をまきちらした洗面台をきれいにするのも、部屋に掃除機をかけてあげるのも、ぜんぶ私の役目だった。

「操はいのり係だからね」

ことあるごとにママはそう言って笑う。おもしろくもなんともないのに、とっておきの冗談でも言うみたいに。

「生きもの係みたいに言わないでよ」

そのたび、律義にツッコんであげる私も私だけど。

この家はママそのもの――おねえちゃんの言っていることはいつもよくわからないけど、これだけはちょっとわからないでもない。ママの磁場に取り込まれて、大御所芸人に気をつかう若手芸人みたいなふるまいを知らず知らずのうちにさせられてしまう。私がなにかとおねえちゃんの世話を焼くのも、ママがそう望んでいるからだ。直接口を出したところで反発をまねくだけなので、からめ手でもって影響力を及ぼそうとしているんだろう。従順か強情かのちがいはあっても、結局のところ私もおねえちゃんも、ママの掌の上で踊らされている。


プリントアウトが終わってもおねえちゃんが下りてくる気配がないので、私はパソコンでｍｉｘｉを開いた。ＩＤとパスワードを打ち込んでログインしてみたが、先輩からのレスはついていなかった。ログインしている様子もない。こちらから何度も覗《のぞ》きにいって頻繁《ひんぱん》に足あとをつけるのもな……とカーソルをぐるぐるまわしていると、二階からおねえちゃんの足音が聞こえてきた。

「なぜそうなる？」

扉を開いて中に入ってきたおねえちゃんを見て、私は鋭い声をあげた。「それじゃ、さっき着てた服と変わんないじゃん」

おねえちゃんは、マシュマロみたいにふわふわした淡い色のルームワンピースを着ていた。たぶん、最近流行りのジェラートピケとかそういうの。家事などいっさいしない人のために作られた家着。

「あのね、おねえちゃんは知らないかもしれないけど、料理すると服ってそこそこ汚れるんだよ。とくに餃子を皮から作ったりしたら、水で練られた小麦粉のかたまりとか肉餡《にくあん》とかが服にこびりついたりする。洗濯してもなかなか落ちなかったりする。それでもいいの？」

「えー？」おねえちゃんはへらへら笑いながらゆるく巻いた髪の毛をゴムでひとまとめにし、「さあ、いっちょやりますか」とばかりに共布のヘアバンドでばしっとおでこを剝き出しにした。

一事が万事この調子だったから、餃子づくりは大いに難航した。

「くしゃみだけはしないでよ。小麦粉の山を前にしておよそ考えうるかぎり最悪の行為、それがくしゃみだからね？——って、言ってるそばから！」

「いやだから耳たぶぐらいのかたさってあくまで目安だから！　厳密に耳たぶと同程度のかたさにしろってことじゃないから！　そんな粉まみれの手で耳たぶ触らないで！」

「おいやめろ危なっかしい。包丁の持ち方教室からやってる場合じゃねえんだよ」

「あのね、おねえちゃんは知らないかもしれないけど、この世にはフードプロセッサーという便利なものがあって……」

「は？　本気で肉を包丁で叩く気？　ろくに料理したこともないくせになんでそんな知識だけはあるの？　えっ、『料理の鉄人』で見たことある？　バカなの⁉」

「包む前に味を確認しないとってダメーーー！　豚肉の生食ダメ絶対！　おまえはそんな基本的なことも知らんのか。家庭科の時間なにしてたの？　寝てたの？」

二〇〇九年の十二月二十四日――日付が変わって二十五日のきよしこの夜、いのり係にとっては面目躍如の夜といっても過言ではなかった。

「なんで餃子なんか作ろうと思ったの？　クリスマスの夜中から、よりによってこんな面倒くさいものを……」

「面倒くさいのが、よかったんだよ」

皮の生地を棒状にまとめ、包丁で一口サイズに切り分けながら、再び芝居くさい口調になっておねえちゃんは言った。おでこに浮かんだ汗が、ペンダントライトの灯《あか》りをうけて光っている。

「粉をこねたり、野菜を刻んだり、とにかく無心で手を動かしたかったの」

「おねえちゃんがいま言ったそのほとんどを、私がかわりにやってるんだけどね」

おねえちゃんが生地を切り分けるそばから、麺棒でまるく延ばしていく。労力や技術の必要とされる作業ばかり、さっきから私のほうにまわってくる。やわらかくて弾力のある生地を、台の上で転がしてから手でつぶす。中心を厚めに残し、くるくるまわしながら延ばす。ベビーパウダーをはたいた肌のような、ひんやりとしたすべらかさ。最初はきれいな円にならなかったが、何度かくりかえしていくうちにすぐにコツがつかめた。

　おねえちゃんとちがって私は要領がいいから、見よう見まねでなんでもそれなりにこなせてしまう。料理もおしゃれも勉強も、進んでやりたいわけでもないが、とくにやりたくないわけでもないからやってしまうし、やれてしまう。

「手伝ってなんて言ってないのに、勝手に操が手を出してきたんでしょ。だからやなんだよ、操がやるとなんでもさっさと終わっちゃうから」

「はいはい、出過ぎた真似をしてどうもすみませんでした」

　もしかして、いのり係は私の天職なんだろうか。昔から学校でもなにかとみんなのお世話係をやらされがちだったし、私自身それがいやでもない。おねえちゃんみたいな人が近くにいたからこうなったのか、もともと生まれ持った性質なのか、自分でもわからないけれど。

　それにしても、おねえちゃんのこのエネルギーはどこからくるんだろう。奇抜で斬新なおしゃれ。新幹線を使ってまでの買い出し。度重なる家出。夜中の餃子。やりたいことにまっしぐらで、いっさいの妥協を許さない。

　何年か前、自転車でどこまで行けるか試したいと言って飛び出していったかと思ったら、パンクして帰れなくなったから迎えにきてくれと何十キロも先の海辺の町から電話をかけてきたこともあった。「いい年して夏休みの子どもみたいなことをして」とママは呆《あき》れていたけれど、それでいったら私は、これまで一度だって「夏休みの子どもみたいなこと」をしたことがなかった。

あくびをかみ殺しながら当時の記憶をぼんやり呼び起こしていると、視界のすみでなにかが光った。おねえちゃんがポケットから取り出したものを肉餡のボウルに放り込んだのだ。最後の仕上げに隠し味を振りかけるみたいな、ひらりと自然な手つきだったから、反応が遅れてしまった。

「待って」

ぬるい湯船に浸《つ》かるみたいに押し寄せていた眠気が、栓を抜いたように引いていった。

「いま、なに入れた？」

わかってはいたけど、訊《き》かずにはいられなかった。銀色の弧を描いて放り込まれたダイヤモンド。

それは、先月、杏ちゃんにつきあって買いに行った婚約指輪だった。

このあいだプロポーズしたんだけど無視されたんだよなと杏ちゃんはのんきな声で言って、ショーケースに鼻がくっつくぐらい顔を近づけた。ガラスの向こうには、プリズムの光を放つダイヤモンドがずらりと並んでいた。

――そろそろ結婚する？

デートの帰り、おねえちゃんを家まで送っていく途中の信号待ちで、ふと思いついて言ってみたら無視されたのだという。

「聞こえてなかったのかなと思ってもう一回言ってみたんだけど、やっぱり無視されたから、あ、指輪がないとだめなんだなって思って」

「そういう問題かなあ……」

はっきり言って、杏ちゃんはバカだ。ものごとを深く突きつめて考えようとせず、なにごとにも鷹揚《おうよう》にかまえ、その場の空気にかんたんに流されて、へらへら笑っているうちに大人になってしまったような人である。バカだけど勉強だけはできるみたいで、地元の有名大学を卒業後、大手代理店の地方支部で営業職に就いている。バカだけど愛嬌《あいきょう》だけはあるので、まずまずの営業成績をあげているようだ。

「会社帰りに一人で何軒か、宝石屋をまわってみたんだけどさ、指輪っていったって種類が多すぎてなにがなんだかわかんないし、店によって値段もちがうしサイズだってわかんないしさ、もうだめ、お手上げだと思って、よし、みさちゃん呼ぼと思って」

「私だって指輪のことなんかわかんないよ。おねえちゃんに直接きいたらよかったのに」

「えー、でもやっぱサプライズ的な？　一生に一度のことだし？」

「一度プロポーズして無視されてる人が言うこと？」

有名ブランドはさすがに高すぎる。そうかといってあのおしゃれバカ一代のことだから、そこらじゅうに支店があるようなお手頃価格のブランドのファッションジュエリーでは今後死ぬまで無視されかねない。あいだをとって、ブライダルジュエリーをメインに扱うセレクトショップで指輪を選ぶことにした。高すぎず安すぎない価格帯で、有名ではないけれどブライダルを専門にした手堅いブランドの指輪が取り揃えられている。

「俺、婚約指輪なんて一種類しかないと思ってた。真ん中にでっかいダイヤがどーんとついてるような」

たぶんだけど、杏ちゃんが頭に思い浮かべているものと寸分違《たが》わぬ指輪のイメージが私の頭の中で像を結んだ。クラシックな立て爪のダイヤの指輪。映画やＣＭに出てくる婚約指輪といえばだいたいあれだと相場が決まっている。

しかし、目の前に並んでいるのは色もデザインも多種多様で、たしかにこれは杏ちゃんでなくてもなにがなんだかわからなくなってくる。この中から、みんなどうやって「これ！」という一品を見つけるのだろう。自分が着たい服もわからない私にはとうてい選べそうになかった。

「やっぱ、いのりはこういうかんじのやつが好きかな？」

そう言って杏ちゃんが指差したのは、ハート形の枠に小粒のダイヤがびっしり埋め込まれた、これ以上なくラブリーな一品だった。

「は？　なんでそうなるの？　おまえの目は節穴か？」

強めにツッコんでから、はっとして口に手をあてた。杏ちゃんを相手にしていると、おねえちゃんに対するときと同じ感覚になってしまう。

「ですよね～？　わかってるわかってるって。引っかけもんだーい」

「だれに対するなんの引っかけなの……」

さっきよりいくらかマイルドになった私の語調に、ははは、と杏ちゃんが頭を掻く。呼気でガラスが白く曇り、あ、いけね、とジャケットの袖で拭《ぬぐ》おうとしているところに、「お客様！」と店員が飛んできた。

「本日は、どのようなものをお探しでしょう？」

頭のてっぺんから出してるみたいな頓狂な声で、ショーケースの向こうから女性店員が微笑《ほほえ》みかけた。

「えーっと、プロポーズのときに渡すような？」

「エンゲージリングですね。お石のほうは、ダイヤモンドでお考えでしょうか」

「え、あ、ダイヤ以外の選択肢とかあるの？　どうだろう？」

きょどきょどと不安そうに杏ちゃんが視線を動かしたので、

「ダイヤモンドで」

私は力強くうなずいた。なんだかんだ言っておねえちゃんはこういうとき、オーソドックスなものを選ぶ傾向にある。

「あ、これだ」

お店の中央にロの字形に配置されたショーケースを、端から順に見ていく途中で見つけた。

「え、どれどれ？」

すぐに杏ちゃんがこちらに首をのばしてきた。肩がふれあうぐらいに顔を近づけて、「右から三番目のあれ」と教えてあげたら、「え、あれ？　あんなおもちゃみたいな？」と杏ちゃんはぴんとこないように首を傾《かし》げた。

丸くカットされた一粒のダイヤモンドが中央にぽってりと鎮座している。たぶんだけど、最初に杏ちゃんの頭の中にあったものとデザイン自体は大差ないものだ。手びねりしたようなアームが特徴的で、洗練されてるのに素朴なクラフト感がある。女子が十人……いや百人いたら九十九人は選ばないような指輪だけど、おねえちゃんはまちがいなくこれを選ぶだろうと思った。

「大丈夫だって。生まれた年数イコールいのり係の私が言うことを信じて。この指輪を目にしたら、おねえちゃんもさすがに無視することはできないよ」

いぶかる杏ちゃんの背中を押して、「よし、こいつに決めた！」と言わせるまでにけっこうな時間を要した。どうやら杏ちゃんの中にあるおねえちゃんのイメージと、私の中にあるおねえちゃんのイメージは大きく食い違っているらしい。どっちがほんとうのおねえちゃんか？

――なんて疑問がふいに浮かんできたが、おそらくどっちもほんとうなのだ。

「え、あ、ご新婦さまではいらっしゃらないのですね？」

私が杏ちゃんの婚約者だと勝手に思い込んでいたらしい店員は、手続きの段階になって目をまるくしていた。

「ご新婦さまではなく、ご新婦さまの妹さまでいらっしゃられます」

おちょくるように言って、杏ちゃんはへらへら笑った。相手を恐縮させないようにという気遣いからではなく、単に面白がっているだけのようだった。

「それは……たいへん失礼いたしました。仲がよろしくていらっしゃるから」

「そうそう、もうほんとの妹みたいなもんで」

杏ちゃんと店員の話を横で聞きながら、頼りなくはあるけど、杏ちゃんはちゃんとお兄ちゃんっぽいな、なんてことを私は考えていた。

いつだったか、ママにはないしょだよと言って、おねえちゃんが色褪《あ》せた古い写真を見せてくれたことがある。

おそろいのツイードの半ズボンとスカートをそれぞれ着せられた杏ちゃんとおねえちゃんが、どこかのお店の前に並んで立っている。おそらくは、ママと杏ちゃんのママが共同で経営していたブティックだろう。ガラスのショーウィンドウには、やはりツイードのジャケットにざばっと胸元の開いた白シャツのマネキンが飾られていて（「ダイアン・キートン風だね」とおねえちゃん）、【porte bonheur】という看板がかかっている。

たとえ親友同士だろうと、いっしょに店をやったり会社を起こしたりしないほうがいいというのはよく聞く話だけど、例に漏れず二人のあいだにも揉《も》め事があったようだ。なにがあったのか詳しいことまではわからないが、バブルの終わりがけだったから、金銭的なトラブルでもあったのだろう。

「だからね、あのときは、ほら、美幸ちゃんが――」

昔話をしている最中、ふいにその名前が飛び出してきては、それまで気持ちよさそうにしゃべっていたママが、はっと口をつぐむことがあった。「だからね、ママの知り合いが――」と言い直したときにはもう、それまでの軽快な調子は消え、どうにかして話を最後まで終えなくてはならないという義務感だけになっている。おねえちゃんの父親のこともそうだけど、この家には口に出してはいけない事柄がいくつもあって、ごはんつぶを残したら目がつぶれるとか、夜中に爪を切ったら親の死に目にあえなくなるとか、その手の呪いのようにいつのまにか私にも浸透していた。

だからもちろん、おねえちゃんと杏ちゃんがつきあっていることはママには秘密だった。一人でも家族を味方につけておきたいという思惑からか、おねえちゃんはなにかと私を連れ出しては杏ちゃんに引き合わせた。あるいは、秘密を共有してくれるだれかがほしかったのかもしれない。だれも知らないってことは、ないってことと同じだから。

杏ちゃんは杏ちゃんで、デートにくっついてきた私を心から歓迎し、遊園地に動物園に水族館にサファリパークにと思いつくかぎりのもてなしをしてくれた。子どものころから知っているせいか、二人のあいだには甘く色っぽい恋人同士のような雰囲気はあまりなく、いたずらっ子が大人になってからもつるんでいるようなさっぱりとした親密さがあった。

一度、海辺の町の花火大会に行こうと杏ちゃんが車を出してくれたことがある。海が近づいてくるにつれ車の流れが滞《とどこお》りはじめ、遠くから花火の音が響いてくるころには遅々として進まなくなった。花火大会の開催地である港までまだだいぶあるというのに、片道一車線の国道が大渋滞を起こしていたのだ。

「もういいよ、引き返そう」

とおねえちゃんは何度もくりかえしたが、

「いや、みさちゃんにひとめでも花火見せてやらないと気が済まん」

杏ちゃんはそう言って聞かず、進むことも退くこともできずに、車の中で長い時間をすごすはめになった。

結局あのとき、花火は見られたんだっけ。肝心なことが思い出せないが、国道の両脇に並んださびれた商店や色褪せた海水浴場の看板を指さしながら、「うわあ、なつかしい」「見て見て、あの店まだやってる」と二人が騒いでいたのはおぼえている。花火を見るよりよっぽど興奮しているようだった。学生のころ、海の家のアルバイトで一週間ほどこの町に滞在したことがあったらしい。

「【海《うみ》トラ】、まだやってるか、見に行ってみようか」

「無理だよ、港の向こう側じゃん」

「ちらっと前を通るだけだって」

「やめて。行くなら別のときに一人で行って」

そこでおねえちゃんは、急になにかのスイッチが入ったみたいに喚《わめ》きはじめた。このままバカみたいに港を目指していたら着くころには花火大会は終わっているだろう、すると今度は帰りの渋滞に巻き込まれることになる、操を連れている手前あんまり遅くなるわけにはいかない、っていうかおしっこも行きたいしいいかげん腹が減った、もう耐えられない、ここで引き返さないなら操を連れて車を降りる。

「わかった、わかったから落ち着けって」

おねえちゃんをなだめるために、しかたなく国道沿いのコンビニでUターンすることになった。屋台のイカ焼きやたこ焼きを楽しみにしていたのだけれど、かわりにコンビニのおにぎりや唐揚げやフライドポテトを貪《むさぼ》り食った。油で汚れた手を拭くものがなにもなく、車のシートで拭けと言うおねえちゃんを無視してスカートにこすりつけた。

帰りの車中、おねえちゃんと杏ちゃんがぼそぼそと話す声を聞きながら後部座席で私はうつらうつらしていた。ときおり車の振動で意識を引き戻され、車窓の向こうに流れていく光が、夢と現《うつつ》のあわいに溶けていくのを目に映した。浅い眠りのまにまに、なにかを思い出しかけ、それが自分の記憶なのか、それともだれかの記憶をトレースしているだけなのかわからなくなって、そのうちまた眠りに吸い込まれていった。

杏ちゃんといるときのおねえちゃんはなんだか姉ぶってる。そう強く思った記憶があるけど、そこだけ色の濃い鉛筆でなぞったみたいにはっきりと憶《おぼ》えているから、もしかしたらそれだって後づけの改竄《かいざん》かもしれなかった。

クリスマスには間に合いますかね、とくりかえし杏ちゃんは店員の女性に訊いていた。クリスマスイブに相手と飯に行くから、できればそのときにと思ってるんですけど。

この時期はいつも立て込んでいまして……と店員は眉を寄せ、カレンダーと進行表を見比べていた。工房のほうに伝えておきますが、通常一ヶ月はみていただいているので、クリスマスまでにお渡しできると現時点ではお約束いたしかねます。

あのときの指輪が餃子の肉餡の上で燦然《さんぜん》と輝いている。脳が理解を拒否したままたっぷり三秒ボウルの中を見下ろしてから、そうか、間に合ったのか、とぼんやり思った。

「さてと」

なに食わぬ顔でおねえちゃんは肉餡の中に指輪を練り込んだ。そうするだろうなと予想していたので驚きはしなかったが、理解できるわけでもなかった。

「なんで？」

やっとのことで、私は声をしぼりだした。なんでこんな時間から餃子？　なんで最初のプロポーズを無視したの？　今日はなんて言って指輪を受け取ってきたの？　それでどうして餃子に入れて食べようとしてるの？　思い浮かんだ疑問をそのまま口にすることは躊躇《ためら》われた。だって、あまりにもあんまりだったから。

「指輪、気に入らなかった？」

それで、ほんとにどうでもいいことを訊いてしまった。もしこれがハート形のパヴェリングだったら、餃子に入れて食べちゃおうなんて考えなかったかもしれない、なんて。

「あ、やっぱり、操が？」

急に腑に落ちたような顔になって、おねえちゃんは肉餡で汚れた人差し指をこちらに向けた。

「どうりで杏ちゃんにしては、私の好みをわかってると思った」

そう言いながら、おもむろにスプーンを肉餡に突き刺して、餃子を包みはじめる。子どものころからママに手伝わされてきただけあって、おねえちゃんは餃子を包むのだけは上手だった。手作りの皮だから思うようにひだがつけられないと文句を言いながら、あっというまにバット一列分の餃子を生み出す。

「麺棒、洗ってくるんじゃなかったの？」

さっさと片づけてこっち手伝ってよ、と言わんばかりにおねえちゃんが顔をあげた。そのままおねえちゃんの頭めがけて麺棒を振り下ろしてやりたいぐらいだった。どうしておねえちゃんは——どうして思われているほうの人は、こんなふうに無造作に他人の気持ちを踏みにじることができるんだろう。

　口からのびたチーズを追いかけるように、首を突き出していた杏ちゃんのまぬけな顔を思い出した。クリスマスのイルミネーションに彩られた街を、肩と肩で小突きあうようにしながら杏ちゃんと歩いた。おねえちゃんが結婚、おねえちゃんが結婚、おねえちゃんが結婚。唱えたら叶うおまじないのように、杏ちゃんが歩くリズムに合わせて口の中だけでつぶやいた。

　そうか、おねえちゃんもついに結婚か、とあのとき私は安堵《あんど》とさびしさがないまぜになったような気持ちで、秋の終わりの埃っぽくかわいた空気を吸い込んでいた。

　第一志望の大学に受かったら、来年の春から家を出て東京でひとり暮らしをはじめることになる。おねえちゃんを一人、家に残していくことに引け目を感じる必要なんてないはずなのに感じずにはいられなくて、だからこのタイミングでの杏ちゃんのプロポーズは私にとっても渡りに船だった。これ以上ない、計ったようなタイミングでいのり係を引き継げる。

「いのりみたいな子が結婚できるわけない。だれももらってくれやしないわよ」

　早く結婚しろだとか、いつ結婚するつもりだとか、年頃の娘を持つ親が言いそうなことはいっさい言わなかったけど、おねえちゃんのいないところでよくママはぼやいていた。だらしがなくてわがままで子どもっぽい、あんな子が男の人に愛されるはずもない。そう口にしているときのママは、どこか勝ち誇っているようでもあり、どこか悔しそうにも見えた。もしかしたらおねえちゃんは――考えるのもいやなことだけど――ママへの反抗心から杏ちゃんとつきあっていたんじゃないだろうか。ママがいちばんいやがりそうなことはなにかと考えた末に――。

粉まみれの麺棒を流しに突っ込むと、私はおねえちゃんの正面に腰をおろして餃子の皮を手に載せた。スプーンで肉餡をすくい、もくもくと餃子を包みはじめる。いいよもう、そっちがその気なら、とことんまでつきあってやる。一秒でも速く私が餃子を包めば、そのぶんだけ早く杏ちゃんが自由になれる。その一存で、私は手を動かした。

早く自由にしてくれ――それは、私自身の願いでもあった。

東京の大学を受けることにしたのは、先輩が東京にいるからだった。

ママもパパも地元を出ることにいい顔はしないだろうとふんで、去年のちょうどいまごろ、私は猛勉強を開始した。最低でも六大学以上じゃないと納得させられないと思ったからだ。

ママとパパが極めて保守的ってわけでもないと思う。家から通える距離に地元ではじゅうぶん名の通った大学がいくつもあるのに、わざわざ女の子を東京に行かせたがる親なんてそんなにはいない。私だって先輩のことさえなければ、地元のてきとうな大学に進学して、地元のてきとうな企業に就職していたと思う。

高校一年目の学園祭で、私は先輩に見つかった。

「吉木《よしき》さんってかわいいよね」

放課後、二年生の教室で、学園祭の教室展示の作業をしていたときのことだった。私たちの高校では、学年縦割りのブロック制で学園祭を行うことになっていた。

その日は一年のクラスからは私ともう一人、地味で大人しい男子生徒しかきていなくて、二年生の先輩たちが示しあわせたようにその男子を連れて買い出しに出かけていった。二人きりの教室は奇妙な静けさに沈み、ときおり中庭で作業する女子生徒たちのけたたましい笑い声が聞こえてきた。夏休みが終わり、学園祭までの準備期間、なにか楽しいことが起こりそうな予感と期待でぱんぱんにふくれあがった校内で、みんながみんなはしゃいでるみたいだった。

「なんの話ですか？」

展示用のボードに写真を貼りつけていた手を止めて、私は顔をあげた。からかわれているということはすぐにわかった。北橋《きたはし》という名の二年の先輩。目立つタイプではなかったけれど、クラスの中心から距離を置き、すかしたような態度で傍観者を決め込んでいる。私にはそれが、ひどく子どもっぽい態度のように映った。

「いや、一生懸命でかわいいなって」

「そうですか」

視線を手元に戻し、作業を続けた。学校のレーザープリンターで出力した写真の裏にスティック糊を塗り、ボードに貼りつける。携帯の待ち受け画面をこちらに向け、顎《あご》を引き気味にして目を見開く若い女性の写真。放射線状にきれいに広がったまつげに思わず見入ってしまう。同じようなメイクを施した有名な女性モデルの顔写真を待ち受けにしていることから、いろんなことが読み取れそうだ。

「いい写真ですね、これ。企画の趣旨にすごくマッチしてる」

「え？　ああ、そうだね」

私の手元をのぞきこんで、先輩は気のない相槌を打った。

——いろんな人の待ち受け画面を見てみたい。

準備の初日、教室に集まって展示の企画案を出しあっているときに、私が提案した。

身近な人物の顔とその人物のなにか一部を写真に撮って展示するというコンセプトを提案したのは北橋先輩だった。「その人物のなにか一部」といってもなんでもいいわけじゃなくて、他人にはあまり見せる機会がないけれど、見せたり見られたりすることにさほど抵抗のないもの。それでいて、その人にとってのこだわりやストーリーが感じられるものだったりするとなおいい。

　ほかにろくなアイディアが出なかったこともあって私の案が採用され、あとはそれぞれがクラスメイトや家族の写真を撮ってくることになった。おねえちゃんはおしゃれバカ一代の名に恥じず、ドリス・ヴァン・ノッテンの最新コレクション写真を待ち受けにしていて、ほんとにバカなんじゃないかと思った。ママは庭に植えたライムの木の写真を、パパは飼ったこともないふわふわした白い犬の写真をそれぞれ待ち受けにしていた。

「展示班なんて言ってみればハズレじゃん？　みんなやる気なくて、なんだかんだ理由をつけて準備にもこないし。でも吉木さんは、こうして真面目にきてくれるんだなと思って」

先輩は、なおも私を口説きにかかった。あれで口説いていたつもりなんだと、あとになってからわかった。余裕をかましているように見せて、ぜんぜんなんにもうまくできない。先輩のそういうところが私は好きだった。

「きてくれるって、だって、私もこの班ですし」

「それはそうなんだけど……あ、吉木さんの待ち受け、スヌーピーなんだ？　かわいいね」

ボードの隅のほうに貼られた私の写真を指して、先輩が言った。

「ずっと初期設定のまま使ってたんですけど、今回いろんな人に見られることになって、それじゃあんまりかなと思ってスヌーピーに替えたんです」

「え、だめじゃんそれ、企画の趣旨ねじまげてんじゃん」

「そうなんですよね。だから私、ぜんぜん真面目じゃないんです。スヌーピーを選んだのだって、スヌーピーが特別好きなわけでもなくて——あ、ふつうに好きですけど、世間一般の人がスヌーピーに対して抱いている好感程度には——女子高生が待ち受けにするのに無難なキャラってどれだろうと考えた末に選んだだけです。子どもっぽすぎず主張が出すぎずちょうどいいんじゃないかって」

「なんだそれ、引くわ」

そう言って、先輩は大笑いした。

「やっぱりそうですよね」

「うん、考えすぎて逆にバカ」

「私も自分でそう思います」

「でもいいと思うよ。そういうの、俺はかわいいと思うけど」

どうやら先輩は「かわいい」という言葉で押しさえすれば、女の子を落とせると考えているらしかった。先輩は先輩で、考えなすぎてストレートにバカだった。

学園祭が終わってから、カラオケ屋の大部屋を貸し切っての打ち上げがあった。嵐《あらし》の「Love so sweet」をみんなが大合唱している中、先輩と二人で抜け出した。その日から私たちはつきあいはじめた。

かわいい、かわいい、となにかあるごとに先輩は言った。私なんてぜんぜん、とそのたびに私は否定した。たぬき顔だし、野暮ったいし、スタイルだってよくないし、色だけは白いけど太って見えるし。そうやって、ママがいつも私に向かって言っていることを並べ立てた。謙遜《けんそん》にしてはいきすぎているが、先輩はいつも笑って聞き流していた。そういうとこが、かわいいんだっつーの。投げ捨てるみたいに言って、指と指をからめた。耳の先がちりちりと燃えるように赤くなっていて、先輩のほうこそかわいいと思った。先輩が私を見くびっている以上に、私は先輩を見くびっていた。

東京の大学に行くと先輩から聞かされたのは、その一年後、次の学園祭が終わるころだった。

「ずっと言おうとは思ってたんだ。でも言い出せなくて……うちは親父が、男は一度は地元を出たほうがいいって方針でさ」

うなだれる先輩をなぐさめるつもりで、大丈夫と私は言った。私もいまからがんばって東京の大学を受けられるようにするから大丈夫だよ、と。

あのとき、先輩は私と別れようとしていたんだろう。高校生活を明るく彩ってくれた「かわいい後輩」が、受験の追い込みシーズンに入ったとたん、じゃまくさくなったんだろう。きれいさっぱり身軽になって、心おきなく東京での新生活をスタートさせたい。私が先輩でも同じことを考えたと思う。

だけど、私はゆずらなかった。先輩が考えることなんて五手先ぐらいまでお見通しだったから、空気を読まず、バカのふりをして、それ以上を言わせなかった。先輩のじゃまにならないようにするからいっしょに図書館で勉強しようと追い詰めて、逃げられないようにした。自分でもうんざりするけど、こういうところはママそっくりだった。自分の思いどおりになりそうな相手を見つくろって、意のままに操ろうとする。

先輩を追いかけて東京の大学を受ける。

なんでもできてしまうけど、取り立ててやりたいことのなかった私が、はじめて自分から望んで始めたことだった。

大晦日《おおみそか》の夜、おねえちゃんと杏ちゃんと三人でもつ鍋を食べてから、繁華街にあるスケートリンクに行った。近所に有名な観音《かんのん》様があるので大晦日だけ深夜営業をしているのだ。スケートで時間をつぶして初詣を済ませたら、その足で海辺の町まで初日の出を見に行く予定だった。

「また渋滞に巻き込まれるんじゃないの？」

と私が心配すると、

「毎年行ってるけど、そんなには混まないよ。なあ？」

杏ちゃんがぎくしゃくとおねえちゃんに話しかけ、

「そうだね、花火大会ほどは、ぜんぜん」

とおねえちゃんも引きつった笑顔で答えた。

クリスマスイブ以来、二人が会うのはこれがはじめてのようだった。

毎年二人で行っていたはずの大晦日から元日にかけての定番デートコースに、急遽《きゅうきょ》私が動員されたのは、緩衝材としての役目を買われてのことなんだろう。お年玉あげるからお願いついてきてとおねえちゃんに拝まれ、待ち合わせ場所に姉妹であらわれた私たちを見た杏ちゃんもほっとしているみたいだった。

離婚寸前の夫婦のあいだに挟まれる子どもってこんな気持ちなんだろうかと思いながら、私はもつ鍋を口いっぱいに頬ばった。わあ、もつぷりぷりだね、コラーゲンコラーゲン、明日お肌ぷりぷりになっちゃうね。無邪気を装う私に、女子高生のぷりぷり肌で言われたくない！とおねえちゃんがぷりぷりと怒ってみせて、そんじゃあいのりはもっともつ食べてぷりぷりにならないと、というデリカシーのない杏ちゃんの冗談に、姉妹で非難ごうごうになった。

「受験生をスケートに誘うとか、ありえないんだけど」

私がなにか言えば言うだけ、二人は大喜びした。我が子がはじめて言葉を発したときでもこんなに喜びはしないんじゃないかというようなはしゃぎようで、相手と向き合うことを避けるためだったら、大人はなんだって利用するんだなと呆れてしまった。できるだけ結論を先延ばしにして、宙ぶらりんにしておきたい。そんなの、大人に限ったことじゃないかもしれないけれど。

スケートリンクはがらんと空《す》いていて、私たちのほかに若い男女が一組いるだけだった。毎年滑りにきているだけあって、運動音痴のくせにおねえちゃんはすいすいと泳ぐように氷の上を滑っていった。子どものころに何度かやったきりで、氷の上にまっすぐ立つのもやっとの私に、杏ちゃんはずっとついていてくれた。いいよ、杏ちゃんも滑ってきなよと何度も言ったのに、みさちゃんに怪我させるようなことがあったらおばさんに殺されると言って離れようとしなかった。

「いのりから、まだ返事もらえてないんだよな」

ちょっと一休みしようかと、自販機で買った紙コップのココアを飲みながらベンチに座っていたときに、リンクを見下ろして杏ちゃんがぼそりと言った。私に探りを入れようとしているというよりは（そんな腹芸、杏ちゃんにできるはずもないのだが）、ただの報告というトーンだった。そっか、と答えた私の声は、ほとんど音にならずに白く色を変えてココアの湯気に巻き込まれていった。だだっ広いスケートリンクはぼわぼわと音が反響して、はっきり声を出さないとすぐ隣にいる杏ちゃんにも届かない。

「草食系男子とか言われないように、男らしくがんばってみたんだけどなあ」

「草食系男子って、もともとは誉め言葉なんだって」

「え、そうなの？」

「うん。男らしくないのがいいとか、そういうことみたい」

「わけわかんねー」

ぺこんと頭を垂れた杏ちゃんのうなじ。その青々した剃《そ》り跡に触れたいという衝動に一瞬だけ駆られ、紙コップのふちを指でなぞって散らした。

クリスマスの夜、私とおねえちゃんは大量にできあがった餃子を食べた。テーブルの上にホットプレートを置き、餃子を並べて焼いては食い、焼いては食いした。何ターンかくりかえしているうちに、部屋の中に満ちていたチキンのにおいは豚肉の脂とにんにくのにおいですっかり上書きされ、窓の外では空が白みはじめていた。

なにも言わず、もくもくとおねえちゃんは餃子を口に運び、私もなにも言わずに餃子を咀嚼《そしゃく》した。油が爆《は》ぜて手首を火傷《やけど》しても、私たちは止めなかった。黒酢に胡椒《こしょう》にラー油、海老《えび》餃子にしそ餃子にチーズ餃子、いろいろと味を変えてみたところで、そもそもおねえちゃんは小食だし、私も夕食にチキンとケーキを二切れ食べたあとだったから、すぐに限界がきた。最初のうちこそ指輪の入った餃子に当たらないことを祈っていたが、指輪が出てこないことにはこのバカみたいなゲームから降りられないと気づいてからは、なんでもいいから早く楽になりたいという一心で箸《はし》を動かしていた。

　こつ、と奥歯に硬質な感触があったとき、だから私はほっとしたのだった。どうしよう、指輪入り餃子をおねえちゃんではなく私のほうが引き当ててしまったと思うより先に、これでやっと終われると思った。

　私の口から出てきた指輪を見たときのおねえちゃんも、同じ気持ちだったんじゃないかと思う。いつかの真夜中、片輪がパンクした自転車を引きずりながら海岸沿いの道をとぼとぼ歩いていたおねえちゃんを、パパが運転する車のヘッドライトが照らし出した。警戒心とまぶしさに顔をしかめ、すぐにそれが家族の運転する車だと気づいてゆるんだ、あのときと同じ顔をしていた。

　もちろんそんなこと、杏ちゃんには口が裂けても言えないけど。

「みさちゃん、今日は携帯見ないんだね」

「え？」

「こないだ、指輪買いに行ったときもピザ食ってるときもずっと気にしてたから、だれかからの返事を待ってるのかと思った」

立襟のコートに顔の下半分を埋めるようにしながら、杏ちゃんは前後に大きく体を揺らした。ココアの表面が、杏ちゃんの動きに合わせてとっぷりと揺れる。私はすぐに他人を見くびってしまう。杏ちゃんはバカだけど、ほんとはそんなにバカじゃないのかもしれない。

「口実が、ほしくて」

やましさから視線を落としたら、手首の裏にぽつんと残った火傷の痕が目に入った。いま先輩がどこでなにをしているのか私は知らない。年末年始にこっちに帰ってくるのかも知らない。

「初日の出の写真を撮ったら、それを口実にメールが送れるなと思って、それで今日ついてきちゃった」

「みさちゃんは、バカちんだなあ」

ココアでぬくまった指先で、杏ちゃんが私のおでこを弾《はじ》いた。

「そんなの気にせず、メールなんてしたいときにすりゃいいじゃん」

「杏ちゃんはそうするだろうね」

「あっ、なんだそのバカにしたような笑い方」

「バカになんかしてないよ」

「絶対してるだろ、それ」

「やめて、ココアがこぼれるって、ああ、もう」

　ベンチで私たちが話しているあいだも、おねえちゃんは氷の上をすいすいと滑り続けた。地上で揉みあう下等な人間どもには目もくれず、一人で生きていけるとでも言わんばかりに。優雅な白鳥のように。

「杏ちゃんもちょっとはずるくなったほうがいいよ。ごめんって言われたら終わっちゃうから」

　ぬるくなったココアを飲み干し、紙コップをくしゃりと握りつぶした。少しこぼしたせいで、指先がべたついている。

「ごめんって言われたら許すしかなくなるでしょ？　だから、相手にごめんと言わせないようにするにはどうしたらいいのか、相手に逃げ道を与えないように考えて行動するの。詰将棋とおんなじ」

　こっわ。引くわ引く。考えすぎだよ。そういうところがかわいいんだけど。こんなとき、先輩が言いそうな言葉を思い浮かべて、ふ、と私は笑った。

「なるほど？」

　杏ちゃんから返ってきた言葉は、そのどれともちがっていて、そのどれよりもはるか上をいくバカっぽさだった。

「その発想はなかったな」

顎をつまんでふむふむと頷《うなず》けば頷くほど、バカっぽさがいやました。ひとまわりも年下の女子高生の言うことを、真剣に聞き入れる大人がいるなんてびっくりだった。

「あっ」

そのとき、だれかの叫び声がスケートリンクに響いた。

声に引っぱられるように視線を向けると、氷の真ん中におねえちゃんが転がっていた。そのままうずくまって、起きあがってこない。やばそうだとすぐに察知して、杏ちゃんが飛んでいった。スケート靴を履いたまま、よろよろとへっぴり腰で私もそのあとを追った。

「早く病院行ったほうがいいですよ。足首からぐねって、やばいコケかたしてたから」

もう一組いた客の男の子のほうが寄ってきて、状況を説明してくれた。

「むりむり、病院なんて行くわけない」

真っ青な顔で痛みに呻《うめ》きながら、おねえちゃんは息もたえだえにそう言った。

「そんなこと言ってる場合じゃないだろ。骨が折れてたらどうすんだよ」

「縁起でもないこと言わないで！　こんな――大晦日に骨なんか折ったらママに殺される。こんな、こんなこと、ママにバレたら殺される！」

うわーんと氷の上に伏せるようにしておねえちゃんが泣き出した。おねえちゃんが泣くのを見るのは、それがはじめてだった。

救急車がやってきて、おねえちゃんは病院に運ばれた。心配してついてこようとする杏ちゃんを「ママと鉢合わせしたらやばいから」とスケート場に置き去りにし、私も救急車に乗り込んだ。

パパもママも紅白を見ながらさんざんお酒を飲んだ後だったから、日付が変わるころにタクシーで病院に駆けつけた。さぞ怒りくるっているだろうと私もおねえちゃんも戦々恐々としていたが、そこは世間体をなにより気にするママのことだ。医者や看護師の手前わめきちらすわけにもいかず、予想していたよりおとなしいものだった。

大晦日にわざわざ私とおねえちゃんが二人でスケートになんか行くはずないことぐらいわかっているだろうに、知らんぷりが得意なママは藪《やぶ》に手を突っ込むような真似はしなかった。宙ぶらりんをだれより愛しているのはママなんじゃないかと思う。まあまあ、よかったじゃないの、命に別状はなくてとのんきに笑うパパの声が、深夜の救急病棟に響いた。

「結婚とかそういうこと以外に、男の人とつながる方法があったらいいのにね」

足首を骨折してそのまま入院することになったおねえちゃんが、病室で映画を観ながら言っていたことだ。レンタルビデオ屋で借りてきた、ミニシアター系のおしゃれっぽい映画。おねえちゃんが好きそうだと思って、てきとうに見つくろったうちの一本だった。琥珀《こはく》色のとろりとした陽射しの中、イヤフォンを片っぽずつ耳につっこみ、二人でMacBookの画面を覗き込んだ。

「すごく気の合う相手がいたとして、相手が女の子ならずっと友だちでいられるのに、男と女だとどうしてそのままではいられないんだろう」

そういう内容の映画ってわけでもなかったのに、おねえちゃんが言わんとしていることは私にもわかる気がした。宙ぶらりんのままにしておきたい人もいれば、宙ぶらりんが耐えられない人もいる。男と女っていうよりかは、そういうことなんじゃないかと思う。

「杏ちゃん、お見舞いにきたんだね」

ギプスの嵌《は》まったおねえちゃんの足を指差して私は言った。

「なぜそれを？」

クリスマスのときと同じ、芝居がかった調子でおねえちゃんが訊《たず》ねた。だから私もあのときと同じように肩をすくめてみせた。

「見ればわかる。こんなところにこんな落書きする人、杏ちゃんしかいないじゃん」

おしゃれバカ一代の見舞いにくるような人たちは落書きまでおしゃれなようで、フランス語とおぼしきカリグラフィやフィリックスのイラストなんかが散らばっている中に、臭気を放つうんこマークが太いマジックで描き込まれているのを私は見逃さなかった。あはは、杏一郎ってほんとバカだねえ、とおねえちゃんは笑っていたけど、おねえちゃんだって同じぐらいバカちんだと私は思った。

ひと月ほどの入院生活ですっかり怠惰になったおねえちゃんは、治療費やら入院中のテレビカード代やらでママへの借金がかさんでいるにもかかわらず、仕事をやめた。杏ちゃんとの結婚に向けて動き出したか？　と思ったがそうではなく、前々から考えていたことだという。いずれは自分の店を出したいから、その準備を始めるつもりらしい。

あれから、おねえちゃんと杏ちゃんのあいだでどんな話し合いがなされたのかはわからないままだ。さんざんな目に遭わされたあのダイヤの指輪がいまどこにあるのかも、私の知る由ではなかった。

二月の終わりに第一志望の大学から合格通知がきた。

合格通知の写真を添えてメールを送ったけど、先輩からの返事はなかった。受信拒否まではしない先輩のことをやさしいと私は思う。とても残酷でやさしい。そこまでする度胸がないだけだとしても。

先輩とまともに連絡も取れないでいるのに、四月から東京でひとり暮らしをはじめることになってしまった。

この期に及んで、自分で自分の置かれた状況にびっくりしていた。東京に行ったところで先輩はもう会ってもくれないだろうに、いったいなんのために？

――いまさら引っ込みがつかなくなったから。

いろいろ理由を考えてみたが、それがいちばんしっくりくる。すでに教師にも親にも友だちにも東京の大学を受けることは伝えてあったし、それだけの学力も身につけてしまっていたから、いまさら引くに引けなかったのだ。

三月の半ばごろ、異動の内示が出たと杏ちゃんからメールがきた。「この春から俺も東京で暮らすことになるから、またピザでも食いに行こうよ。それとももう女子大生だから焼肉でもいいか？」とあったけど、杏ちゃんと会うことはおそらく二度とないだろう。

さびしいけど、しかたのないことだった。おねえちゃんやママのあずかり知らぬところで、私と杏ちゃんのあいだで育まれてきたものがあるはずなのに、ぜんぶ餃子にくるまれてうやむやにされてしまった。

「いいなあ、ひとり暮らし」

上京の準備をする私のすぐ隣で、無職のおねえちゃんはうっとりとつぶやいている。

「部屋にかけるカーテンやカップひとつ選ぶのもたのしいよね。好きなものばかりで埋め尽くせる自分だけのお城だもんね」

よく言うよ、と私は呆れた。大事なことはなにひとつ選べずにいるくせに。

「なんか言った？」

「なんでもなーい」

いつか、私は選べるんだろうか。目があった瞬間これだと思えるような、これじゃなきゃだめだと思えるようななにかに、自分の意志で手を伸ばせるときがくるんだろうか。

そんなことを考えながら、ママから押しつけられたキルトのスカートもおねえちゃんのおさがりのボーダーTシャツも、ひとまとめにしてごみ袋に突っ込んだ。

明日はカーテンを買いにいこう。ひとり暮らしにふさわしい、これしかないと思えるような色のカーテンを。

# 4

二〇二九年

二〇一九年

二〇〇九年

## 一九九九年の海の家

一九八九年

一九七九年

七月三十一日、何度電話してもいのりがつかまらないから、大学のいつものメンバーと飲みに行くことにした。「世界の終わりは君といっしょに」とかなんとか言いながら女の子をナンパするやつもいれば、「ノストラダムスなんて俺は信じてない」とこの期に及んで不毛きわまりない議論をふっかけるやつもいて、そのあいだも俺はずっといのりにメールを打ち、番号を鳴らし続けた。

　何軒か安居酒屋をはしごしてから飛び込んだクラブでも「End of the World」と銘打ったイベントをやってて、それこそほんとにみんな今日で世界が終わっちゃうんじゃないかって勢いで酒を飲んで踊り狂っていた。いたるところで舌と手と脚を絡めあう男と女。げーげー吐いて酔いつぶれてる女の子を下心まるだしの顔で介抱する男。ヒッピーみたいな恰好をした男とサーファーみたいな恰好をした男がなにやら揉《も》めているのが遠くに見えたが、爆音と人の波に呑《の》み込まれてすぐにどこかへ流れていった。カウントダウンがはじまってからも、最後まで俺は携帯のちいさな液晶を睨みつけていた。世界が終わるその瞬間、いのりの声を聴いていたいという一心で。

「よかったじゃん、世界終わんなくて」

その二日後、俺の運転する車の助手席で、けろりとした顔でいのりは言った。

明け方にいのりの家の近くのコンビニで待ち合わせ、海辺の町へと向かう道すがら、俺からの電話もメールも無視してあの日どこでなにをしてたんだと訊《たず》ねても、「あんたは私の母親か」とはぐらかすばかりでいのりは答えようとしなかった。それでもしつこく食い下がっていたら、「どこでなにしてたか、なんでいちいち杏ちゃんに報告しなきゃいけないの？」と撥ねつけられ、いよいよ引き下がるしかなかった。

「日付が変わった瞬間、みんな盛りあがって大騒ぎしてたけど、すぐにあれ？　って夢から醒《さ》めたみたいな顔して、ノストラダムスなんてあるわけないってうすうす思ってはいたけど、あ、ほんとに世界終わんないんだ、これからどうしようって途方に暮れてるみたいな、そのかんじはなんとなく俺にもわかるっていうか、ずっとGショックをにらみつけてたからタイミング逃したけど、でもたしかにあの瞬間——」

「Gショック？　さっきは携帯って言ってたじゃん」

「それいま訊《き》く？　携帯も見てたけどGショックも見てたの！」

「わざわざ交互に？　世界が終わろうってときに？　時間なら携帯見とけば済むのに」

「残念でしたー、Gショックは秒数まで出るんですー……っていうか、いまそんなことはどうでもよくて！　そうやっていちいち話をまぜかえすのやめろって」

あの瞬間の、肩透かしというのか、さらにもっと下のほう——腹とか重心のほうからしゅるしゅるとなにかが抜けていったかんじをうまく説明する言葉が見つからなくて（「金玉がひゅっとするかんじ」がいちばんしっくりくるけど口にするのは憚《はばか》られて）、ああだのこうだの言ってるうちにカーステが不穏な音を立てはじめた。やばいと思って急いでカセットを抜いたら、黒光りするテープがつうっと伸びた。

「わー！　俺のとっておきの夏うたベストが！　ＣＤレンタルまでして作ったのに！」

片手でハンドルを握ったまま、どこかに引っかかったテープを慎重に手繰《たぐ》る。いまどきミックステープ作ってるやつなんかいないだろ、なんでＭＤにしなかったんだ、とツレからさんざんからかわれたが、だってしょうがないだろ、中古で買ったらカセットデッキしかついてなかったんだから、とそのたびに俺は口を尖らせた。お年玉貯金と家庭教師のバイト代をはたいて買った真っ赤なカローラ。いいんだよ、俺はこれで、アナログ派だから。言葉を重ねるほど、みんな笑っていた。世界が終わるっていうのに車なんか買って、ミックステープまで作って。

「とっておきの夏うたベスト？　有線のヒットチャートチャンネル聴いてるのとほとんど変わんないのに？」

いのりがラジオのボタンを押すと、ちょうどDragon Ashの「Grateful Days」が流れ出したところだった。一昨日《おととい》、クラブでもかかっていた曲。

「こっちのほうがよっぽど気が利いてる」

音楽に合わせていのりがハミングする。朝早くから海に向かう車の中で聴くような曲じゃないだろうと俺はおもしろくなかったが、トンネルを抜けたとたん目の前がひらけ、フロントガラスの向こうに青い海が見えたら一瞬でそんなことはどうでもよくなった。

「わー！　海だ！　青い！　でかい！」

「すごい。見たままのことを言ってる」

　いのりが声をあげて笑った。それだけで俺はごきげんになる。

「ほら、いーちゃん、海だぞ海。海を見たら、ふつうもっとテンションあげるもんだろ」

「海見たぐらいでいちいちテンションあげてたら、これから一週間どうするの。毎日ハイテンションでいなきゃいけないなんて疲れそう」

「なに言ってんだ。疲れるどころか毎日楽しくてたまらないに決まってるだろ！」

「私、ときどき杏ちゃんのことが心底うらやましくなる。杏ちゃんになりたいとは思わないけど」

「あたりまえだろ、いーちゃんが俺になったら俺はどうすりゃいいんだよ」

「そういう話じゃないけど、まあいいや、そういう話ってことで」

　そう言って、いのりが煙草《たばこ》に火をつけた。車の中を白っぽく染めあげた甘いけむりを散らすように、全開にした窓から潮風が吹き込んで前髪がめくれあがる。効きの悪いエアコンよりずっと気持ちがいい。吊りあがった細い眉毛、耳のところで輪っかにしたみつあみ、古着のキャミワンピと太めにロールアップしたジーンズ。ダッシュボードの上に投げ出した足首に金色のアンクレットが引っかかってるのを見つけて、俺はどきりとする。

「俺は東京生まれＨＩＰＨＯＰ育ち、悪そうな奴は大体友達」

さっきまでうろおぼえの歌詞をてきとうに口ずさんでいるだけだったのに、ラップパートに入ったとたん、俄然《がぜん》やる気を出してきたので笑ってしまった。さすがいーちゃん。カラオケでラップパート歌わないやつなんなの、だったら最初からラップのある曲なんか入れんじゃねえよって、酔っぱらって路上で怒鳴り散らしていただけのことはある。

「あ、【海の家トラヤ】って看板出てる、あそこだ」

指に挟んだ煙草で、いのりが前方を指した。

海水浴場の手前に、葛飾北斎《かつしかほくさい》のパロディみたいな大波とそこから顔をのぞかせる真っ赤な太陽、宙を舞うイルカやカニやイカ、そしてなぜか大きく口を開けて咆哮《ほうこう》する虎が描かれた看板が出ている。海の家というよりアングラ演劇といわれたほうがまだしっくりくるような、どぎついインパクトの看板だった。

海岸沿いに車を停めると、すぐさま助手席のドアを開けていのりが飛び出していった。まだだれもいない朝の砂浜を独り占めするみたいに駆け抜け、ジーンズの裾《すそ》が濡れるのもかまわず、波打ち際にビーチサンダルで突っ込んでいく。

「海だー！」

いのりの声が潮風に乗ってここまで届き、世界が終わらなくてよかったと、そのときになってようやく俺は思った。

夏休みは海の家に行くといのりが言い出したのが、すべてのはじまりだった。

海の家とはつまり、海辺にある別荘とかそういうことではなくて、そのまんま海水浴場に建っているあの掘っ立て小屋、焼きそばとかかき氷とかを売っている、海水浴客からいくばくかの金を徴収しシャワーとかトイレとかを貸し出している、あの海の家のことらしかった。

「家の壁に穴を開けちゃって修理代にお金がかかるから、夏休みのあいだ古着屋のシフト増やせないかって店長に訊いてみたけど無理で、それでしかたなく短期で稼げるバイトはないかと思って」

　大学が夏休みに入る前、みんながレポートや試験の準備に追われている中、俺は時間を見つけては自分の大学から地下鉄で十分の距離にあるいのりの短大まで出向いて行き、女ばかりの学食で昼飯を食っていた。女ばかりといっても服飾系の短大だから、きらびやかに着飾った「ザ・女子大生」みたいな子はあまりおらず、斜めにざっくりいった前髪とか紫色の唇とか黒ずくめとか全身水玉とか、とにかくちょっと一筋縄ではいかないかんじの個性的かつ他人にあまり興味のなさそうな子が多くて、その点では気が楽だった。

　小《こ》洒落《じゃれ》たカフェみたいな雰囲気の学食にはサラダとかパスタとかサンドイッチとかしかなく、こんなんじゃ腹の足しにもならんと文句を言う俺に、だったらわざわざこんなとこまで来なくても自分とこの学食で食べればいいじゃん、どうせかつ丼ラーメン定食とかあるんでしょ、ネギと三つ葉ぐらいしか野菜がとれないやつ、とりあえず腹が膨《ふく》れればそれでいいってかんじの、といのりはつれなかった。

「待て。家の壁に穴ってなんだ？」

なにか聞き捨てならないことを聞いた気がして、俺は明太子《めんたいこ》スパゲティから顔をあげた。

「ママとケンカして、腹いせに壁を蹴っ飛ばしたら穴が開いちゃって」

「は？　蹴っ飛ばしたぐらいで壁に穴は開かんだろ」

子どものころは、週の半分をいのりの家で過ごしていた。おとぎ話に出てくる魔女の棲《す》み処《か》のような奇妙に歪《ゆが》んだピンクの家。その気になれば三口ぐらいで食べ終わってしまいそうな、申し訳程度にイカとしめじが入った明太子スパゲティを一本一本惜しむようにフォークに巻きつけながら俺は記憶を手繰り寄せる。

「それがけっこう開くんだよね。前に、ママとケンカして勝手口のガラスを割ったこともある。それも拳で。これは私の推測だけど、無機物にもツボのようなものがあって、そこを突かれたら簡単にこわれちゃったりするんじゃないかな」

「おい、待て。その前に物に当たるほどのケンカってどんなだよ」

「えっ、しない？」

「しねえし。うちは母親にぎゃあぎゃあ言われても言わせとくだけだし」

「うちはするよ、取っ組み合いのケンカ。でも、年々ママの力が弱くなってるのを感じるから――っていうかこっちが成長した分だけ強くなってるのかもだけど、これ以上やったら私勝っちゃうなって思って、最近は力をセーブするようになった。そしたらこっちが殴られるばっかりになって、その鬱憤《うつぷん》が爆発して――」

「え、おばさん、殴るの？」

びっくりして、すっとんきょうな声がでた。俺の記憶の中のおばさんは、いつもきれいな色の服を着てにっこり微笑《ほほえ》んでいる女性らしいかんじの人だったから。あのおばさんと棒っきれみたいに痩せたいのりが、つかみあいのケンカをするなんてにわかには信じられなかった。

「ぜんぜん殴るし、こっちも殴り返す！」そう言っていのりは、箸《はし》を握ったままの右手をぐっとこちらに突き出した。「杏ちゃんとこは？　おばさん相手はあれでも、おじさん相手とか？」

「いや、うちは、親父なんていてもいないも同然だし、いてもほとんど口きかないし……」

「そっか」

父親の話になったとたん、急に俺の歯切れが悪くなったのを察知して、いのりは手元のサラダに目を落とした。これだけ痩せてるくせにまだ痩せようとしているのか、ランチはミックスビーンズの載っかったサラダとセットのバゲットだけ。あんまり食欲ないんだよねと言いながらいつもボルヴィックをがぶ飲みしてるから、「なんかおかしなクスリとかやってないよな？」と前に一度訊ねてみたら、「それママも言ってた」と鼻で笑われた。

「あのおばさんが怒るところなんて想像つかないな。どんな理由でケンカすんの？」

「うーん、そうだな、せっかくいいかんじに味の出てきたジーパンを勝手に洗われたり……相当臭かったのは臭かったんだけど」

「いや、洗おうよ」

「太もものほうまでいいかんじにダメージが出てきたジーパンを捨てられたこともあったな」

「いや、捨てようよ」

「ジーパンなんか穿《は》くな、もっと女の子らしい恰好をしろって根本から否定してきたりもするし」

「ジーパン以外にケンカの理由ねえのかよ」

「ないね」くすくすといのりが笑う。「だいたいいつも私が着てるものに口出ししてきて、私がぶち切れるってパターン。娘のことを自分の好きにできる着せ替え人形だとでも思ってんだもん」

　どうかしてると思ったけど、うちの母親も着るものにはうるさいから、職業柄というか昔取った杵柄《きねづか》みたいなことなんだろうか。

　うちの母親といのりの母親は昔いっしょにちいさなブティックをやっていた。いまでいうセレクトショップの走りみたいなもので、そのへんのバブルに浮かれたコマダムが旦那に金を出してもらって趣味でやってるようなブティックとは一線を画していた——とうちの母親は言い張って譲らないが、ほんとうのところはどうだったかなんて俺にわかるはずもない。なんとかいうイギリスのブランドの服やなんとかいうフランスのブランドの食器なんかを、このあたりで最初に扱いはじめたのはうちの店だった、百貨店よりも早かったと、いまでもことあるごとに自慢してまわっている。

　そんな先見の明のあった店をどうしてやめてしまったんだ、と三回に一度は返ってくる質問に、早すぎたのだと神妙な顔になって母は答えた。商売っていうのは難しいもので、むやみに時代を先取りすればいいってもんじゃない、店を出したのが東京だったらまたちがっていただろうけど、こんな地方じゃねえ……。ほんとうのところはどうだったかなんてもちろんわからないが、それがすべてってわけでもないんだろうということは、さすがの俺にもわかった。あんなに頻繁《ひんぱん》に行き来のあったいのりとその母親との交流がある日をさかいにぷつりと途絶え、名前を口にすることすら許されない空気を子どもながらに感じ取っていた。

「一度、ママに訊いてみたことがあるんだ。なんでそんなに私のことに口を出すの、なんでそんなに自分の思いどおりにしたいのって」

「おばさん、なんて？」

　一個一個、器用に箸で豆をつまんでいたいのりが、そこでなぜか笑った。短い爪に塗った赤いマニキュアがところどころはみ出している。子どものころからなにをするにも不器用でいいかげんだったのに、服飾の短大に通ってると聞いたときは正直驚いた。

「この世のほとんどすべて、なにひとつだって自分の思いどおりにはならないから、せめて家の中のことぐらい自分の思いどおりにしたいんだって。私、思わず笑っちゃって。あ、はい、そうですか、了解ですって思って。お好きなようにしてください、だったら私はなるべく早くこの家から出ていきますねって」

笑う形に唇が曲がっているのに、目はぜんぜん笑っていなかった。

「もしかして、家に居づらいとか、あるの？」

あれからいのりの母親は再婚し、年の離れた異父妹が生まれたと聞いている。そこに俺は、なんらかの理由を見出そうとした。

「あ、そういうのはない。まったく」

けれど、いのりはすぐにそれを否定した。少しも陰を感じさせない、さっぱりとした口調で。

「でもそんな、急に海の家に行くとか言い出すなんて……」

「だからそれはお金が必要だからって言ったでしょ。単に私とママの相性が悪いっていうだけで、家族そのものはびっくりするくらいうまくいってる。妹は生意気だけどかわいいし、お父さんはなんていうか、存在自体が希薄」

「わかった。じゃあ、俺もいっしょに海の家に行く」

「えっ？」いのりが声をあげた拍子に、箸の先から豆がぽろりと落っこちた。「なんでそうなるの？」

海の家で泊まり込みのリゾートバイト。いくら稼げるからってそんなところにいのりを一人で行かせられるわけがなかった。俺のツレに言わせるといのりは男好きのするタイプではないらしいが、それでもいちおう年頃の女の子ではあるし、開放的な夏の海に一人で放つには危険すぎる。

しかし、そんなことを言おうものなら強情ないのりのことだ。放っておいてよとか杏ちゃんには関係ないとか猛烈な反発を食らうに決まっている。そこでとっさに口から飛び出してきたのが「車！」だった。

「そう、車買ったから、ちょうど海までドライブしたいと思ってたんだ」

昼休みを終えると、その足で俺は中古車屋に飛び込んだ。

夏休み中ということもあって、家庭教師のバイトはかんたんに調整がついた。どこの家の子も夏休みは夏期講習で手一杯のようだ。

その一方で、海辺の町には都会からやってきたなまっちろい肌の子どもたちが押し寄せる。まあ、俺もそのうちの一人なんだけど。

「焼きそばあがりました！」

「五番テーブル片づけて！　お客さん待たせてるよ！」

「寅郎《とらお》さん、釣銭補充してください！」

「注文入りまーす、カレーライス、焼きそば、イカ焼き、ポテト、コーラ、ウーロン茶、生ビール、オールワンです」

午後一時をまわっても客足が途絶える気配はなく、ほとんど怒号のような声が飛び交う厨房《ちゅうぼう》で俺はひたすら皿を洗っていた。使い捨てのプラスチック容器は海が汚れるからできるだけ使わないというのがこの海岸全体での取り決めのようで、洗っても洗っても追いつかないほど次から次にビールジョッキやらかき氷の器やらが戻ってくる。月曜日はひまだから慣らしみたいなもんだって言ってたくせに騙された。頭にタオルを巻き、開店からノンストップで大量の焼きそばを焼き続けている店長の寅郎を、恨めしい気持ちになりながら俺はこっそりにらみつけた。

今週の土曜日に開催される花火大会が忙しさのピークだから、その日に合わせて臨時のバイトを若干名募集したのだと今朝、面接というか顔合わせのときに寅郎は言った。花火大会当日は朝から晩まで息をつくまもないほどの忙しさになるから、この一週間で仕事をおぼえてくれりゃいいよ、と。

「いのり？　やっぱりいのりだったか！」

到着したら電話するようにとあらかじめ伝えられていた番号にかけると、五分もしないうちに寅郎は海岸にあらわれた。

「履歴書みたときはまさかと思ったけど、苗字が藤野《ふじの》じゃなくて吉木になってるからいまいち確信が持てなくて……そうか、あんなちっこかったいのりが、こんな大きくなって」

　そう言って寅郎は、ちいさい子どもにするみたいにいのりの頭をくしゃくしゃと撫《な》でた。断りもなく触れたりしたらだれかれかまわずキレ散らかすはずのいのりが、

「ども」

　と照れくさそうにつぶやいて頭を下げる。ぐしゃぐしゃになった前髪を直してやろうと俺が手を伸ばすと、こっちは即座に振り払われた。

「吉木は、いまのお父さんの苗字」

「へえ、おふくろさん、再婚したのか」

「うん。パパが死んで、わりとすぐ」

「そりゃよかった」

「よかったのかな、わかんないけど」

「いいことだろ、ずっと一人でいるよりは……たぶん」

「たぶんって、寅郎もわかってないんじゃん」

　どうやら二人は以前からの知り合いのようだった。それも、かなり親しい間柄に見える。こっちのほうに親戚がいるなんて聞いたことはなかったけど、もしかしたら叔父《おじ》さんとか従兄《いとこ》とかそういうあれなのかもしれない。

「こっちは彼氏？　いっちょまえに男を連れてくるようになったか」

いきなりの展開についていけなくて混乱する俺のほうを顎《あご》でしゃくって、勝ち誇ったように（俺にはそう見えた）寅郎が笑った。

「そんなんじゃない。ただの幼なじみっていうか……」

「候補です。いのりの彼氏候補。立候補してて、いま」

ずずいと身を乗り出しながら、え、そういうつもりだったんだ、と自分で言って自分で驚いた。いのり、と舌にのせたそばから甘くとろけそうな余韻《よいん》が頭の裏側をしびれさせる。

「そりゃいいな、よろしく頼むわ」

俺の背中を叩いて、寅郎は焼けた肌とのコントラストでやけに白く見える歯をのぞかせた。ほとんど金髪といっていいくらいまで脱色した髪が朝陽を透かしてさらさらと流れる。タンクトップに短パン、青いゴムサンダル。年齢は三十ぐらいだろうか。夏のあいだだけ海の家を出しているが、ふだんは漁師をしていると聞いて妙に納得してしまった。サーファーとかそっち系というよりは、ガテン系のような雰囲気があったから。

「ちょっと写真撮るから、そこ並んで」

寅郎が切り盛りする海の家——通称【海トラ】の前にいのりと並んで立つと、短パンのポケットから取り出した緑色の使い捨てカメラを寅郎がこちらに向けた。顔を作る余裕もないままかすっと気の抜けたシャッター音がして、フラッシュが光ったのかどうかも太陽がまぶしくてよくわからなかった。不意打ちみたいな、なんの実感もない記念撮影。

「男子はこっちで、女子はあっち」

開店前に案内すると言われ、俺たちは近くの民宿に連れていかれた。この町にリゾートバイトにやってきた若者たちを寝泊まりさせるため、いくつかの民宿が借りあげられているようだ。まだ大半が鼾《いびき》をかいて雑魚寝している大部屋のすみっこに荷物だけ置くと、すぐさま俺は息を吸うのもためらわれるような、むっとした空気の部屋から逃げ出した。

「おー、早かったな」

おもての石段に座り込んで煙草を吸っていた寅郎が、足音に気づいて振りかえった。正面には冗談みたいに真っ青な海が見下ろせたが、テンションが上がるどころか、とんでもないところに来てしまったという後悔が遅れて押し寄せてきた。人見知りはそんなにしないほうだけど、一人っ子だし、体育会系ってわけでもないし、あんなむさ苦しい男たちと一週間も寝起きをともにできるか自信がない、いざとなったら車中泊するか……と胸に浮かんだ不安をそのまま声に出したら、

「大丈夫大丈夫」

と寅郎がしゃがみこんだ俺の背中をぽんぽんと叩いた。あ、このかんじ、とふいになにかを思い出しかけたが、

「どうせ夜には疲れきってバタンキューだから」

とんでもないことを寅郎が言い出したので、しっぽをつかみそこねた。

「それ、よけいこわいんすけど」

「大丈夫大丈夫、月曜はひまだから、慣らしみたいなもんだと思っといてくれりゃ。本番は土曜の夜だから」

そう言って寅郎は、「吸う？」と煙草をこちらに差し出した。

「いや、俺、未成年っすよ」

とっさに固辞したが、よくよく考えてみれば、いのりだってまだ未成年だった。

高校卒業と同時に、どういうわけかみんな酒も煙草も解禁になったみたいな顔をしているのが、俺は不思議でならなかった。煙草は断れても、酒に口をつけないと「ノリの悪いやつ」とみなされるから、うまくもなんともないビールを流し込んで、苦い息を吐く。いのりはいつどこであの味をおぼえたんだろう。煙草の吸いかたも酒の飲みかたも堂に入っている。

「よし、来たな」

夏のあいだだけ男子禁制になるという女子専用の民宿からいのりが出てくると、寅郎はのっそりと立ちあがってサンダルで煙草をもみ消した。

「うまい朝飯食わせてやるよ。初日だけの出血大サービスな」

海岸沿いの大通りには大きなホテルやみやげもの屋、洒落たレストランなんかが建ち並び、少し中に入ると住宅や民宿、ちいさな飲食店がごちゃごちゃとひしめいている。入り組んだ細い道を勝手知ったる足取りで進んで行く寅郎の背中を、いのりと二人で追いかけた。

いまはもう営業してなそうな色褪《あ》せた看板のかかった飲み屋や雑貨店もちらほら見えて、「このへんもねえ、昔はもうちょっと活気があったんだけどねえ……いまは夏だけ、夏だけのまぼろしよ」と新しい煙草に火をつけながら寅郎がぼやく。海岸から高台に向かってなだらかに続く坂道には、貝殻と波で洗われた丸っこい石が敷き詰められ、ビーチサンダルのソールを通してごつごつした感触が足裏に伝わってくる。

「あの絵っ」息を切らしながら、いのりが声を張りあげた。「寅郎が描いたの？」

「あの絵ってー？」前を向いたまま寅郎が訊き返す。「それと、寅郎さん、な」

「海岸に出てた看板の、あの絵、寅郎が」

「寅郎さん」

「……さん」

しぶしぶといったかんじにつけ足したいのりに、寅郎はわははと笑った。

「従業員の前では気をつけてな。ほら、へんな誤解とかされるとやだから」

「じゃあ店長って呼ぶようにする」

「あの絵、そう、俺が描いたの、よくわかったね」

「絵、やめたの？」

「だから俺が描いたんだってば」

「やめちゃったんだね」

嚙《か》みあってるんだか嚙みあってないんだかよくわからない二人の会話を聞きながら、叔父さんとか年の離れた従兄とかそういうんじゃなくて、なにかもっとわけありなんじゃないかと俺は疑いはじめていた。こんなふうにいのりが他人に興味を示すのはめずらしいことだった。

「寅郎さんといのりは、いつからの知り合いなんすか？」

寅郎に訊いたほうが早いだろうと思って、単刀直入に訊いた。

「え、あ、聞いてないの？」

俺といのりの顔を交互に見やり、寅郎は長い前髪に隠れた目をしばたたいた。

「なんにも、まったく」

いのりがとがめるように俺のTシャツの裾を引っぱったが、かまわず身を乗り出した。寅郎の指に挟まれた煙草のけむりが目に沁《し》みる。

「つまりいのりは、もとから寅郎さんと知り合いで、寅郎さんのやってる海の家だってわかってて、バイトに応募したってことですよね？」

「さあ、俺に訊かれてもな。そうなの？」

突き当たりまで進むと、寅郎は短パンのポケットからじゃらじゃらした鍵の束を取り出し、目の前の黒い鉄製のドアにそのうちの一本を差し込んだ。灯《あか》りのついていないネオン看板には【スナック汐里《しおり》】とある。ぶ厚いドアを開けると、中にこもった煙草のにおいが流れ出てきた。

「あ、ここ、来たことある」

カウンターだけの細長い店内に足を踏み入れるなり、いのりがつぶやいた。

「あんなちいさいころに一回来たきりなのに、よく覚えてるな」

カウンターをくぐって厨房に入ると、くわえ煙草のまま寅郎は手鍋に湯を沸かしはじめた。それからカウンターの上にあったクーラーボックスを開けて、中から青光りする小ぶりの魚を取り出した。

「今朝獲《と》ってきたばかりのアジ。刺身でいいよな？」

寅郎が魚をさばいているあいだ、俺たちはカウンターの椅子に並んで座って店内のあちこちに視線を飛ばした。壁紙はヤニで黄ばんでところどころ剝《は》がれかけ、棚にずらりと並んだ酒瓶も油膜でべたべたしていそうだし、なんだか煤《すす》けた印象の店だった。坂道をここまでのぼってきたせいで、じっとしていても汗が噴き出してくる。

「あ」

壁にかかっていた絵に目を留めて俺は声をあげた。ハガキ大ぐらいの大きさの額に収められた鉛筆画。ぱっと見ただけで水商売だとわかるような、倦怠《けんたい》をまとった女の横顔に後れ毛が張りついている。描線と見まがうような走り書きのサインは、頭文字の「T」だけかろうじて読み取れた。

「もしかして、俺もここに来たことある？」

「なに言ってんの、そんなわけないじゃん」

きっぱりといのりが否定した。なんでそんなすぐ断言できるんだろうと思いながら、「そっか、そうだよな……」と俺はもう一度、壁にかかった絵を見あげた。「どっかで見たことある気がするんだけど、だれか有名な人が描いたの？」

「寅郎が描いた絵だよ。このスナックのママ。汐里さん。よく似てる」

俺の視線をたどって、いのりが言った。

「ふーん、きれいな人だな」

「きれいに描かないとぶっ殺すって脅されたんだよ、汐里に」

これだけはどうしても言っておかないとってかんじに、カウンターの向こうから寅郎が割り込んできた。なんだ、そういうことか、と俺はほっとする。投げやりな口調の中に、よく馴れあった妻や長いつきあいの恋人について話しているような親密さがうかがえたから。

「あ、じゃあこれ、寅郎のＴか」

かすれたサインを指さして俺はつぶやいた。そんな芸術家タイプには見えなかったから正直なところ意外だった。絵のことなんてよくわからないけど、素人にしてはたぶんうまいんだろう。海岸で見かけたあの悪趣味な看板とはタッチからなにからぜんぜんちがっていて、同じ人物が描いたものとはとうてい思えなかった。

「おかしいな、どっかで見たおぼえがあるんだけどなあ……」

「どうせ杏ちゃんのことだから、似たような絵とごっちゃになってるだけでしょ。ゴッホとピカソの区別もつかないくせに」

「おい、バカにするな。いくら俺でもゴッホとピカソぐらいわかるわ！　渦巻きみたいなのがゴッホで、福笑いみたいなのがピカソだろ！」

「間違ってはないけど、もう黙って。できれば夏のあいだずっとしゃべんないで」

　俺といのりがぎゃーぎゃー言い合っているあいだにも、アジとイカの刺身やらアラ汁やらしらすおろしやら焼き海苔《のり》やらがカウンターの向こうから次々に出てきて、気づいたら「ザ・海の飯」ってかんじの朝食が用意されていた。

　ここまでくる道中、コンビニで買ったチーズ蒸しパンをかじっていたけど猛烈に腹が減ってきて、思わず丼に山盛り二杯の白飯をかっ食らってしまった。さっきまで大部屋にびびってたかと思ったら、流し込むように飯を食い散らかして、繊細だかなんだかわかんないやつだなと寅郎は笑っていた。

　いつもぼそぼそとまずそうに飯を食っているいのりがめずらしくおかわりしているのを見て、気になることはいろいろあるけど、まあいっか、と俺は思った。寅郎も悪い人ではなさそうだし、どうやらこの店のママとできてるっぽいし？　だから、まあいっか。

　一日目は布団に入るなり爆睡してしまったようで、目が覚めたらもう朝だった。ろくに自己紹介もしないままだったけど、いつのまにか新入りがやってきていなくなるのがあたりまえの状態になっているらしく、同室のやつらはだれも俺のことなど気に留めていないようだった。

「バイトからあがってきたら、飯なんて後回しにして、まず風呂に入ったほうがいい」

先月末からほかの海の家に短期バイトできているという学生二人組と朝食の席でいっしょになり、真顔で忠告された。民宿の食堂に用意されていたのは、生卵と納豆と漬物、それからおかわり自由の味噌汁と白飯、ぜんぶセルフサービスで見事に海の要素ゼロの簡素な朝食だった。

「よく考えてもみろ。一日中汗だくになって働いた野郎どもが何十人も入ったあとの風呂がどんな状態か。もうどろっどろのぐっちゃぐちゃ、最初にあれを見たときは汚泥かと思ったぐらいだ」

二人組の片割れ、反町《そりまち》隆史《たかし》みたいにTシャツの袖をまくりあげたやんちゃ風の男が仔細《しさい》に惨状を説明するので、話を聞いているだけで食欲が失《う》せた。昨日は湯船に浸《つ》かる気力もなく、シャワーだけで済ませたのが正解だったようだ。

「けど、風呂から出てくるころには晩飯のおかずがほとんどなくなってたりするから、どっちを取るかなんだよな……」

しょっぱいばかりでだしのあまりきいていない味噌汁をすすりながら、二人組のもう片方、さらさらヘアのさわやか好青年風の晴彦《はるひこ》がげんなりしたようにつぶやく。うっすらした記憶しかないが、たしか昨日の夜は揚げ物ばかりだった気がする。唐揚げとコロッケとあとなんかもう二種類ぐらい。「一人一個ずつ！」と赤いマジックで書かれた貼り紙があちこちにしてあったけど、あれはそういうことだったのか。

「このへん、夜、飯食えるとこあんまないし」

「あってもスナックか、観光客向けの高い店ぐらいか」

「ちょっと行ったところにコンビニがあるけど、夕方過ぎると、海水浴客に根こそぎ持っていかれてなんにも残ってない」

「バイト先の賄いも、毎日食ってると飽きるしな。量が少なくて、腹にたまんないし」

いつのまにかほかのテーブルのやつらも集まってきて、食い盛りの飢えた男たちによる海辺の町の食料事情についての情報交換というか愚痴大会に発展していた。

「同じバイト先の子が言ってたけど、女子寮のほうは人数も少ないし、優雅なもんらしいよ」

「夕飯にサラダとか出てくるらしい」

「サラダ！　生野菜なんてもう何日も食ってねえ！」

「いいなあ、俺も女になって女子寮に潜り込みてえ」

リゾートバイトの女子が寝泊まりする民宿のことを、彼らは「女子寮」と呼んでいるらしかった。それならこっちは男子寮か。二十歳前後の若い男が二十人近く集まっているだけで、息のつまるような圧迫感がある。都会からきているのが大半のようだが、中には遠くの山あいの町から県をまたいでやってきているのもいるようだ。

「女子風呂は日替わりの入浴剤が入ってるって聞いたけど」

「なにそれ俺も浸かりたい！　エロ目的とかじゃなくて！」

「うそつけ、99％エロ目的だろ」

そこでどっとみんな笑ったから、俺も調子を合わせて、へへへと口の端を吊りあげた。

男ばかりで集まるとすぐにこういう話になるから、俺はちょっと困る。気取ってると思われるのもいやだし、「なんだよおまえ、ノリ悪ぃな、もしかしてあっちかあ」なんて言ってからかわれるのはもっといやだから、場の雰囲気をこわさない程度に調子を合わせはするけれど、避けられるものなら避けて通りたかった。

性的なことに対するこのうっすらとした嫌悪感がどこからくるものなのか、軽薄で女癖の悪い父親を反面教師に育ってきたせいだとばかり思っていたけど、もしかしたら母親のせいかもしれないと最近は思いはじめている。母さんだってべつにそれほど潔癖ってタチでもないだろうに、ある時期から急に様子がおかしくなった。父さんの帰りが遅いのはいつものことなのに、何度もポケベルにメッセージを入れ、なにも手につかない様子でうろうろと家の中を歩きまわり、最後には決まって台所で布巾をどぼどぼとハイターに浸しはじめる。父さんが帰ってこない日の夜は、だからいつもうちの中がつんとしたにおいに満たされた。

それでも高校までは、オクテとかウブとか（なぜかときどきムッツリとか）言われて済まされていたようなところがあったけど、大学に入ってからがらりと様子が変わった。急にみんな色気づき、高校まで苗字を呼び捨てにしていた女子たちを下の名前でちゃん付けしはじめたりするから、俺なんか度肝を抜かれて、え、おまえそのルールいつどこでおぼえてきたの？　ってあたふたしてしまって、もうぜんぜんだめだった。母親が買ってきた服をそのまま着てたようなやつがファッション誌を熱心に読み出したり、どこそこの短大の女子をお持ち帰りしただの、一回やっただけなのにもう彼女ヅラだの、訊いてもないのに夜の冒険譚を披露するやつがあらわれたりと、いきなりルールが変わってしまった世界でわけがわからないまま見よう見まねで一年生をぎくしゃくやってるうちに、飲み会で隣に座った女の子と軽口をかわせるようにもなったし、どの店で服を買えばダサくないと見なされるのかも学習した。

　いのりと再会したのはそのころだ。

　新歓コンパだのクラスの懇親会だの女子大との合コンだの、毎日のように飲み会があって繁華街をうろついていた今年の春、最初は大人数だった飲み会も夜が深まるにつれて人数がばらけてきて、三次会で向かったカラオケ屋の前で、ラップやんねえならラップのある曲入れんじゃねえよと男に向かって怒鳴りちらしている奇矯な女がいた。それがいのりだった。

「いーちゃん？　藤野いのり？」

　やべー女がいるぞ、めんどうなことになったらあれだから目を合わせんなよ、とだれかが言い、連れの女の子たちがくすくす笑っている中で、なんとなく気を引かれて遠巻きに眺めているうちに、唐突に記憶を呼び覚まされた。いつも不機嫌そうに眉間にしわを寄せていた、あのかたくなな女の子。

「は？」

気安く呼ぶんじゃねえよとばかりにいのりがこちらをにらみつけた。バカ、おまえやめろって、と酔っぱらったツレがゲラゲラ笑って俺の肩を引いたが、俺は引き下がらなかった。

「俺だよ、杏一郎、川島《かわしま》杏一郎、おぼえてない？」

俺もたいがい酔っぱらってたから、深夜の路上でフルネームを叫んでしまった。

「杏ちゃんか、おぼえてるよ、おぼえてるに決まってる」太いアイラインを引いた目をぱちくりさせて、いのりがやっと笑った。「いまはもう藤野じゃないけどね」

あのときの気持ちをなんと表現したらいいのか。離れていた十年のあいだ、ずっとなにかが足りないような気持ちでいたけれど、生き別れになった片割れに再びめぐりあったみたいな感慨がこみあげた。

ようやく浅瀬でちゃぷちゃぷやり出したところに、いきなり嵐がやってきたようなものだった。彼氏彼女とかお持ち帰りとか百人斬りとか、みんなが夢中になっているゲームのことはよくわからないままだったけど、いのりに向かって一挙に流れ出した感情、この道すじこそが恋と呼ばれているものなんじゃないかと思った。そうじゃないと説明がつかないほどの思いがあふれて止まらず、これまでさんざん耳にしてきたJポップの歌詞がいちいち身に沁みてたまらなかった。会いたくて会いたくて、会いたいと思うそばから電話して無視されて、メールしても無視されて、それでもめげずにいのりの短大の学食に通い詰めた。腹は膨れなくても胸はぱんぱんに満たされて、帰りに立ち寄ったラーメン屋で夢心地で炒飯《チャーハン》ラーメンを平らげた。

　いのりはほかの女の子たちとはぜんぜんちがう。なにを考えているのかよくわからないし、甘いひらひらした洋服も着なければ、いつもそっけない態度で、男の機嫌を取るための愛想笑いなんてしない。そうやって俺が褒めそやすと、喜ぶどころか、女にだっていろいろいるよといのりはむっとしたように答える。杏ちゃんが思ってるほどそんな単純じゃないよって。でもやっぱりそういうところが、ほかの女の子とはちがうように俺には思えた。

　だから、いつどこでだれが決めたんだかわからないルールの中でいのりが品定めされることが、俺にはぜんぜん呑み込めなかった。だっていーちゃんはちがうのに。そういうのとはちがうのに。ところかまわずハイターをぶちまけてやりたくなる衝動を、そのたび堪《こら》えた。

「そういや昨日、女子寮にも新しい子が入ってきたみたいだな」

　どきりとして、俺は声のしたほうに視線をやった。毎年この町にバイトにきているという、手首にいくつもミサンガを重ねたいかにもチャラそうな長髪の男に、瞬時に警戒心がＭＡＸまで引きあげられる。

「あー、見た見た」

「ちょっと個性派っぽいかんじ？」

「俺パスだな、なんかめんどくさそうじゃん、ああいう不思議ちゃんっぽいの」

「わかる。なにかといっちゃすぐ手首切りそう」

よく知りもしないくせに好き勝手言いやがってと腹が立ったが、待てよ、そう思わせておくに越したことはないか、とすぐさま考えを改めた。お察しのとおりあの女はやばいからやめておいたほうがいい、だれかれかまわず暴力をふるうし、一度キレたら手がつけられない、あの女にかかわるとマジでろくなことがない——などと、あることないこと吹聴しておいたほうがむしろ男除《よ》けになっていいかもしれない。

「そうか？　俺けっこう好き。っていうか、昨日連絡先交換した」

真正面に座ったさわやか青年の晴彦がしれっとそんなことを言い出し、「マジかよ？」「早ぇ！」「勇者だな！」にわかに食堂がどよめいた。

——いのりは俺のだから手を出すな。

かっとなって喉まで出かかった言葉を、かろうじて俺は呑み込んだ。それは、なによりいのりがいやがりそうなことだったから。

「うえー、よくやるよな。へたに女子寮の子に手を出すと、夏のあいだつきまとわれて始末の悪いことになりそうじゃん」

「うわ、なにげに最低なこと言い出した」

「女子寮の子より、地元の子のほうがもっとやばい気するけど」

「わかる。ちょっと怖くて手ぇ出せない」

「勝手に盛りあがって地元から出てこられても困るし」

「ぎゃははは最悪」

どこまで本気で話してるのか、半分くらいは虚勢を張っているだけかもしれないが、聞いていて気分のいいものではなかった。大部屋の衣紋《えもん》掛けに何連もぶら下げられていたコンドームをふと思い出す。寝ぼけた頭で遠くから見ると、浴衣《ゆかた》の帯のようにも見えた。なんでこんなところに、と不可解に思って眺めていたら、「ご自由にどうぞ、だってさ」とちょうどそこを通りかかった奴がにやにやしながら言い捨てていった。

「やっぱ夏休みで遊びにきてる女とのワンナイトを狙うのがベストでしょ」

「向こうも最初からそのつもりできてるしな」

放っておくとどんどんエスカレートしていきそうだったので、茶碗に残った飯を味噌汁で流し込み、急いで席を立った。

いのりの顔が見たい。


店のいちばん目立つところに大漁旗が飾られた海トラでは、男子が厨房、女子がホールに分けられていて、そろいのエプロンを身につけたバイトの女の子たちが銀盆片手に一日中飛びまわっている。洗い場からはホールの一部しか見えなくて、俺はしきりに首をまわし、三百六十度はいかないにしてもなんとか二百八十度ぐらいまで視線をめぐらせる。

「おい手、手が止まってる」

何度か寅郎に注意されたが、日焼けした裸の胸に銀色のドッグタグをぶら下げた男たちが店に入ってくるたびに、俺の目の届かないところでいのりが声をかけられているんじゃないかと気が気じゃなかった。屋外にもいくつかテーブルが出ているが、このクソ暑いのにわざわざ屋根のないところで飯を食ったり酒を飲んだりしたがるやつなんて、どスケベ野郎に決まってる。そんなやつらの目に触れたらいのりが危ない。いざとなったらいつでも飛び出していけるようにしておかないと。

「ヤローに運ばれたビールをだれが飲みたがるよ」

　思い詰めるあまり、俺もホールに出たいと申し出たが即座に却下された。海トラはまだ良心的なほうでホール係の女の子たちに着衣で給仕させているが、水着にエプロンを強要している店もあるぐらいだと寅郎は言うのだった。なんだそれ最低だなと思いつつ、客がそっちに流れるのもしかたないなとも思った。水着姿の女の子に目を奪われるぐらいには、いちおう俺にも年頃の男子らしい性欲はあったので。

「心配する気持ちもわからんでもないが、いのりだってそんなバカじゃないだろ」

「いや、あいつまあまあバカっすよ。バカだし、自分勝手だし、やりたい放題だし、ふりまわされるこっちの身にもなってくださいよ」

　泣き言を漏らす俺の背中をぽんぽんと叩き、しょうがねえなあと寅郎は笑った。

「それでも、だ。バカなことをする自由だってあるだろ」

せめて休憩時間ぐらいはいっしょにしてやるという寅郎のはからいで、昼のピークをすぎたあたりで賄いの焼きそばとラムネを抱えて、俺といのりは海トラから少し離れた堤防に並んで腰かけた。まだ高いところにある太陽が地上に照りつけていたが、日陰に入ると存外に涼しく、すぐ近くの海の家から潮風に乗って聞こえてくるボサノヴァが耳に心地よかった。海トラでは有線のトップ20だか30だかが一日中ひたすらエンドレスでかかっているから、Jポップ好きの俺ですらさすがにうんざりしていた。

「女子寮、どう？」

訊きたいことはいろいろあったが、なにから切り出していいのかわからず、どうでもいいことを訊いていた。

「どうって、まあ、ふつうだけど」

接客してるときとはうって変わって低い声でいのりは言い、もそもそと焼きそばを口に運ぶ。昨日の昼にも食ったけど、大きな鉄板でじゃあじゃあ大量に焼きあげる焼きそばは、家のフライパンでちまちまと母親が作るものとはぜんぜんちがう、がつんと開放感のある味がした。

「男子寮のやつに、携番、教えたって……？」

いのりが半分近く食べ残した焼きそばを引き取りながら、おずおずと俺は訊ねた。男たちのあいだで釣果を披露しあうみたいに女の子の話をしてるなんて、できれば知られたくなかったのだけど。

「そうだけど、それがなに」

そんなふうに言われてしまったら、それ以上なにも言えなくなった。

煙草を片手にいのりはラムネの瓶を傾けた。大きくのけぞらせた首は陽光をはねかえすほど真っ白で、思わず俺は視線をそらす。スピーカーから流れてくる曲と曲の隙間に波の音が滑り込み、潮のにおいが一瞬濃くなる。焼きそばの残りをかっ込んで、ラムネの瓶に口をつけたら、ちゅうっと吸いつくような感触にむせた。子どものころから俺はラムネがうまく飲めない。

「寅郎さんとは――」

その先を訊ねるより早く、「パパの教え子」といのりが答えた。

「高校でパパが担任したクラスの生徒だったんだって。昔から絵を描くのが好きで、美大に行きたいけど母一人子一人でそんな余裕ないって諦めてたのを、いろいろ相談に乗ってたらしくて……まあ結局、引退するおじさんの船を引き継ぐことになったとかで美大に進むのはやめちゃったみたいだけど。そういう縁もあって、子どものころに来たことがあるんだ、パパに連れられてこの町に。一時期パパもここで暮らしてたことがあったみたいで。というか、パパが死んだのもこの町で、最初に見つけてくれたのが寅郎で……」

さっきまでのとりつくしまのなさはなんだったのかと思うほど、べらべらと一方的にいのりはしゃべった。しゃべればしゃべるほど、それ以上訊くなと牽制されているように感じられた。母親のことを話すときはあんなにも辛辣で露悪的なのに、父親の話をするときはいつもこうなる。なにかうすく一枚かませたみたいに、ピントが遠く甘くなる。

いのりの父親のことは、ほとんど記憶にない。藤野雪好《ゆきよし》という名前とうちの父親の古くからの親友だったということぐらいしか知らない。

父親同士も親友で、母親同士も親友。

そんなことがあるものかと思うが、いまだってグループ交際だなんだと楽しそうにやってるやつらはいくらでもいるし、その延長で結婚したのだと思えばありえない話でもないのかもしれない。親友とはいっても、片方は死別、片方は物別れに終わってしまったわけだけど。

リストラの波に呑まれ、いまではすっかりうだつが上がらないダメ親父と化してしまったが、バブルのころ、金融系の会社に勤めていた父さんは相当に羽振りがよかったようだ。家には寝に帰ってくるだけの生活をしていたくせに、ときどき思い出したように俺を連れ出しては、おもちゃ屋でファミコンのソフトをいっぺんに何本も買ってくれたり、小遣いだといってぽんと一万円札をよこしたりした。金さえ与えておけばいいと思っていたというよりは、どうやって息子に接したらいいのか、ほかに方法を知らなかったんだろう。

「だめだろ杏一郎、女の子は男が守ってやらないと」

おきにいりの絵本を雑に扱ったとかで、一度だけいのりを泣かせてしまったことがあった。いのりがいつも読んでいた『ろばのかわ』とかいう気味の悪い絵本。

「は？　なんで？」

その日はなんでだか父さんが家にいて――わからない、もしかしたらいのりの家だったか、母親たちの店だったかもしれない――ここぞとばかりに説教を垂れてくるのにまず腹が立った。泣かせたくて泣かせたわけじゃないのに、そもそもいつもいのりに泣かされているのはこっちなのに、なんで俺だけ責められるのか。いきなり女の子とかいわれてもいのりはいのりなのに。その状況のなにもかもが気に入らなかった。

「なんでってそんなの、だっておまえ、女の子好きだろ？」

「好きじゃない」

「なに言ってんだよ。女の子いいじゃん、かわいくてやさしくて、なあ？」

「ぜんぜん、男のほうが好き」

その瞬間、場の空気が凍ったのがわかった。大人たちがはっとしたように口をつぐみ、なにか妙な雰囲気だということは子どもながらに感じ取れた。

「そんなわけないだろ、女の子のほうが好きだろ」

なおも父さんは言いつのり、「好きじゃない、男のほうがいい」と俺も譲らなかった。ぎくしゃくした場の空気に呑まれ、すでに泣き止んでいたいのりが再び泣き出し、つられるように俺も泣き出した。泣いてしまったほうが楽だという防衛本能がそうさせたんだと思う。

「あーあー、どうすんのこれ」

お手上げとばかりに天を仰ぐ父さんとは対照的に、横からだれかの手が伸びてきて、なだめるように俺の背中を叩いた。

　あ、そうか、とラムネの瓶に口をつけたまま俺は海トラのほうに視線をやった。記憶の底からぷかりと吐き出されたあぶくのように一瞬かすめていった感触。それがだれの手だったのかも思い出せないが、寅郎が俺の背中を叩くときの感触にすごく似ている気がした。

「私ときどき思うんだ。もしかしたらママは、パパが死ぬのを待ってたんじゃないかって」

　いのりが突拍子もないことを言い出すのはいつものことだったけど、これにはさすがに驚いた。

「なんで、そんな……」

　いくつか段階をすっ飛ばして極端なところにたどり着くから、こっちがぼんやりしてなにか聞き逃していたんじゃないかと不安になる。まぶしそうにぎゅっと目を細めて、光る海をいのりは見ていた。

「わかんない、だってそう思うから。パパが死んで、ママはほっとしたんじゃないかって」

「そんなこと――あるわけないだろう」

　どうしてそこまで自信たっぷりに断言できるのか自分でもわからなかったけど、するしかなかった。手を伸ばして薄い背中をやさしく叩いてやりたかったが、いのりに触れることを俺はためらった。

「杏ちゃんさ、いままでに、杏ちゃんのまわりでだれか、大事な人が死んだこと、ある？」

少し考えてから、俺は「ない」と答えた。夫婦仲はいいとは言えないけど両親ともに元気でぴんぴんしてるし、母方の祖父は俺が生まれる前に死んでいて、残りはまだ生きてる。いのりと生き別れになったとき、それと近いかんじはあったけど、いまは隣にいる。

「大事な人が死ぬのって、体の一部をもぎとられるみたいにつらいことだけど、自分の中に神さまが増えるみたいな、そういうことでもあるのかなって思うんだ」

「だったら」

いーちゃんに対する俺の気持ちも信仰なのかな。とっさに口にしかけ、「いや、なんでもない」と言ったら、「なんでもないんだ」といのりが笑った。いのりの吐き出す煙草のけむりが甘く漂う。

「だから、離れて暮らしていたときより、よっぽどいまのほうがパパを近くに感じる」

なんのつもりで、なにがしたくていのりはこの町にやってきたんだろう。夏の暑さと過酷な労働で頭が朦朧《もうろう》として、考えようとしてもうまく働かず、もやもやだけがずっとまとわりついている。父親が死んだ町。父親の教え子が暮らす町。

「そろそろ休憩終わる。戻らないと」

携帯の液晶で時間を確認し、弾《はず》みをつけていのりが立ちあがった。ラムネの瓶を灰皿代わりに使うなと寅郎に叱られたといって、堤防に煙草をこすりつける。

「あ、汐里さんだ」

「え、どこ？」

瓶の底にわずかに残ったラムネを飲み干すと、俺も立ちあがった。アスファルトから立ちのぼる熱気がゆらりと視界を歪ませる。帰り支度をはじめている家族連れや若者グループがだるそうに歩いている海岸沿いの道を、一人だけつんのめるような早足で歩いてくる女が目に入り、教えてもらうまでもなくすぐにわかった。

「え、あれが、汐里さん？」

陽炎《かげろう》のせいで目がおかしくなっているのかと思って、俺は何度かまばたきをした。たしかに、スナック汐里にかけられていた似顔絵の面影がないこともないけれど、でも、

「だって、おばさんじゃん」

ヒールの高いミュールをつっかけみたいにして、派手な柄のノースリーブに白いサブリナパンツ。かなり若作りしていたが、どう見ても五十はいってる。

「言ったね、あんた、殺されるよ」

「ちがう。いや、ちがわないけど、だって、聞いてない、話がちがう！」

「ちがうってなにが？」

とんでもない勘違いをしていたことに気づいて、俺は愕然とした。

どうやら汐里さんは寅郎の妻でも恋人でもなく、母親であるらしかった。そう思ってよく見ると、切れ長の目やうすい唇、肌とか髪とかいった表面を覆う質感のようなものが、寅郎によ

く似ている気がした。

「杏ちゃんってほんとバカ！」

　俺の勝手な思い込みをひとしきり笑ってから、いのりは急に神妙な顔つきになった。

「私も人のことは言えないか。てっきり汐里さんとパパはできてるんだと思ってたから」


　世紀の大予言とはいっても多少の誤差はあるんじゃないか、ノストラダムスがいつの時代の人だったか知らないけど、旧暦とか新暦とか？　そういうのでもずれが生じそうだしまだ完全には安心できないのではないか、いやもしかしたら世界の崩壊はすでにはじまっているのでは——？


　そんなことをいつまでもぐずぐずと考えているうちに、いよいよ夏は本番を迎え、大部屋の衣紋掛けにかけられたコンドームの数は少しずつ減っていった。夜のあいだどこに行っていたんだか、まだ陽も昇りきらない朝方にこそこそと部屋に戻ってきて、ろくに寝ないまま出勤するやつもいて、よくやるよ、体力ありあまってるから、若さってバカさだよなと、朝食の席で贅辞なのか妬《ねた》みなのか嘲《あざけ》りなのかよくわからない言葉をさんざん浴びせられる。そんな光景を遠巻きに眺めているうちにあっけなく日は過ぎた。

　ここにくるまでは、楽しい夏になるだろうと思っていた。なんといっても一週間、毎日いのりに会えるのだ。海の家でバイトして、夜は海岸沿いを二人で散歩したり、波打ち際で「待って待ってよ」「あははつかまえてごらん」と追いかけっこしたりして、最高の夏を過ごせるんだろうと。

　しかし現実は、毎日皿洗いに追われて手が荒れるばかりで、バイトを早上がりして泳ぎにいくような元気もなく、俺の肌は依然としてなまっちろいままだった。それでなくともいのりに声をかけてくるナンパ男はいないか、晴彦がおかしな動きを見せはしないか気を張っていたところに、寅郎までマークしなければならなくなって、俺の心労はピークに達しようとしていた。

「いいか、変なやつに声をかけられてもついていくんじゃないぞ。女子寮に戻ったら朝までいっさい外には出ないように。外には危険なオオカミがうじゃうじゃいるからな。たとえ顔見知りだろうとおんなじだ。抜き打ちで女子寮に顔を見に行くからちゃんといるようにしろよ」

　毎日しつこくくりかえす俺に、「あんたは私の父親か」と最初のうちは呆《あき》れ笑いしていたいのりも、だんだん相手にするのもめんどくさくなってきたのか、「はいはーい、おつかれさま」と軽く流すようになった。

　一度、夢でうなされて跳ね起きた。夜中に女子寮を抜け出して、いのりが海岸に向かう。こちらの姿が見えていないのか、声をかけても俺を置いてどんどん先に行ってしまう。夜の砂浜を見渡しても、クラブ営業している海の家や岩場の陰を覗《のぞ》き込んでも、どこにもいない。いーちゃん、どこ行ったんだよいーちゃん。砂に足を取られ、走ろうとしてもうまく動いてくれなくて、もったりとした体を引きずりながら夜の海岸をさまよう。そっちは危ないよ、いーちゃん。もう俺を置いていくなよ、いーちゃん。

べしょべしょに泣きながら目を覚ました。やば、寝言漏らしてたらどうしようと濡れた目元を手のひらで拭《ぬぐ》って、暗がりの中、大部屋で雑魚寝する男たちを見渡した。晴彦が布団で寝ていることを確認してほっとし、サンダルをつっかけて民宿の外へ出た。自販機でファンタを買い、民宿の前の石段に腰かけて、灯りの落ちた女子寮を見あげた。こんなときだけは、煙草を吸っていればよかったな、と思う。泣いたせいで喉が腫《は》れぼったくひりついて、ゆっくり時間をかけて甘い炭酸を飲んだ。


さんざん脅されていたとおり、花火大会当日は開店直後からものすごい人出だった。この二日ほど曇り空が続いていたところにいきなりのピーカン照りだから、なおさらだった。

「ねえ、もうジョッキないよ、ジョッキ」

「かき氷の器も足りてません！」

「しょうがない、今日だけプラ容器出しちゃおっか」

めずらしく汐里さんも昼からやってきて、ホールを切り盛りしていた。海の家にはちょっと似つかわしくないような厚化粧で、夜のにおいをまき散らしながら。

「プラ容器！　おねがいします！」と洗い場から声をあげると、「その代わり明日の朝、みんなで海岸のごみ拾いね！」すかさず汐里さんが言って、バイトからいっせいに悲鳴があがった。

　この日は女の子だけじゃホールがまわらなくて、俺も片づけ要員として駆り出された。朝から晩まで立ちっぱなしでゾーンに入ったように一心不乱に働き、ときおりふと顔を上げると視界の端に青い光がちらついて、海だ、と思う。初日の感動はどこへいったのか、もはや海を見たところでなにも感じなくなっていたけれど、それでもやっぱりすぐ近くに海の気配があると、心に浮力がかかる。

　花火があがりはじめると人の流れもいったん落ち着いて、ようやく一息つけた。今日だけは特別だといって汐里さんが従業員にビールをふるまい、みんな交替でジョッキ片手に店の外へ出て休憩を取った。真夏の夜空にぱっと咲いた花火が、海に溶けて消えていく。軒先で、汐里さんとなにかを小声で囁《ささや》きあういのりの顔にも花火の色が映り込み、あんまり俺がそっちばかり見てるから、ほかのバイトのやつらにからかわれた。

「もう終わりだな、夏も」

　すぐ背後で、寅郎がぼそりとつぶやいた。自分だけ汐里さんに見つからないようにこそこそとビールをおかわりしてるから、焼けた肌が赤らんでいる。

「まだ八月、一週間しか経ってないじゃないですか」

「祭りが終わったらもう一瞬よ。お盆過ぎには、においが変わる」

　そんなもんかと思いながら、俺はジョッキに残ったビールを口に含んだ。苦いばかりだと思っていたビールが渇いた喉にしみる。海辺の暮らしも残りあと一日だったが、すでに俺も夏が終わったかのような達成感をおぼえていた。

「ビール、はじめてうまいと思ったかも」

「そりゃよかった、大人になったってことだな」

妙に後を引く苦みにくいくいジョッキを傾けていると、自分のジョッキに入った分を寅郎が半分注ぎ入れてくれた。あ、ずるい、俺も俺も、とそれを見つけたほかのバイトのやつらが集まってきて、調子に乗った寅郎がよしよしとおかわりを注いでやっていると、すぐに汐里さんが飛んできて、調子に乗んなと寅郎の頭をチョップした。


翌朝、民宿のおばさんに叩き起こされた俺たちはいつもより一時間早く砂浜に出てごみ拾いをした。昨夜は花火大会が終わってからもしつこく居残る客がいて、ろくに片づけもできずに民宿に戻ったのが二十三時近くだった。そこかしこに祭りの残響が散らばっていて、寝不足と二日酔いで疲労の抜けきらない体をずるずる引きずり、ようやく開店にこぎつけたところで急に雲行きが怪しくなってきた。

「降るかな」

「やばそう」

「あーあ、せっかくの日曜日なのに」

さっきまで晴れていた空があっというまに陰って、ぽつりと最初の一滴が海に落ちた。すると、もうこれ以上堪えきれないと泣き言でも漏らすみたいに、どっと降り出した。白く乾いた砂が一瞬で色を変え、雨のにおいが一帯に満ちる。

「今日は開店休業だな」

やれやれと肩をすくめ、寅郎が煙草に火をつけた。

雨の中、すっぴんにサングラスをした汐里さんが差し入れだといって大きなすいかを抱えてやってきて、客のいない海トラの軒先でみんなですいか割りをした。力まかせに叩き割ったすいかは切り口も形も不揃いで食べにくいことこの上なかったが、顔やTシャツがべたべたになるのもかまわず、ぬるくて甘いすいかの果肉にむしゃぶりついた。だれかがぷっと種を飛ばしはじめ、やったなとだれかがやり返して、そのうち撃ち合いになった。真似していのりも唇をとんがらせていたが、うまく発射できないでいるのを「へたくそ」とからかって、ぷぷぷぷと連射をお見舞いしてやった。

少し離れたところでその様子を眺めていた寅郎は、思い出したようにレジ脇のカウンターから緑色の使い捨てカメラを取り出してきて写真を撮っていた。厨房の上のほう――客席から見えない位置に張られたベニヤ板には、これまで海トラに短期のバイトでやってきた学生たちの写真が無数に貼られている。俺もいのりも今日が終わったらそのうちの一枚となり、今日のこの風景もいつかあったワンシーンとして貼り出されるのだろう。現在進行形でこの場にいるのに、時間が目の前をただ流れていく。その取り返しのつかなさになんだか俺は立ちすくんでしまった。どうしようもない、どうしようもない……。

この日を最後に町を去るバイトがほかにも何人かいて、その夜は民宿の食堂で男ばかりのささやかな宴会をした。明日も早出だからと早々に大部屋に戻るやつもいれば、酒が切れたと買い出しにいくやつもいて、出入りの激しい中、ずいぶん前に煙草が切れたと言って出ていったきり、晴彦が戻ってきていないことに気づいた。

胸騒ぎがして、飲みかけのロング缶を片手に俺は外へ出た。日曜日は通りに並んだどの店も早くに店じまいするようで、街灯だけを頼りに海岸へ続く坂道を下りていく。雨はすでにあがっていたが、町全体がなんとなく湿っていて、たったひとつだけぽつりと星の出た夜空に靄《もや》のような雲が浮かんでいた。何度かいのりの番号を鳴らしてみたけど応答はなく、最後にはほとんど駆け足になっていた。

ストーカー男。

いのりの周辺にいるやつらからそう呼ばれていることは知っていた。海の家や学食だけじゃない。サークルだかクラスだか古着愛好家だか、なんの集まりかもよくわからない飲み会に勝手についていっては煙たがられ、バイト先の古着屋にもしょっちゅう顔を出しているうちに、正面から「ストーカー野郎」と罵《ののし》られることさえあった。唯一やさしく接してくれたのは古着屋の店長ぐらいだったが、まんまと言いくるめられて似合いもしないヴィンテージのアロハとボウリングシャツを買わされた。

「え、本気なの？　あ、そう」

どこかのカラオケ屋の一室で、ぴちっとした黄色いTシャツを着た、もじゃもじゃパーマの男がこちらに顔を寄せて笑った。ヤニ臭い口臭に息を詰まらせながら、えー、あ、はい、と俺はへらへらと答えた。頭上でミラーボールがくるくるまわっていて、だれかが宇多田《うただ》ヒカルの「Automatic」を歌っていた。

「知ってるよね、あいつ、だれとでもやるって」

え、あ、と俺は途中までへらへらと声を出し、なに言ってんだこいつと思った。すでに何軒か飲み屋をはしごした後でぐわんぐわんに酔っぱらっていて、すぐには理解できなかった。

「まあ、実は俺も一回あるんだけど。知らなかったらかわいそうだなと思って」

「はあ……」

「あ、言っとくけど本気じゃないから安心して。かんたんにやれそうだから一回やっとくかと思っただけで、わざわざ好きこのんで本命にしたいようなタイプじゃ――」

気づいたら、男の胸倉をつかんで殴りつけていた。テーブルの上のグラスやらなんやらが引っくりかえって割れる音。女の子たちの悲鳴。人を殴ったのはそれがはじめてで、芯をとらえたかんじはまったくなかったのに、拳ばかりじんじんと痛んだ。おまけに携帯は水没して買い替えるはめになった。当然のことながら、その古着愛好家が集まる謎の飲み会からは出禁を食らった。それでも俺はストーキングをやめなかった。

ヤリマン。ビッチ。フリーセックス信奉者。ご親切に俺にもわかるように言葉を換えて、あの手この手で「いのりの裏の顔」を教えてくれようとする人間は後を絶たなかった。善意からだと彼らは口を揃えて言ったが、面白がっているのがありありと見て取れた。男を寝取られたのか、それとも単に潔癖なのか、いのりのことが気に入らないからという理由で告げ口してくる女もいた。

「みんなが言ってるとおりだよ」

問いただしても、いのりは否定しなかった。なんで、そんなこと……と重ねて訊く俺の声は弱々しかった。

「理由なんてない。したいからしてる。それだけ」

そう言っていのりは、学食の脇に併設されている喫煙所の天井に向かって細くけむりを吐き出した。ことさらに、はすっぱぶっているように俺には見えた。喫煙所には俺といのりだけで、ガラス越しに個性的な恰好をした女の子たちが通り過ぎていくのが見える。中には知った顔もあって、俺たちに気づくと向こうから手を振ってきたり、気まずそうに目をそらして立ち去っていったりした。

「女の子なんだから、やめたほうがいいよ、そういうの。傷つくのはいーちゃんだよ」

なんて言ったらいいのかわからなくて、こういうときにふさわしいとされる言葉を機械的に口にした。「女の子」という枠にいのりが押し込められることをいやがってたくせに、結局自分だって同じことをしていた。

「やめてよ」といのりは不快そうに眉をひそめた。「べつに、そんな、たいしたことじゃないのに」

「たいしたことだよ、少なくとも俺にとっては」

「なんで？　私が女だから？　そのへんの男、みんなやってることなのに？」

「俺はしてない。したいとも思わない」

いのりが笑った。おまえ童貞かよとバカにするような笑いかたではなく、泣いているみたいな笑いかただった。

「でも、私はやりたいの。やってやってやりまくりたい」

そう言われてしまったら、それ以上俺になにが言える？　そうしたいと本人が望んでいることを止められるはずもない。彼氏でもないのに——彼氏になれば、その資格が持てるのかもよくわからなかった。

できればほかの男とそんなことをするのはやめてほしかったが、かといって自分がいのりとそうしたいのかといったら、そういうわけでもないのが困りものだった。俺の中にもそれなりに性欲のようなものはある。だけど、それをそのままいのりに向かって吐き出していいものなのか、少しでも考えようとすると、ハイターのにおいが欲望を漂白してしまう。

どうせ七月になったら恐怖の大王がやってきて世界が終わる。

そうやってぜんぶおあずけにするかわりに、毎日毎晩、俺は電話した。なんべんでもいのりの番号を鳴らした。何十回に一回か、気まぐれで出てくれるときもあったけれど、ほとんどは留守番電話サービスに直結。いまごろいのりはどこでなにをしているんだろう。今夜もどこかのにやけヅラした男といっしょにいるんだろうか。想像したらたまらなくなって、次の日は授業をサボってでも学食に赴《おもむ》いた。顔さえ見られれば、一時は安心できた。

きょうだい同然に育って、いったん離れ離れになり、十年ぶりに再会したらもう離れられなくなった。たぶん、いのりもそうなんだと思う。うっとうしいストーカー男を着信拒否もせずに放置しているのがなによりの証拠だ。

いのり、という音を舌に乗せるたび、俺はなんだか泣きそうになる。この世界にいのりが存在することに泣きたくなる。高揚と畏怖。感謝と後悔。だからたぶんこの感情は恋というより祈りなんじゃないかと思った。心と体はばらばらで、一致することがいいことだとも思えなかった。それでも、世界の終わりにはいのりの声を聴いていたいと受話器に強く耳を押しあてた。

これから俺たち、どうしたらいいんだろう。

恐怖の大王の七月を生きのびてしまって。

昼間降った雨のせいか、海岸に人気《ひとけ》はなかった。さんざん飲んだあとにダッシュしたから、すぐに息があがって頭がくらくらした。脇腹も痛い。月明かりを頼りに閉店の札がかかった海の家の前を何軒か通り過ぎ、ぬるくなったビールをちびちび飲みながら重たく湿った砂浜を歩いていくと、岩場のほうでなにかが光るのが見えた。

ぱっと火が散っては、しばらくして、すん、と消える。近づいていって目をこらすと、恋人同士にしては不自然なぐらいあいだをとって岩場にしゃがみこむ二つの影が浮かびあがった。どうやら花火をしているらしかったが、それにしてはまるきりはしゃいだかんじがなく、ぼそぼそとしゃべる声が波の音にまぎれて聞こえてくる。

「よかった……思って……」

とぎれとぎれに寅郎の声がして、

「なにそれ」

鋭く切りつけるようないのりの声。

見つけた、と思ってほっとしたが、なんとなく出ていけるような雰囲気じゃなくて、岩陰に身をひそめる。

「どうしたらいいのかわかんなくて、困ってたんじゃないかな。あのとき、もう、先生のほうは」

「それでも、そんなふうに言ってほしくない」

「……そうだな」

そこでふっとあたりが暗くなって、花火が終わったんだとわかった。花火のけむりにまじって、二人の吸う煙草のけむりがこちらまで漂ってくる。盗み聞きをしているという罪悪感はあまりなかった。二人の会話を脇で聞いているときの、いてもいなくても同じと見なされているかんじ。疎外感よりもっとひどい、取るに足らないものとしての扱いに慣れていたからというのもあるかもしれない。

「それでもつい思っちゃうんだよ。残されたのが俺のほうで――」

声を聞き取るのがやっとで、もうすこし近づけないかと岩に足をかけたところで、手に持っていたロング缶を落とした。音に反応するように二人がこちらをふりかえる。見つかってしまったならもうしょうがない。観念して俺は岩に飛び乗った。

「彼氏がお迎えにきたみたいだぞ」

煙草の先を新しい花火に近づけながら、にやにやと寅郎が笑っている。

「彼氏じゃなくてストーカー。見て、着信、十件も入ってる」

携帯の画面を開きながら、いのりも寅郎の真似をして煙草で花火に火をつけた。ぽっと火が散って、暗がりにいのりの顔が浮かびあがる。

「ほら」

寅郎が花火を何本かつかんで百円ライターといっしょによこしてきたので、流れで俺も参加することになった。打ち寄せる波が岩にぶつかり白く泡をたてるのを見下ろしながら、俺たちはしばらく無言で花火をした。闇に沈んでいるのに、空と海との境界線がくっきりと見える。

「夜は空のほうが青いんだな」

しみじみと俺がつぶやくと、

「見たままじゃん」

と呆れたようにいのりが笑った。

いのりと寅郎の親密さをいぶかる気持ちにはもうならなかった。この一週間で寅郎に対し愛着を感じはじめていたからというのもあったけど、寅郎の眼差しにはつねに「先生」の影があって、俺をしんとした気持ちにさせるのだった。

自分の中に神さまを増やすこと。死者の魂を着ること。血縁とかセックスとか以外でだれかと深くつながる方法があるのだとしたら、寅郎はそれを知ってるんだと思った。

「寅郎さぁぁぁん！」

感極まって、俺は叫んだ。すでにさんざん酔っぱらっていたのもあるけど、ラストの線香花火に差しかかって、センチメンタルが爆発した。

「俺、来年もきます。ぜったいにバイト、きますから」

「はいはい、よろしく頼むわ」

「いや、ほんとに。この場かぎりのあれとかそういうんじゃなくて」

「わかった、わかった、待ってるよ」

「いや、マジで」

しつこく食い下がる俺を寅郎は笑ってあしらった。その笑いかたがなんだかとても冷えびえとしたものに感じられて、心臓をひねられる。

夏が終わると同時にみんなこの町から去っていき、彼だけが一人残される。この人は、どんな気持ちでそれを見送ってきたんだろう。さびしくて、さびしくて、俺だったらきっと耐えられない。そんなふうに考えること自体、去っていく者の傲慢だとしても、彼に憐憫《れんびん》を寄せずにはいられなかった。

「線香花火がトリだと思わないでよ」

湿っぽい空気を蹴散らすように、横からいのりが火のついたねずみ花火を放ってよこした。

俺も寅郎も飛びあがり、調子に乗ったいのりがどんどん新しい花火に火をつける。

勢いよく岩場をとびまわっていたねずみ花火が、自ら水たまりに突っ込んでいって鎮火するのを見て、いまの自分を見ているようだと思った。気持ちばかり急《せ》いて、撃沈するとわかっていても飛び込んでいかずにはいられない。

「いのり、結婚しよう」

もう一度、俺は叫んだ。

「は？　なんでそうなるの？」

だってそうするしかないじゃないか。俺が男で、いのりが女なら。海までドライブして、すいかの種を飛ばしあって、夜になったら花火をして……夏休みの子どもみたいに、ずっとそれだけでいられたらよかったんだけど。

「そりゃいいな、式には呼んでくれよ」

煙草をくわえたまま、にっと唇を横に広げて寅郎が笑った。

「寅郎さんにはいちばんいい席を用意しますし、来年もバイトにきます！」

むきになって言いつのる俺をよそに、そろそろ片づけようかと、二人は岩場に散らばった花火の燃えカスを拾いはじめた。俺はますますむきになり、「見てろよ、ぜったいにやってやるからな！」とひとつだけ星の出た夜空に向かって叫んだ。

次の日は朝からよく晴れて、しらじらした朝陽に顔をしかめながら岸に下りていくと、すっぴんにサングラスをかけた汐里さんが不機嫌そうに細い煙草を吸って待ちかまえていた。

「寅郎、今日は海に出るからって、あんたらにこれ渡してくれって頼まれて。いつもそうなのよ。バイトの子が帰る日には、ぜんぶ私に押しつけて海に逃げるのがあの子のやりくち。あー、やだやだ、だれに似たんだか」

汐里さんから渡された茶色い給料袋の中には、一週間分のバイト代と初日に海の家の前で撮った写真が入っていた。

「じゃあね、一週間ご苦労さまでした。また来年も待ってるから。いのりちゃんも、元気でね。

お母さんによくしてやんなさいよ」

さっさと帰って寝たいからと別れの挨拶もそこそこに、汐里さんはその場を立ち去った。あっさりとしたものだったが、湿っぽい別れの挨拶なら昨晩のうちに済ませてあった。

「行くか」

「行きますか」

一週間、駐車場に停めっぱなしだった中古のカローラに荷物を詰め込んで、俺たちは海辺の町を後にした。車内にこもった匂いを洗い流すために窓を全開にし、大音量でＦＭラジオをかける。給料袋から一万円札を抜き出して、一枚二枚と何度も確認していたいのりは、最後に写真を取り出してびりびりと破いた。あっ、と声を出すまもなく、そのまま風に持っていかせる。

「こんなの、家に持って帰れるわけないじゃん。ママに見つかったら殺される。杏ちゃんも捨てるか燃やすかしたほうがいいよ」

「え、やだよ」

ダッシュボードの上に置いた俺の給料袋に、遠慮なくいのりが手を伸ばしてこようとするので、ハンドル片手にあわてて取り返した。

「おばさんに見つかっても知らないよ。私は捨てたほうがいいって言ったからね」

「そのときは、親と縁を切ってでも、俺はいのりをとるよ」

本気で言ったつもりだったのに、「バカだね、杏ちゃんにそんなことできるわけないじゃん」

といのりは鼻で笑って、ダッシュボードに足を乗せた。

どんな形でもいいから、いのりとつながっていたい。自分がどうしたいのかはもうわかっていた。いつかまた、いのりと離れなければならなくなったら、俺にとってはそれが世界の終わりだった。

「杏ちゃんはなんにも、ぜんぜん、わかってない。自分がどれだけへたれで情が深いかってことを」

まだ話続いてたんだ、と思っていのりの横顔を見ようとしたら、「やだ、見ないでよ」とすぐに両手で遮《さえぎ》るように顔を隠した。

ほんのり色づいた両腕や首の裏側、足首のアンクレットの跡、業務用の洗剤で荒れた手指と覚えたてのビールの味。体のあちこちに夏のしるしを残して、俺たちは家路を急ぐ。

# 5

二〇二九年

二〇一九年

二〇〇九年

一九九九年

## 一九八九年のお葬式

一九七九年

「あの人、死んだって」

紺ちゃんから電話がかかってきたのは、日付の変わるころだった。風呂からあがって肌の手入れを済ませ、あとはベッドに入るばかりというところへ見計らったように電話が鳴ったから、久志《ひさし》になにかあったのかと直感的に思ってひやりとした。

「死んだって、え――雪好さんが？」

直感は当たらずとも遠からずだった。久志になにかあったわけではなかったことにひとまず安堵《あんど》しつつ、受話器を持つ手が震えた。まさか自殺？　いやな想像が一瞬頭をかすめ、すぐに
「くも膜下出血だって」と電話の向こうで紺ちゃんが告げた。

「アパートで倒れてるとこ、見つかって。病院に運ばれたときにはもう……どうしよう、おねえちゃん、私、私……」

「紺ちゃん、落ち着いて。わかったから、ほら、ゆっくり息を吸って吐いて」

電話口で泣き出した紺ちゃんをなだめながら、リビングの時計を見あげる。今日も久志は午前様だろう。帰りを待っていたところで、どうせ酔っぱらっているから使い物になりそうもない。まったく、こんなときに頼りにならないなんて、なんのために結婚したんだか。

「いまから迎えにいく。夜中だから道が空《す》いてるとして、着替えてなんやかんや準備する時間も入れると、三十分ぐらいかな。それまでに出かけられるよう準備しといて。そうね、現金があったらなるべく多めに持っていくようにして——あ、いいやいいや、手持ちがあるから私持ってく。紺ちゃんはとにかくあったかくして、いーちゃんにもいっぱい服着せて待ってて。すぐ迎えにいくから、ね？」

電話を切ると、どうせ無駄だと思いながらすぐに久志のポケベルを鳴らした。手近なところにあった赤いセーターに手を伸ばしかけ、さすがにこれはまずいかと黒いとっくりを頭からひっかぶり、千鳥格子のスラックスを合わせる。少し迷ってから、ドレッサーにずらりと並んだ香水瓶から終わりかけのひとつを選んでバッグにしのばせた。クリームを塗ったばかりでてらてらしている顔の上から白粉《おしろい》をはたいてざっくりと眉を描き、赤いルージュをひいたらそれこそへたくそな死化粧のようになった。

「くも膜下出血か……」

鏡の中の自分と見つめあう。前下がりに切ったワンレングスの髪が、頬に深い影を落とす。まだ心臓がどきどきいっていた。

父の死因と同じだった。雪好さんは久志と同学年だから四十歳。父が死んだ年齢よりもまだいくらか若いぐらい。

底冷えのする二月の末の夜。天皇崩御とともに年が明け、昭和から平成に年号が変わり、なんとなく浮足立っていたところに突然舞い込んできた訃報だった。

雪好さんが家を出ていったと紺ちゃんから聞かされたのは、二年前の春だった。

世界史の教師をしている雪好さんが、自宅から車で二時間ほどかかる県境の町の高校に赴任になったとかで、単身赴任でもするのかと思って聞いていたら、紺ちゃんの口ぶりからどうもそうではないらしいと悟った。

「まさか別れるつもりじゃないよね？　どうするの、あんな家建てちゃって」

あんな家、とつい口を滑らせてしまったが、紺ちゃんは気にするふうでもなく、ソバージュにした髪を指先に巻きつけながら、うん……とぼんやりした相槌《あいづち》を打った。

紺ちゃんたちが家を建てると聞かされたときは、まさか先を越されるとは思ってなくて悔しさに歯噛《はが》みするほどだったが、雪好さんのたっての願いでスペインのなんとかいう建築を模して建てられた家を見たら、妬《ねた》ましさなどあっというまに吹き飛んだ。ピンク色の巻貝のような、なんとまあ奇天烈《きてれつ》な家だろうと呆気《あっけ》にとられ、あんな家でこれから一生暮らしていかなければならない紺ちゃんに同情してしまったほどだ。

「へんてこな家で困っちゃうでしょ。あの人、ランプシェードひとつとってもこだわり抜くもんだから、完成までこぎつけるのが大変だったんだあ」

愚痴を言うように見せかけて、まんざらでもなさそうな顔をしている紺ちゃんにはさらに驚かされた。

「しっかりしなさいよ、紺ちゃん。亭主のわがままばっかり聞いてちゃだめじゃない。紺ちゃんの家でもあるんだから」

「でもね、おねえちゃん聞いて。あの人、私のためにシャワー付きの洗面台を入れてくれたの」

そう言って紺ちゃんはとろけそうな笑顔を見せた。それで惚気《のろけ》たつもりらしい。五十万近くするピエール・カルダンの洗面台を入れてくれたっていうならいざ知らず、シャワー付きぐらいでなんといじらしいこと。機能性ばかりを重視した、そのなんの変哲もない洗面台は、トンチキな家の中でずいぶんと浮いているように見えた。それが夫の愛だと紺ちゃんが思っている以上、私が言えることはなにもなかった。

紺ちゃんたちから遅れること一年、我が家も晴れて郊外にマイホームを建てることになった。都心のマンションで暮らしていたころにくらべるとたがいの家から距離ができてしまったけれど、それまでどおり私たちは頻繁《ひんぱん》に行き来しあった。子どもたちのお宮参りも七五三もいっしょにして、ばらの季節には籐《とう》のかごにサンドイッチと手製のクッキー、ポット入りの紅茶とりんごジュースを持って公園へ、クリスマスには一年ごとにそれぞれの家でパーティーをした。ケーキを焼くのは紺ちゃんの役目で、チキンを焼くのは私の役目だった。シャンペンを開けるのは雪好さんで、チキンを切り分けるのは久志だった。子どもたちはまだサンタクロースを信じていた。

「職場で出会って、結婚も出産も同じ年にして、ついにはいっしょに店まではじめちゃうなんて、まったく君たちときたらどれだけ仲がいいんだか。ときどき、デキてるんじゃないかと疑うぐらいだよ」

　ことあるごとに久志は私たちの仲をひやかすのだけど、それでいったら小学校からいっしょの久志と雪好さんのほうが歴史はうんと長かった。

「そりゃあ男はね、放っておいても続くときは続くもんだけど。よく言うだろ？　女の友情は長続きしないって」

「そんなジンクス、うちらが覆してみせるわよ。ねえ紺ちゃん？」

　私と久志が夫婦でやりあうのを、紺ちゃんと雪好さんはいつもにこにこしながら聞いていた。

　その年、私と紺ちゃんはかねて二人で計画していたブティックを繁華街から少し外れた並木通り沿いにオープンさせたばかりだった。【ポルトボヌール】という店の名前は紺ちゃんがつけた。フランス語で「幸せのお守り」を意味する言葉。ねえ、いいでしょう、美幸っていうおねえちゃんの名前にぴったりだもの。甘えるような声でねだる紺ちゃんに、「おねえちゃん」の私がノンと言えるはずもなかった。そのかわりっていうんじゃないけれど、店の看板や内装は白と紺をベースにフレンチマリンなイメージで統一することにした。

　私たちは姉妹のようになんでも分けあった。背恰好も靴のサイズも同じだったから、若いころは洋服や化粧品の貸し借りなんてしょっちゅうだったし、いまだってブランドもののバッグや靴を貸し借りしあうことがある。おねえちゃんとちがって大人っぽい服が似合わないと嘆く紺ちゃんに、私だって紺ちゃんがよく着ているような女っぽい華やかな服が似合わない、とたがいにたがいをまぶしく見遣ったりもした。

　月に何冊も買うファッション誌は回し読みし、カレーやシチューを作るときはお鍋いっぱいに作ってそれぞれおすそわけしあうのが暗黙のルールだったし（それで何度か、かちあったことがある）、庭に植えた杏《あんず》の実が生《な》れば瓶詰のシロップ漬けにしておすそわけし、紺ちゃんの家の庭にライムが生れればやっぱり瓶詰の砂糖漬けにしてお返ししてくれた（『若草物語《わかくさものがたり》』にならって、それぞれ「杏飴《あめ》」「ライム飴」と呼んだ）。百貨店で働いていたころは、裏でこそこそ一本のマールボロを交互に吸ったこともあったし、ブティックのオープン当初、忙しくてお昼を食べにいく時間もなかったときは、バッグの中に入っていた一本のカロリーメイトを分けあって飢えをしのいだ。

「恋はいつか終わるけど愛には終わりがないから、女は子どもを産むしかないんだと思う。ほら、子どもは愛の結晶だっていうでしょ？　形にして残しさえすれば、けじめになるじゃない。そしたらもう、愛にとらわれて生きずに済む」

　どういう話の流れだったか――たしか週末にテレビのロードショーでやっていた映画の話から、自分でもちょっと戸惑うような熱の込めようでそんな持論をぶった。結婚して子どもを産んだことに対する決まりの悪さがなぜか私の中にはあって、つねに言い訳を探しているようなところがあった。

そしたら、紺ちゃん、急に泣きそうな顔になって、

「じゃあ、どうすればいいの。私とおねえちゃんじゃ、子ども作れないのに」

なんて詰め寄ってくるんだから、もうかわいくてたまらなくなって、思わずほっぺに熱いキスをした。やめてよう、と紺ちゃんは頰をふくらませ、私がつけた真っ赤なルージュの跡を手で拭《ぬぐ》った。そんなふうにすると、紺ちゃんのコンプレックスでもあるアイドル歌手みたいなベビーフェイスがより極まって、十代の女の子のように見えた。

「バカねえ、そんな顔して。私たちにはこのお店があるじゃない」

結婚する前から二人で少しずつお金を貯めて（私は久志から、紺ちゃんはお兄さんからそれぞれ援助を受けつつ）、やっと開店に漕ぎつけた私たちのお城。紺ちゃんと二人、おばあちゃんになるまでこのお城を守っていくのだと、そのとき私は決意した。

結婚してまもなく杏一郎を妊娠し、家事と子育てに追われていた日々からやっと抜け出せる。開店準備や金策にあちこち駆けずりまわっていると、戻ってきた、という感触があった。子どもはかわいかったし、なんだかんだ言って久志のことも憎からず思ってはいたが、家に押し込められて夫や子どもの世話ばかりしているうちに、どんどん自分がなくなっていく気がして落ち着かなかった。これでようやく自分を取り戻せる。

その矢先に、雪好さんが家を出ていってしまったというのである。

南向きのショーウィンドウから昼下がりの陽光がやわらかく射し込んで、紺ちゃんの輪郭をおぼろに見せていた。おもての通りには、咲きはじめの桜が淡く色づいている。なにを言っても生返事ばかりでうつろな顔をしている紺ちゃんに焦《じ》れて、「紺ちゃん、しっかりしてよ！」と私はつい声を荒らげた。

「どうするの、これから――」

お店だってはじめたばかりなのに――喉まで出かかった言葉をとっさに呑《の》み込んだ。

店には私たちのほかにだれもおらず、映画のテーマ曲にもなった有名なシャンソンがしぼったボリュームで流れていた。低く単調な、眠りを誘うスキャット。

オープンしてしばらくのあいだは途絶えなかった客足も、そのころにはすっかり遠のいていた。それぞれの夫が生活費を稼いできてくれるからなんとか成立しているようなもので、有閑マダムの道楽と見なされてもしかたがなかったし、実際周囲からそう思われていることもわかっていた。お金に困っているわけでもないのにお店をやるなんてぜいたくなご身分だこと、それじゃ家のことはだれがみるの、と姑からはさんざんいやみを言われた。一刻も早くお店を繁盛させ、久志の月給よりも稼いで見返してやりたい。私はその一心でいた。

「それは、なんとかする」

枝毛でも探すみたいに自分の毛先に視線を落とし、紺ちゃんは唇を尖らせた。

「なんとかするって、どうやって？」

「どうやってもよ！」

　私は嘆息した。おっとりしているように見えて、いったんこうと決めたらてこでも動かない頑固なところが紺ちゃんにはあって、これまでにも手を焼かされてきた。

「それにしてもびっくりした。あなたたち、うまくいってるんじゃなかったの？　いったいどうしてそんなことになっちゃったのよ」

　やさしくなだめるように私は紺ちゃんの背中を撫《な》でおろした。その手を拒むように、紺ちゃんの肩がこわばる。

「なによ、私にも言えないようなことなの？」

「……だっておねえちゃん、私わかんないの、どうしたらいいのか」

「一人で抱え込んだりしないで、話してみなさいよ。その荷物、私に半分持たせてちょうだい」

　結んだ唇をぶるぶる震わせていた紺ちゃんは、そこで、手に持っていた売り物のクロスにわっと泣き伏した。赤い糸で縁かがりしてあるアンティークリネンのクロス。だめだって、涙のしみがついたら買い取ってもらうからね、と私が脅したら、泣きながら紺ちゃんが噴き出した。その拍子に鼻水が飛び散って、クロスの買い取りが決まった。

　私たちときたらいつもこうだ。深刻な話をしているときでも、どちらからともなくおふざけをして、滑稽なムードになってしまう。

　そんなだったからすっかり油断して、次に紺ちゃんの口から飛び出してきた言葉の意味がすぐには呑み込めなかった。

「あの人、男の人が好きみたい」

「……それってつまり、どういうこと？」

「どういうこともなにも、そのまんまの意味だよ」

そう言って紺ちゃんは、ふんと笑いさえした。いったん泣いたら気が済んだのか、すっかり立場が逆転したみたいに落ち着き払っている。

「雪好さんがそう言ったの？」

「言わない。言うわけない」

「だったら、なんで」

「なんでって、夫婦だもん、そんなのわかるでしょ」

それが世界の常識だと言わんばかりに紺ちゃんは言い切った。夫婦とはそういうものだと言われてしまったら、こちらも首肯せざるをえない。

飲み屋の女やら会社の若いＯＬやら、夫があちこちに手をつけて遊んでいることぐらい、わざわざ聞かされなくとも妻の私にはわかっていた。証拠を残すようなへまをやらかすことはなかったが、女を抱いて帰ってきた久志からは、接待で遅くなったときとは異なる、荒っぽいオスのにおいがした。なるほど、この人はふだん去勢されて生きているのか。嫉妬する気はみじんも起きず、むしろ夫が気の毒に思えるほどだった。杏一郎が生まれてからしばらくは夫婦間の交渉があったが、そのころにはすっかりご無沙汰になっていた。

「じゃあ、なに？　つまり雪好さん、ほかにだれか、その、相手がいるってこと？」

男がいるの？　と訊《き》くべきところを、なんとなくはっきり口にするのが憚《はばか》られて言葉を濁した。

まさか、雪好さんが同性愛者だったなんて――。

あまりにも突拍子のないことだったが、いざそうだと言われたら、いかにもそのような気がしてくるのだから不思議だった。小柄で痩せ型の雪好さんはどことなく女性的な雰囲気があって、彼からオスのにおいを感じたことは一度だってなかった。

「そういうわけでもないみたいなんだけど……」

「そういうわけじゃないなら、なに？」

知らず知らず問い詰めるような口調になっていた私に、なぜか紺ちゃんがくすりと笑った。「なに？」と訊《たず》ねても、「いやあね、おねえちゃん」と笑っている。

「私もまったく同じ、そう言ってあの人、問い詰めたの」

そんなんじゃない、と雪好さんは言ったのだそうだ。そんなんじゃないけど、ごめん。もうここにはいられない、と。

「まさか――」

言いかけて、その先を口にするのをためらった。

折しもエイズで死亡した女性のニュースが巷《ちまた》を席巻し、「エイズ元年」だなんて日本中がパニックに陥っていたころだった。もしかしたら雪好さんもＨＩＶに感染していて、家族に伝染《うつ》さないために家を出ていったのではないか――そこまで考えて、さすがに穿《うが》ちすぎかとそのバカげた思いつきを頭から振り落とした。

「でもね、あの人、ほんとに精一杯、いい夫でいようとしてくれたんだよ。十年近くも自分を偽って、つらかっただろうに……」

洗面台を自慢したときと同じ顔つきになって、紺ちゃんは夫をかばった。この期に及んでまだそんなことを言うのかと驚いたが、夫から愛されていなかったと認めるのが怖いだけなのかもしれない。あんなこともこんなこともしてくれたと夫にしてもらったことを並べ立てる紺ちゃんの声は、野花を摘んで集める少女のようにあどけなく、いやでも憐《あわ》れを誘った。

「このこと、久志さんには言わないでね。あの人、久志さんに知られるのはいやだと思うから……」

帰り際に紺ちゃんから念を押されたけれど、その夜、遅くに酔っぱらって帰ってきた久志をつかまえて、私は早速問いただした。

「あー……まあ、なんとなく、そうじゃないかと思ってたようなとこはあるかな。仲間内で女の子の話をしても乗ってこないし、学生のころなんか、奥手を通り越してほとんど女嫌いみたいなかんじだったから」

いまいち煮え切らない口調ではあったが、久志はあっさり白状した。

「呆《あき》れた。そんな人を、よくも紺ちゃんに紹介したわね」

「よく言うよ。自分だけ先に結婚するのはしのびない、紺ちゃんにだれかいい人を見つけてからじゃないとって言い出したのは君だろ。俺だって、雪好がそうだっていう確信はなかったし、だれかいい人に出会えば変わるかと思ったんだよ」

　私と久志で共謀して、雪好さんと紺ちゃんを引き合わせたときのことはよくおぼえている。百貨店が閉まってから、ビールでも飲みに行こうと紺ちゃんを誘い出し、久志たちとパブで落ち合った。

　インテリ風の眼鏡をかけ、猫背気味に背中を丸めた雪好さんはいかにも真面目で実直そうで、いい夫になりそうだと思った。なんといってもお堅い公務員だし、聞けば実家は地元で名の知られた地主農家で、都市開発により一財を成したというではないか。正直なところ、早まったかと思った。紺ちゃんに引き渡してしまうには惜しかったんじゃないかって。

　しかし、いざ蓋を開けてみたらひどくこだわりが強く、その上オカマ男だったというのだからわからないものである。なんという理不尽。ビールを飲むのに慣れていなくて、グラスを傾けるたびに泡でひげを作っていた紺ちゃんの赤らんだ顔が思い出された。多くは望まず、ただただ平凡で人並みのしあわせを望んでいた紺ちゃん。

「それにしても突然すぎやしない？　あなた、雪好さんからなにも聞いてなかったの？」

「さあ。最後に会ったのも、春休みにチビどもを連れて君たちの店に行ったときだしなあ」

記憶を掘り起こすような顔つきで、久志は宙の一点を見つめた。しらばっくれているわけではなさそうだった。嘘《うそ》をつくとき、久志はことさらになんでもないふうを装う。だから私も、心おきなく気づかないふりをしていられた。

長続きの秘訣はほどよい無関心だ。息を詰めるように相手に集中していたら、夫婦関係なんてすぐに破綻する。

久志とは、若いころに通っていたディスコで声をかけられたのが最初だった。百貨店の婦人服売り場に勤めていると話したら、外まわりの途中、用もないのにちょくちょく顔を出すようになり、売り物のブラウスの胸元やスカートのお尻のあたりをぺろりと撫で、悪びれもせずアプローチをしかけてくる姿に絆《ほだ》されてしまった。愛すべき軽薄さというのか稚気あふるる鷹揚《おうよう》さというのか、そんなおふざけをしても生来の品の良さがいやらしさを帳消しにしてしまう、女なら放っておけないタイプだった。

形のいい額と引き締まった顎、メンズビギのコートをさらっと着こなしてしまうほどのタッパがあって、とにかく見栄えだけはするので、連れ立って歩いていると美男美女だともてはやされた。それで気をよくしたってわけでもないけれど、ここらで手を打っておくかと思った。

二十代後半に差しかかり、百貨店にもそろそろ居づらくなってきた頃合いだった。弟が大学を卒業し、家族の面倒からやっと解放されて、おしゃれも夜遊びもじゅうぶん楽しんだ。年も年だし、もうそろそろ結婚しなければと思っていた矢先にタイミングよくあらわれたのが久志だった。大手の自動車メーカーに勤める父親と専業主婦の母親のあいだに生まれた次男。証券会社の営業職で好成績を収めていて金離れもいい。結婚しても邪魔にならなそうなちょうどいい男。

「紺ちゃんがかわいそう。いくらなんでもあんまりよ。こんなことになるなら、最初から結婚なんてしなきゃよかったのに」

「そうは言うけどさ、やってみなきゃわかんないってこともあるだろ。雪好だって、最初から別れるつもりで結婚したわけでもないだろうよ。実際二人、仲の良い夫婦だったじゃない」

「そうね、傍目《はため》からは申し分ない夫婦のように見えてたかもしれない。どうせやるんなら腹を決めて最後までやり通せっていうの」

「そんなこと俺に言われても……」

ダイニングテーブルを挟んで向かい合っていた久志は、そこで腰を浮かしかけた。ネクタイに手をかけ、風呂に行く素振りを見せる。ちょっと話が込み入ってくるとすぐ逃げようとする、いつものやりくちだ。

「結婚したからには亭主としての責任ってものがあるでしょう。奥さんと子どもを放っぽりだして出ていくなんて、あまりにも無責任よ」

「責任ってなんだよそれ、ぞっとしないなあ。家を出ていったのに、いまさら責任もなにもないだろ」

「責任は責任よ。子どもの面倒は、最後まで父親がきちんと見るべきでしょう。母子家庭の子どもがどれだけ苦労するか、あなたは知らないからそんなことが言えるのよ。父親がいないって、すごくみじめなことなんだから！」

話しているあいだに自分でも抑えきれなくなって、最後はほとんど叫び声になっていた。

出張先のホテルで父が死んだのは、私が十五歳のときだった。

専業主婦だった母は外に働きに出るようになり、私は高校に通いながら家事を請け負うことになった。卒業後、百貨店で働くようになってからも、給料のほとんどを家に入れ、弟を大学まで行かせてやった。次のボーナスでなにを買うか、ロッカー室で同僚たちが話している隣で、着古したセーターに首を突っ込むときの侘《わび》しさといったらなかった。結婚するときだって、父親がいないことで久志の親族からどれほど心ない言葉をぶつけられたことか。

「今度、俺から雪好に電話してみるよ」

激昂する私をいなすように息をつき、久志はバスルームへ退散していった。

その後、どうなったのかと私のほうから訊ねても、まだ話してない、忙しくて忘れてた、と空返事するばかりで、久志にその気がないのはあきらかだった。

捨てる神あれば拾う神ありとはよく言ったもので、それからしばらくして好景気の波に乗り、ブティックのほうは順調にまわりはじめた。

雑誌に取りあげられたのを契機に客足が戻ってきて、「他の人とはちがうワンランク上のものがほしい」というおしゃれなご婦人方の欲求に応える形で取り揃えたインポートの装飾品や雑貨が、入ってくるそばから飛ぶように売れた。

「古着なんてみっともない。デパートに行けばぴかぴかの新品の服がいくらでも売ってるのに、わざわざそんなボロをだれがお金を出して買いたがるの」

と母も姑も紺ちゃんのお母さんまで、古い世代の女たちは判で押したように古着に拒否感を示したが、新しもの好きで他人《ひと》と差をつけたがる若い女たちにはこれが思いのほか当たった。ヨーロッパから仕入れたヴィンテージのドレスやアクセサリーは店一番の売れ筋だった。

おかげで、左うちわとまではいかないにしても、母娘《おやこ》二人が食っていくにはじゅうぶんだった。このままいけば従業員を雇って店舗を増やし、いずれ東京に店を出すのも夢じゃないかもしれない。

雪好さんが出ていってからも、あいかわらず紺ちゃんは一人娘のいのりとともにあの家で暮らしていた。いつか帰ってきてくれるんじゃないかと淡い期待でも抱いているのか、離婚もしないまま毎月いくばくかの金を仕送りさせているようだ。

「どうしてもあの家にいたいって、いのりが聞かなくってね。いまのところローンも雪好が払い続けてくれてるでしょ？　出ていく理由がないんだもん」

そんなふうに言い訳——なのだろう、おそらく——する紺ちゃんを見ていると、どういうわけか心が浮き立った。紺ちゃんより優位に立っていることがうれしいのか、紺ちゃんをしあわせにできるのは自分だけだという確信がそうさせるのか、昏《くら》い喜びが靄《もや》のように湧き立って私の心を覆っていくのだった。

「亭主元気で留守がいいを地でいくわけね。いいじゃない、利用できるものはなんでもしちゃえば。亭主が生活を担保してくれるからこそ、私たちも好きなように冒険できるってものよ。男は外に追いやって、女だけでよろしくやってましょうよ」

紺ちゃんに悟られまいと、私はつとめて面倒見のいいおねえちゃんの顔をして、慰めの言葉をかけてやる。

「いいんだ、私は、この店さえあれば」

まぶしそうに目を細めて私たちのお城を見渡す紺ちゃんに、

「そうそう、その調子」

と答える自分の声が、ずいぶんと弾《はず》んでいることに気づいて、ぎくりとする。

そんなふうにして、二年の月日が流れた。

「いやだ、しんきくさい」

青褪《あおざ》めた雪好さんの死に顔を見て、紺ちゃんがつぶやいた。

一瞬、聞き間違いかと思ったが、「見てよ、おねえちゃん、生きてるころとぜんぜん変わんない、しんきくさい顔！」と紺ちゃんは興奮気味に続けた。ちょっと笑っているようにも見えた。思えばそれは、紺ちゃんが雪好さんに向かってよく言っていた言葉だった。やあねえ、あなた、しんきくさい顔して。

「やだ、おねえちゃん、どうしたの？　なんでおねえちゃんが泣くのよ」

堪《こら》えきれず泣き出した私を気遣うように、紺ちゃんが明るい声を出すのがよけいに涙を誘った。紺ちゃんにとっての「しんきくさい」は、「愛してる」と同じ意味だった。紺ちゃんがあんまりかわいそうで、いくらでも泣けそうだった。

「やめてよ。おねえちゃんがそんなに泣いたら、私が泣けないじゃない」

この子、こんなにきれいだったっけ。

つるりと剝《む》けた茹で玉子みたいにおでこを光らせた紺ちゃんを見て、この場にそぐわないことを私は思った。ずっと気にしていた下ぶくれの顔がこのところすっきりして、ようやく年相応の大人の女の輪郭になってきた。年を取るごとに美しくなっていく紺ちゃんにくらべ、なんだか私ばかり老け込んでいくような気がする。

それからさして時間を置かずに、久志が海辺の町の病院に到着した。思っていたよりもずいぶんと早い到着に驚いて、廊下のベンチに座っていた私は思わず立ちあがった。

「まさかここまでタクシーできたの？　いくらした？」

「バカ！　いまはそんなことどうでもいいだろ！　雪好はどこ？」

　黙ったまま霊安室のほうを顎《あご》で指し示すと、久志は私をじゃまくさそうに押しのけて雪好さんの顔を見にいった。

「やだ、久志、ほとんど入れ違いで家に帰ってきたんだ、こんなことならいっしょに出てくればよかった……」

　四肢から力が抜けて、私は再びベンチに腰をおろした。「べつに、タクシー代が惜しくて言ってるんじゃないの、そうじゃなくて……」

　隣から紺ちゃんの手が伸びてきて、つめたく冷えた私の指先を握った。出合い頭に夫に怒鳴りつけられたショックが、尾を引くように体に響いていた。

「わかってる、おねえちゃん、わかってるから」

　やさしい声で紺ちゃんが囁《ささや》いた。いたわってあげなきゃいけないのはこっちなのに、情けなさにまた目頭が熱くなる。

　夜中に慣れない道を長時間運転してきたからか、肩も首も、身体中あちこちがこわばっていて、うっすら頭痛もする。自覚したとたんに身体が重くなって、指一本も動かせそうになかった。私がしっかりしなきゃ、と気を張っていたのが、久志の顔を目にしてゆるんでしまったようだ。なにが口惜しいって、それがいちばん口惜しかった。

「とらおー、こっちこっち」

車中で眠っていた子どもたちはすっかり目が冴えてしまったようで、二匹のモンシロチョウのようにくっついて薄暗い病院内を行ったり来たりしていた。雪好さんが部屋で倒れていたのを見つけたという元・教え子の寅郎という名の青年が二人の相手をしてくれているのをいいことに、私たちはしばらくベンチに座って放心していた。

「杏一郎はともかく、いーちゃんがあんなすぐ懐くなんてめずらしい」

「夏休みにこっちに預けてたから、たぶんそのときにでも、遊んでもらってたんじゃないかな」

去年の夏、私と紺ちゃんは二人で一週間ほどフランスに買いつけに出かけた。そのあいだ杏一郎は実家の母に、いのりは雪好さんにそれぞれ預けてきた。真鍮《しんちゆう》の石けん置き、デニムのセーラーシャツとひなぎく模様のサマードレス、アンティークのレースや金ボタン、戦前に作られたコスチュームジュエリー、鍵付きの日記帳にすみれ色のタルカムパウダー……右を向いても左を向いても欲しいものだらけで、ときめきにあふれた夢のような旅だった。あれからまだ一年も経っていないのに、もはや遠い昔の記憶のようだ。

子どもたちには雪好さんの死を告げないでおくことにした。そのうちいやでもわかるはずだからと、なりゆきにまかせることを選んだのだ。私も紺ちゃんも、どう説明したものかわからなかったというのもある。

杏一郎にはいずれ久志から話してもらえばいい話だけれど、こんなときに父親がいないなんて、なんと心細いことだろう。父親が死んだという事実を知らされないままはしゃぎまわる娘の姿を、どんな気持ちで紺ちゃんが見つめているのか、その深淵をうかがうことはできなかった。

「どうしたの、とらお？」

奇妙に澄んだいのりの声が病院の廊下に響いた。

「どうしたの、とらお？」

つられるように杏一郎も言って、突然、病院の床にうずくまって泣き出した青年の背中をぽんぽんと叩いている。

そこへ、目を真っ赤にした久志が霊安室から出てきた。乱れた髪もそのままに、上着のポケットから取り出した煙草をくわえ、院内に灰皿が置かれていないことに気づいて足早に外へ飛び出していった。

最後まで、紺ちゃんだけが涙を見せなかった。

待ちぼうけを食らったみたいに、香水瓶がバッグの底でごろついていた。

事務手続きを久志に押しつけ、泣きやまない寅郎を家まで送り届けてから、私たちは雪好さんが一人で暮らしていたアパートに向かった。

几帳面な雪好さんらしく、六畳一間のアパートはきれいに片づいていた。天井まである本棚にぎっしり本が詰まっているぐらいで、さほどものも多くない。子どもたちを一組の布団に寝かしつけ、私と紺ちゃんはさしあたって必要そうな書類を部屋中からかき集めた。海が近いのか、子どもたちの寝息にまじって波の音が聞こえてくる。夜中に車を走らせてきたから、すぐそばに気配は感じるのにまだ海は見ていなかった。

「お葬式でさえ商売になるなんて、時代よねえ。うちの父親が死んだときは、親戚やご近所さんの助けでなんとかお葬式を出したけど……お金で買えないものなんかないんじゃないかって、こわくなっちゃう」

あっちの家に知らせたらぜんぶ仕切られちゃう、そんなの私いや、と紺ちゃんがごねるので、その場で久志が葬儀屋に電話し、市中にある斎場で葬儀をとりおこなうことになった。紺ちゃんはあのピンク色の家から葬儀を出すことにこだわっていたが、自分たちでやるのがどれだけたいへんか、そんな采配《さいはい》ふれるわけがない、とこちらは私が撥ねのけた。

「どうしてこわいなんて思うの？　なんでもお金で買えるなら、そっちのほうがいいって私は思うけど」

「まったく紺ちゃんったら、とんだマテリアルガールなんだから！」

徹夜でおかしなテンションになっていた私たちは、でたらめな英語でマドンナのヒット曲を歌い、布団の中の子どもたちが身じろぎする気配を察知してすぐに声をひそめた。

「あら、それ、遺影にいいんじゃない？」

台所でお茶を淹れて戻ってくると、紺ちゃんの手元に雪好さんの幸福そうな笑顔が見えた。

「なに言ってるの、おねえちゃん、これ絵だよ、似顔絵」

「やだ、ほんとだ。寝てないから目がおかしくなってるみたい。それでなくてもこの部屋、陽が射さなくて暗いんだもん」

文机の抽斗《ひきだし》に入っていた横綴《と》じのスケッチブックを紺ちゃんはぱらぱらとめくった。カーテンを透かして射し込むわずかな陽の光を頼りに、私も覗《のぞ》き込んだ。雪好さんの顔、顔、顔。めくるごとに、紺ちゃんの肩越しに鉛筆で描かれた雪好さんの顔があらわれる。壁に寄りかかって本を読む姿。ぎゅっとしかめるように遠くを見つめる横顔。じゃがいもを剝く慎重な手つき。いったいどれだけ相手に集中すればこんな絵が描けるのだろう。すぐそこにいるかのような臨場感をもって、雪好さんの存在が迫ってくる。

おそらく、あの寅郎という青年が描いたものなのだろう。どの絵にもＴからはじまるサインが走り書きしてある。この男は自分のものだと刻印するかのように。

病院の床にくずおれた彼の姿を目にしたときに、まさかとは思ったけれど、そのまさかだったようだ。第一発見者は彼だというし、頻繁な行き来があったことはあきらかだった。あの雪好さんが、まだ成人してるかどうかもあやしいぐらいの年齢の男の子と――。

「あの人が料理してるとこなんて、はじめて見た」

感情の読み取れない平淡な声で紺ちゃんが言った。

この絵を描いたのがだれなのか、紺ちゃんに教えたものか迷っていると、外から殴りつけるようにドアを叩く音がした。びくりとして、こわごわドアスコープを覗き込んだら、久志だった。

「なあに、そんな乱暴に――」

ドアを開けるや、久志の大きな身体がこちらにかぶさってきた。体温と質量と煙草のにおいが一挙に押し寄せて、にわかに私の中の女が騒ぐ。

「もうだめ、限界。帰り運転してくから、ちょっと寝かせて」

私の肩に顔を押しつけたまま、久志が言葉を発した。熱く湿った息が、さざ波のように指先まで伝播《でんぱ》して、身体を熱くする。

「もう、しょうがないわねえ……」という自分の声がやたらと濡れて聞こえ、紺ちゃんに悪いと思うほどに甘やかさがいや増した。

少し仮眠を取るという久志を部屋に残し、私と紺ちゃんは子どもたちを連れて近くの喫茶店に向かった。徹夜明けの目をこすりながら南から吹いてくる風にふと顔をあげると、住宅街の隙間からわずかに海が見えた。「海だー！」と杏一郎が叫び、「海だー！」と山びこのようにいのりも声をあげる。

「だめよー、走ったら」

「もう、あぶないってばー」

手に手を取りあって駆け出す子どもたちに、後ろから同時に声をかけた。

「あの子たち、いつまであんなふうに仲良くしてるのかな」

　まぶしそうに目をすがめ、紺ちゃんが子どもたちの背中を追いかける。

「どうだろう。お年頃になったら、わかんないかもね」

「やあね、男と女って、つまんない」

　十年前、杏一郎が生まれた三ヶ月後にいのりが生まれ、それからずっと二人いっしょに育ててきた。店をはじめてからは、週の半分ずつ、どちらかが早上がりして子どもたちをピックアップし、どちらかの家でご飯を食べさせてお風呂に入らせる。いまではどちらが自分の子で、どちらが紺ちゃんの子かわからなくなっているぐらいだ。顔も性格もまったく似ていないのに、二人並んでいると同じ素材でできた一対の人形のようで、よくきょうだいにまちがわれた。

「あ、だめだっていのり、チェリー食べたら。使いまわしにしてるからって前にも言ったでしょ」

　メロンソーダに入っていた赤いチェリーをいのりの手から奪い取ると、紺ちゃんはそのまま飴色のガラスの灰皿に放り込んだ。

「それ、紺ちゃんいつも言ってるけど、使いまわしなんてほんとにするかなあ」

「するんだってば！　私見たもん、文化通ってたときにバイトしてた喫茶店でやってたの！」

　むきになったように紺ちゃんは言い、私のサンドイッチに添えられたパセリまで奪い取ると、こまかくちぎって灰皿に放り込んだ。「文化」ってひさしぶりに聞いたなと思いながら、私は煮詰まったコーヒーを啜《すす》った。

高校卒業後、お兄さんにお金を出してもらって文化服装学院に通っていた紺ちゃんは、二十歳をすぎてから百貨店に就職した。年齢は同じでも、だから私のほうが職場では先輩だった。仕事の覚えが悪い上に手も遅く、舌足らずな声で「文化では」「文化のときは」とやたら口にするので、陰で「文化出」と呼ばれて疎ましがられていた。飛びぬけたセンスと生まれ持った愛嬌《あいきょう》で売上だけはだれよりも上げていたので、よけいにやっかみを買っていたようだ。なんとまあ甘ったれで恵まれたお嬢さんだろうと思ってあれこれ世話を焼いているうちに、おねえちゃん、おねえちゃんとすっかり懐かれてしまった。

「いのり、もう食べないの？　知らないよ、あとでお腹すいても」

子どもたちで分けあって食べるように注文したナポリタンは、杏一郎がほとんど一人で平らげた。いつもそうだ。食の細いいのりの残飯係と化している。一時期、子どもたちのあいだで流行《はや》っていたシール付きのチョコ菓子もそうだった。いのりがシールだけ抜き取って残りをぜんぶ杏一郎に押しつけるので、あのころはよく鼻血を出していたっけ。

「いーちゃん、あいかわらずぜんぜん食べないんだね。無理にでも食べさせるくせをつけたほうがいいんじゃない？　見てよ、杏一郎ばっかりこんなに太っちゃって」

「そう？　ころころしててかわいいじゃない」

「やめてよ。せっかく奮発して買ったケンゾーのシャツが、もうぱんぱん」

「あ、それ、目ぇつけてたんだ。杏ちゃんが着られなくなったらいのりにちょうだいね」

しれっと言って、オムライスの最後のひとくちを紺ちゃんはぱくりと口に入れた。

夫を亡くしたばかりの女がオムライスなんて注文するだろうか。ましてやケンゾーの子ども服を欲しがったりなど。

ふと、そんな疑念がめまいのように過《よ》ぎったが、すぐにバカバカしいと振りはらった。父の死を確認して帰ってくると、母は真っ先にご飯を炊いておむすびをたくさん拵《こしら》えていた。

「あ、パパだ」

いつのまに持ち出したのか、雪好さんのアパートにあったスケッチブックをいのりがテーブルの上に開いた。口のまわりをケチャップで赤く濡らした杏一郎もつられて覗き込んでいる。いかがわしいものでも見せられているような気まずさから、私は残りのサンドイッチに目を落とした。食欲がなく、半分も食べられそうになかった。

「明るいところで見ると、やっぱりよく描けてる。おねえちゃんの言うとおり、いっそこれを遺影にするのもいいかもしれないね」

「だめ！」

思わず声を荒らげた私に、紺ちゃんは不思議そうな顔をあげた。

「そんなの、だめに決まってる。遺影はやっぱり写真でなくちゃ。故人がどれだけ素晴らしい人生を送ったか、証明するためにあるようなものなんだから」

だったらなおさらこの絵こそ遺影にふさわしいんじゃないかという気もしたが、「いい顔してる写真を探すのも弔《とむら》いのうちでしょ。楽しようとしちゃだめよ」と言ってごまかした。あとになって寅郎が雪好さんの愛人だったと判明したら、恥をかくのは紺ちゃんだ。

「でも……」再びスケッチブックに目を落とし、紺ちゃんが首を傾《かし》げる。「あの人の人生って、そんなにいいもんだったのかな」

つめたい手で首すじを撫でられたような感触がして、私は答えに詰まった。紺ちゃんがふとした折にのぞかせる、無垢《むく》ゆえの酷薄さにはたびたび驚かされてきたが、これにはほんとうにぞっとした。

「家中のアルバムを探したところで、どうせしんきくさい顔の写真しか出てきやしないわよ」

なにがそんなにおかしいのか、紺ちゃんはいつまでもくすくす笑っていた。

いのりのちいさな手が、寅郎のサインの上をなぞるように何度か行き来し、そのうちかすれて読み取れなくなった。

久志の運転する車で紺ちゃんといのりを家まで送り届けると、じゃあまた後でといったん別れ、私たちも家に戻った。

今夜は葬儀場に泊まり込み、明日に通夜を、明後日《あさって》に告別式をとりおこなう段取りになっている。「死んだ人といっしょに寝るのこわいから、おねえちゃんもいっしょに泊まって」と紺ちゃんに泣きつかれ、親族でもないのにとためらったが、久志も付き添いたいと言い出したせいで断れなくなった。風呂に入って着替えを用意したら、また取って返して紺ちゃんを拾いにいかなければならない。

「じゃあなに、雪好が教え子に手を出したって言いたいわけ？」

私が出しておいた黒いセーターに袖を通しながら、久志が露骨に顔を曇らせた。

「そりゃ、あなたからしたら受け入れがたいことかもしれないけど、そう考えるのが妥当でしょう？」

洗い髪を乾かす暇もなく、クロゼットの奥から自分と久志の礼服と、去年コムサ・デ・モードで買った杏一郎のブレザーのセットを引っぱり出す。高かったけど、もう小さくて着られないかもしれない。

「ありえないね。あるわけないだろ、あんな、どがつくほど真面目なやつが」

吐き捨てるように久志は言って、薄く開いたままのクロゼットの扉を乱暴に閉めた。

「物に当たらないでよ」

私はため息をついた。帰りの車中でもろくに眠れず、頭痛もずっと続いていた。あとで杏一郎の学校に連絡し、お店に臨時休業の貼り紙もしにいかなくては。「ママー、なに着ればいいのー？」と子ども部屋のほうから杏一郎の声がする。

「ベッドの上に出しておいたでしょ。ちゃんと中にシャツ着てね」

声を張りあげながら、昨日久志が着ていた上着にブラシをかけていると、ポケットの中から一本のネガフィルムが出てきた。雪好さんの部屋にあった一眼レフのカメラから久志が抜き取ってきたものだ。

「いやだ、そんなのいらない。なにが出てくるのか、見るのこわい」

そう言って紺ちゃんが受け取りを拒否したので、しかたなく久志が持ち帰った。もしかしたら紺ちゃんもうすうす気づいていて、知らんぷりしているだけなのかもしれない。

「どうする？　遺影に使えそうな写真があるかもしれないし、あとで写真屋に出しにいこうか？」

「いいよ、余計なことしなくても」

すぐに久志の手が伸びてきて、フィルムを奪っていった。爪が引っかかり、「痛っ」と声をあげたら、なぜか久志のほうが傷つけられたような顔をした。

「悪い」

決まり悪そうにつぶやくと、そのまま久志は部屋を出ていった。

親友を亡くしたばかりとはいえ、いつもへらへらと調子のいい男がここまで過敏になるなんて意外だった。ひりひりと痛むばかりで、傷のひとつもついていない手の甲を見下ろす。死者の秘密を暴いてしまうことを、久志もまたおそれているのかもしれなかった。

父の通夜に、ひとりでやってきた和装の女性がいた。

「このたびは、ご愁傷さまでございます」

白いハンカチを口元にあて、半分も顔が見えていなかったのにきれいな人だとわかった。「あの人、だれ？」とたずねても、青褪めた顔で唇を結ぶばかりで母は答えなかった。

その夜、台所と座敷を行き来して料理や酒を運んでいると、あのぞっとするような美人はだれかを母のいないところで男たちが話しているのが聞こえてきた。父が死んだときに出張先のホテルでいっしょにいた相手だと、それで判明した。やるねえ、駒井《こまい》サンも。腹上死、男の夢じゃねえか。笑い声とともに、父を羨む声まで聞こえてきた。

それ以上耳に入れたくなくて、追い立てられるように台所まで戻ると、

「美幸、ほら」

ちょうど揚がったばかりの小海老《こえび》の天ぷらをアチアチ言いながら母が指でつまみ、私の口に放り込んだ。「アツッ」とはねあがりながらろくに嚙まずに飲み下すと、体の真ん中を熱いものが滑り落ちていくのがはっきりとわかった。

父の秘密を、母はどこまで知っていたのだろう。

「ありゃ、火傷《やけど》しちゃった？」

そう言って笑う母の顔は、どこか晴ればれとして、陰りはいっさい感じられなかった。

結局遺影は、紺ちゃんが家から持ってきたアルバムの中から、久志が選んだ一枚を引き伸ば

して使用することになった。ブティックのオープン前に、白い壁を背景に撮った家族写真。

「雪好のわりにはいい顔してるよ」

写真を見下ろし、しみじみと久志がつぶやいた。はらりと額に落ちた髪に白いものがまじっているのを見つけ、この人も老けたなと私までしんみりしてしまった。遺影だけでなく棺《ひつぎ》の種類から供花のランク、席次や仕出し弁当や香典返しにいたるまで、決めなきゃいけないことが次から次に押し寄せ、そのほとんどを久志が請け負った。

雪好さんの隣に布団を敷いて、私たちは川の字になって寝た。身を横たえたらすぐにでも眠りに落ちそうなほど疲れていたが、

「ほら、手を合わせて」

ひそやかに囁く紺ちゃんの声に意識を引き戻された。あんなに遺体を恐がっていたくせに、子どもたちといっしょに棺を覗き込んでいるようだった。

「パパにお願いごとするの。いつも見守っていてください、私たちがしあわせに暮らしていけますようにって」

「そんな、神さまじゃないんだから」

久志が笑うと、

「仏さまっていうぐらいだから、似たようなもんでしょう」

と紺ちゃんが言って、二人、声を殺して笑った。

「死んだらもう、いっしょじゃないの？」

いのりの声が鈴の音のように響いて、沈んでいく意識がわずかに揺らいだ。

「パパ言ってたのに。好きな人とずっといっしょにいるためにママと結婚したんだって」

紺ちゃんがなんて答えるのか、聞こえてくる前にふつりと眠りに落ちていた。

翌日は朝からつめたい雨が降っていて、それでなくとも突然の早すぎる死だったから、通夜の席ではあちらこちらで泣き崩れる人が後を絶たなかった。とりわけ雪好さんの母親の愁嘆といったらなく、あんたのせいだ、あんたがあの子を放ったらかしにしとるもんで、とつかみかかる勢いで紺ちゃんに迫り、父親と久志とで引き剝《は》がすのに苦労していた。

海辺の町からは、雪好さんが受け持っていたクラスを代表し、学級委員の男の子と女の子が一人ずつ、学年主任や教頭とともにやってきた。棺の中の担任教師の顔を見たとたん、男の子のほうがわっと声をあげて泣き出し、つられるように女の子も両手で顔を覆って泣き伏した。それだけで雪好さんがどんな教師だったかが窺《うかが》えた。

寅郎は最後まで姿を見せず、寅郎の母親だといういかにも素人ではなさそうな派手な女が香水のにおいをまきちらしながらやってきて、お焼香だけ済ませるとすぐに帰っていった。

最初のうちは紺ちゃんも、彼らの激情にいちいち感情を揺さぶられていた様子だったが、そのうち感覚が麻痺してきたのか、

「ご愁傷さまですって言われて、なんて返したらいいのか、おねえちゃん知ってる？」

受付をしていた私のところへやってきて、こそこそと訊ねた。

「ただ黙って頭下げてるばかりじゃバカみたいでしょ？　そうかといって、ありがとうございますって返すのも変だし……」

「それ、伊丹十三《いたみじゅうぞう》の映画でやってた。ごていねいに恐れ入りますって言えばいいんだって」

「なるほど、ごていねいに恐れ入ります、ごていねいに恐れ入ります……」

大真面目な顔で念仏のように唱えはじめるものだから、笑いを堪えるのがたいへんだった。ごていねいにおそれいります、ごていねいにおそれいります、とすぐ近くで聞いていた子どもたちまで真似して輪唱しはじめ、黙らせるのに一苦労した。

若くして夫を亡くした紺ちゃんに同情的な人も多かったが、雪好さんが女を作って出ていったとか、離婚寸前だったとか、陰で噂している人たちの声も少なからず聞こえてきた。雪好さんの親族はつねに監視するような視線を紺ちゃんに向け、少しでも遺族らしくないふるまいを見せればすぐさま飛んできて、みっともないからやめろと注意した。法要が終わり、だらだらと続く通夜ぶるまいの席でも、続柄もよくわからないような男たちがかわるがわるやってきては、酒臭い息をまきちらしながら要領を得ない説教をぶった。困ったことがあったらこれからは俺に相談しろ、と太く短い指でべたべたと紺ちゃんの体に触れる男もいた。はあ、どうも、すみません、と紺ちゃんはぺこぺこ頭を下げ、機械的に彼らのグラスにお酌してまわっていた。

ここにいるほとんどが、雪好さんの秘密を知らないのだ。知っているのは私と紺ちゃんと久志の三人だけで、私たちだって雪好さんのすべてを把握しているわけではない。良き夫であり良き友人であり良き教師であったという証言だけが残り、その他の雑多な生が削《そ》ぎ落とされてゆく。それこそがほんとうの死なのではないか。そう思ったら、なんだかたまらなかった。

「もうだめ、紺ちゃん、行くよ」

「行くってどこに？」

「ここ以外ならどこでも」

私たちは手に手を取って、葬儀場を飛び出した。霧のような雨が降る中、傘もささずに近くのコンビニまで走っていって、メンソールのバージニアスリムを一箱買うと、駐車場にたむろしていた不良少年に火を借りた。ひさしぶりだから、ニコチンで頭がくらくらした。

「見た？　ナベタクのやつ、シャツもしわくちゃで」

だれかに聞かれていたらかなわないと思って、自然と顔を寄せ合い、ひそめた声になった。若いころにちょっといろいろあった男の子——いまではすっかり髪も薄くなって、風采のあがらない中年親父と化してしまっていたが——について、こんなふうに煙草を吸いながらしゃべっていると、独身のころに戻ったような気がしてくる。

「見た見た。聞いた話だと、奥さんに逃げられたっていうじゃない？　かわいそうに、身のまわりのお世話してくれる人いないんだね」

コンビニの灯《あか》りが紺ちゃんの真珠のネックレスをてりてりと光らせている。結婚するときに百貨店の社割で二人いっしょに買った三点セット。冠婚葬祭のときだけなんてもったいないからと、アニエスベーのボーダーTシャツやスナップカーディガンに合わせてカジュアルダウンさせるのが紺ちゃんは上手だった。同じようにコーディネイトしてみても、目鼻立ちのくっきりしたバタ臭い顔立ちの私だと、どうしてもちぐはぐな印象になる。

「それがさ、この話しなかったっけ？　逃げた奥さんのほうに町でばったり出くわしたことがあって、もうびっくりしちゃった」

「なに、どうしたの？」

「それがね、別人みたいになっちゃって！　いつもろくに化粧もしないで髪もボサボサで、女捨ててるみたいな人だったのに」

「ああなったら女も終わりだって、おねえちゃんがいつも言ってた人だよね。ナベタクが気の毒だ、身なりをととのえてきれいにしとくのが、生活費を稼いできてくれる亭主に対する最低限の礼儀だって」

「そうそう、まさにその奥さんが、白いツイードのスーツなんか着ちゃって、髪もきれいにカールしてばっちり決めてるんだもん。驚いたのなんのって」

「へえ、おっかしいの。亭主なんていないほうが、むしろ女はきれいになるのかもね」

　笑った拍子に、紺ちゃんの唇からだらしなくつぶれた煙が吐き出された。まるく口を開けて私も煙を吐き出してみたけれど、やっぱり輪っかはできなかった。ディスコで音楽に身をゆだねながら、ナベタクがぽっと吐き出した煙が輪っかになって天井にのぼっていくのを、二人してよく真似してみたけれど、コツを教えてもらっても一度だってうまくできたためしがなかった。

「そうね、ほんとに、そうかもしれない。亭主なんていないほうが、よっぽど……」

ソバージュの髪をゴムで一括《ひとくく》りにして、化粧っけもほとんどなかったけど、紺ちゃんの横顔ははっとするほどきれいだった。通りを行きかう車のランプが、私たちの横面を舐《な》めては去っていく。いまごろ通夜ぶるまいの席では、久志がひとりで子どもたちの面倒を見ながらあちら側の親族の相手を引き受けていることだろう。

「やあね、おねえちゃん、そんなしんきくさい顔して」

肩で肩を小突くようにして紺ちゃんが笑う。コンビニの軒先から落ちてくる雨が、私たちの頬を濡らす。

「あ、そうだ」

バッグに入れっぱなしになっていた香水瓶を取り出し、最後のひと噴きを宙に放った。手首を突き出し、わずかに香りを盗み取る。

香水をつけると頭が痛くなるからと言って、紺ちゃんは香水を使わない。なのに、香水瓶を並べておくのが好きだからと、見た目だけで選んだ香水を買ってきては私に押しつけるのだった。ぜんぶ使い切ったら瓶だけちょうだいね、と。

まったくマテリアルガールとはよく言ったもので、とにかく紺ちゃんは物質なのだった。華やかできれいなものが好きで、手に入るものならなにがなんでも手に入れなければ気が済まなかった。百貨店の販売員には分不相応なジュエリーや洋服を月賦で買っては一日一食で済ませたり、銭湯に行く金もケチってアパートの台所で湯を沸かして体を拭いたり、若いころはよくやっていたものだ。

この世はほしいものであふれていて、お金なんていくらあっても足りないからと、こまめに雑誌を切り抜いてはスクラップにもしていた。紺ちゃんの一瞬のときめきを閉じ込めたスクラップブックは十数冊にも及び、ブティックをオープンさせるときの参考になった。

「あ、おねえちゃん悪いんだ。葬式に香水つけてくるなんて非常識だって、さっきぷんぷん怒ってたくせに」

「よく言う。喪主のくせにお通夜を抜け出して、こんなところで煙草吸ってるほうがよっぽど不良じゃない」

「あっ、どうしよう、煙草のにおい」

「帰りに雨が消してくれるわよ」

空になった香水瓶を放るように渡すと、わあ、と紺ちゃんは声をあげ、薄い紫色のクリスタルを両手で包み込んだ。好きな香りじゃなくて、使い切るのに何年もかかってしまったが、その顔を見られただけでもよかったと思った。

落ち着くまでゆっくり休んでなさいよと紺ちゃんに告げ、告別式の翌日から私は一人で店を開けることにした。折からアルバイトを雇おうと話していたところだったので求人広告の打ち合わせをしたり、溜まっていた事務仕事や検品をしたりと、頭と体をフルに使って働いているうちに、この数日のあいだ澱《おり》のように溜まっていたものが流されていくのを感じた。

ちょうど贈り物の需要が増える時期でもあり、こんなときだからといって店を閉めている場合ではなかった。子どもや夕飯のことは紺ちゃんにまかせて、一日中、仕事に没頭していられるのはちょっとした快感で、毎日レジを締めたときに上がってくる数字を見ては、一喜一憂するのもまた楽しかった。

「男みたいな顔つきをしてる」

とそんな私を見て、久志は言うのだった。店をはじめたころから冗談めかして言ってはいたけれど、その晩はなんだか妙な実感がこもっているように聞こえた。

親友を亡くしたばかりで飲み歩く気になれないのか、このところ久志はまっすぐ家に帰ってくる。紺ちゃんの家に杏一郎を迎えに行った際に、鍋ごとおすそわけしてもらったおでんを温めなおし、缶ビールの半分をグラスに注ぎ、私もお相伴にあずかることにした。

「俺にはまるで君が、紺ちゃんの夫にでもなろうとしてるように見えるよ」

チューブ入りのねりからしを皿のふちにしぼりだしながら、冗談とも本気ともつかない調子で久志が言う。

「だってどうするの、紺ちゃんみたいなあんな、世の中のことをなんにもわかっていない甘えたが一人で生きていけるわけないじゃない。だれか助けてくれる人が必要でしょう？」

　私は笑った。久志にしてはいいところをついている——いや、こんなにも長いあいだ私たちと過ごしてきて、いまさら気づいたなんて遅すぎるぐらいだ。

「よく言うよ。これからの時代は女も仕事を持つべきだとか、専業主婦なんて時代錯誤だとか、いっつも息まいてるくせに」

「そりゃあ私はね、その気になればいくらでも一人で生きていけるけど、紺ちゃんには無理よ、根っからの妹分なんだから。いざとなったら腹括るしかないかなって思ってる。あなたもそのつもりでいてね」

　鼻息も荒くまくしたてながら、雪好さんの葬儀のときに久しぶりに顔を合わせた紺ちゃんのお兄さんを思い出した。「文化」と口にするのと同じぐらいの頻度で、アニキが、アニキが、とことあるごとに言っていた紺ちゃん自慢の兄。田舎で建設業を営んでいるという彼も昨今の好景気のおかげで羽振りは良さそうだったが、寝たきりの父親と足を悪くした母親、妻と子ども三人を抱えて、さすがに紺ちゃんの面倒までは見切れないだろう。

「おいおい、かんべんしてくれよ。そのつもりって、どんなつもりだよ」

「さあ、どうだろう。この家に紺ちゃんといーちゃんに来てもらって、五人で暮らすのも手じゃないかしら」

「えっ、いーちゃんといっしょに住めるの？」

リビングのソファでぶ厚いコミック誌をめくっていた杏一郎が、そこで顔をあげた。

「そうね、まだわかんないけど、そうなるかもっていう話」

ぽっと口をついて出たにしては名案かもしれない。たちまち私はその思いつきに酔った。そうだ、そうすればあの気味の悪いピンク色の家から紺ちゃんを救い出せる。毎日交代で子どもたちを送り迎えして、家を行き来する必要もなくなる。いっそお店は私一人で切り盛りして、紺ちゃんにはずっと家にいてもらってもいいかもしれない。いざとなったら久志もいるし、紺ちゃんといのり二人ぐらい養うことなどなんてこともない。

「君らって……」ビールの缶に直接口をつけながら、げっそりしたような顔で久志がつぶやいた。「正反対のように見えて、その実、似た者同士だよなあ」

「どこがよ？」

「なんでも自分の思いどおりにできると思ってるところ。俺なんかおっかなくて見てらんないもん。女王さまがいつも二人、顔をつきあわせてるみたいで、そのうち戦争がはじまるんじゃないかって。雪好も言ってただろ、エリザベス一世とメアリー・スチュアートみたいだって」

私はもう一度笑った。

「女が二人いると、男はすぐそうやって争わせたがるんだから。どう考えても紺ちゃんは女王さまってタマじゃないでしょ。せいぜい世間知らずな箱入りのプリンセスがいいところよ」

しかし久志はくすりとも笑わず、真顔のまま首を傾げた。

「むしろ俺には紺ちゃんのほうがご主人さまで、君はそれにかしずく従者のように見えるけど……」

「どこがよ？」

先ほどとまったく同じ言葉を口にしたが、思いがけず弱々しい響きになった。今日は香水をつけていないはずなのに、お菓子みたいな甘いにおいがふいに鼻先をかすめる。「ママー、アイス食べてもいい？」とソファの背から顔を出して、杏一郎がこちらを覗き込んでいる。

「だめだってば、あんた最近食べ過ぎ」

上の空で答えながら手首を嗅いでみたが、やっぱり気のせいだった。

私は香水ならシャネルの五番が好きだけど、シャネルの香水瓶はもういらないと紺ちゃんが言うので、いまではほとんど使わない。

流行りのパーマをかけようとしたときも、二人でおんなじ髪型してたらバカみたいじゃない、おねえちゃんせっかくきれいな髪なのにもったいないと紺ちゃんが言うので、ストレートのままにしてある。

色違いでなにか買うときは紺ちゃんに好きなほうを選ばせるし、紺ちゃんがスパゲティかドリアで迷っていれば、どっちも頼んではんぶんこにしましょと私から提案した。ディスコのバーテンダーが恐いという紺ちゃんのためにお酒を運ぶのも、紺ちゃんが面倒くさがってやりたがらない伝票整理も業者との交渉も、去年パリに行ったときだって飛行機のチケットから滞在先のホテルやレストランの予約に至るまですべて私が請け負った。いいなあそれ、とってもいいと紺ちゃんが羨ましそうに言えば、買ったばかりの服でも惜しみなく貸してあげる。私より上手に着こなしてしまう紺ちゃんに歯嚙みしながら、「紺ちゃんのほうが似合うから、もうそれあげるわ」と余裕ぶって言ったことも一度や二度じゃない。

ひとつひとつを取ってみれば、どれもたいしたことのない些細なことばかり。けれど数えあげたらきりがないぐらい、私たちの歴史はそういったことの積み重ねだった。

ねえ、おねえちゃん、と紺ちゃんの口から甘い糸みたいな声が吐き出されると、もうだめだった。こぼれそうに大きな目を潤ませて覗き込まれたら、虜《とりこ》になって逃げられない。紺ちゃんにそのつもりはなくとも、ひとたび紺ちゃんがなにかを望めば、ほとんど命令と同じ響きを持つのだった。なにがなんでも紺ちゃんの望みをかなえてやらなければと駆り立てられ、顔のついたコマのようにくるくると動きまわる羽目になる。紺ちゃんのために。紺ちゃんのために。

無関心を装いながら、久志はとっくに見抜いていたのだ。紺ちゃんを庇護し支配しているつもりで、その実、私のほうが隷属《れいぞく》させられていることを。

恥ずかしさにちりちりと痺《しび》れる指先で、私は洗ってアイロンをかけておいた杏一郎のケンゾーのシャツを、クロゼットの奥に押し込んだ。

初七日を過ぎた次の日曜日、ひさしぶりに紺ちゃんもいのりを連れて店に出てきた。もうしばらく休んでいればと私が勧めても、働いていたほうが気がまぎれるからと言う。

「雪好のアパート、引き払ってきた。ぜんぶ業者に持ってってもらって、すっきりしちゃった」

まだ色のついていない午前中のまっさらな光が射し込む中で、棚の埃をはらい商品を揃えて店内をととのえる。示しあわせたわけでもないのにおそろいのロゴトレーナーを着てきた子どもたちは、レジカウンターの向こうでそれぞれ持ち寄ったコミック誌や児童書を開き、こそこそ話し込んでいる。

「本も持ってってもらったの？」

「古本屋に来てもらってね。わりにめずらしい本もあったみたいだけど、二束三文にしかならなかった」

「いーちゃん、雪好さんに似て本が好きだから、いずれ読めるようになったときのために残しておいてもよかったのに」

「あの人の本なんか、いのり読むかなあ。難しそうな専門書ばっかりだったけど」

「わかんないじゃない。パパ譲りの頭脳で末は博士かもよ」

「わー、たいへん。雪好の名義で学資保険入っといてよかった」

あのスケッチブックはどうしたの、とはなんとなく訊けなかった。故人といちばん近しい間柄だったにもかかわらず、葬儀に参列もできず、形見分けも許されない寅郎のことを思ったら、やるせなさに頭がぼうっとした。遺品整理など煩わしいだけのようにも思えるが、その煩わしさを享受できることこそが妻に許された特権なのかもしれない。

「いろいろあったけど、あの人には感謝してるんだあ。いまは、なんだか生まれ変わったみたいな気持ちでいる」

ほんとうにいろいろ、ありすぎるほどにあったけどね、と晴ればれとした顔で紺ちゃんは笑った。シンプルな白いシャツに、パリで買ったヴィンテージのスカーフをひと巻きし、カメオのブローチで留めている。この日の紺ちゃんの装いは、洗練された女らしさの中にこれまでにないひらめきを感じさせるものだった。独り身の女だけが持つ軽やかさとか、どこまでも飛んでいけそうな生命力の躍動とか、そんなようなもの。雪好さんが死んだ日の夜、泣きながら助けを求めてきた面影など、どこにもない。

はっきりとした金額までは聞いていないけれど、雪好さんの死により生命保険がいくらかおりるようだった。住宅ローンの残りも保険金でまかなわれるだろうし、当面は生活の心配をする必要もないだろう。

だめよ、そんなの。紺ちゃんばっかり、ずるい。

私ははっきりと焦燥に駆られていた。私を置いて紺ちゃんだけどんどん先に行ってしまいそうで、いてもたってもいられず親指の爪を噛む。どうすれば紺ちゃんをここに留めておけるのだろう。他人の背中に自由の翼を見たとき、まぶしく仰ぎ見るか、手を伸ばしてもぎ取ろうとするかだったら、あきらかに私は後者だった。

私は、そんなに、強くない。口では威勢のいいことを言いながら、だれか、男の人の傘がなければ生きられないのは私のほうだった。ものわかりのいい妻の顔をして、ほんとうはぜんぜん納得なんかしていなかった。去勢されてるって？　どっちが？　どんなことがあっても、私は妻の座を降りる気はなかった。

「紺ちゃんが休んでいるあいだに、あの人きたわよ。ほら、市役所に勤めてる吉田《よしだ》さんだったか、吉本《よしもと》さんだったか……」

「吉木さんのこと？」

「そうそう、吉木さん、吉木さん。なんべん聞いてもおぼえられない。あの、人の好《よ》さそうな……」

近くのアパートで一人暮らしをしている吉木さんは、ちょくちょく店に顔を出しては、母の日のプレゼントだの、姪《めい》っ子の大学入学祝いだの、職場の同僚にホワイトデーのお返しだのといった名目でちょっとした小物を買っていくことが多かった。

年の頃は三十そこそこといったところ。髪をぴっちりと七三にし、吊るしの背広に銀縁眼鏡。

いかにもお堅そうな公務員といったかんじだが、よくよく見れば愛嬌のある顔をしていると言えなくもない。こういうの、まったく疎いもので……と頭を掻きながら、紺ちゃんのアドバイスにしたがって贈り物をえらぶ実直そうな横顔。

「何日かお店を閉めてたから、なにかあったんじゃないかって心配してくれてたみたい。前を通りかかるたびに覗いても、紺ちゃんの姿が見えないって」

　いつからだろう。若いころ、男たちの視線を集めるのはいつだって私のほうだったのに、いまでは私をすり抜けて紺ちゃんのほうに流れていく。おあいにくさま、あの子ああ見えて亭主持ちよ、と勝ち誇ったように私が言ってのけても、いやべつに、そういうんじゃないから、と彼らは一様にもごもごする。ものにしたいとかそういうんじゃなくて、ただ憧れのこもった熱っぽい目で仰ぎ見るだけ。そっちのほうが、よっぽど私にはこたえた。

「紺ちゃん、あれはいいわよ。見た目はまあ、お世辞にもハンサムとは言えないけど、髪型と着るものさえととのえてやればいくらでも見場はよくなりそうだし、それにやっぱり男は包容力でしょ。吉木さん、やさしそうでなんでも言うこと聞いてくれそうじゃない。なんといっても公務員だし、いまどきは姉さん女房もめずらしくないもの。これを逃す手はないって思うけど」

　なんとかして言い含められないものかと言葉を重ねる私に、やあねえ、おねえちゃん、と紺ちゃんは喉を鳴らして笑った。

「雪好のときにも、同じようなこと言ってた」

「え、やだ、そうだった……？」

浅はかな計略を見透かされたみたいで、かっと体が熱くなった。真珠色のマニキュアを塗った爪の先に、くっきり歯形がついている。

「私、結婚は、もういいや」

紺ちゃんはそう言って、私たちのちいさなお城をぐるりと見渡した。すみずみまで妥協せず、胸ときめくものばかりで埋め尽くした完璧な空間。紺ちゃんが人生をかけて積みあげたスクラップブック、その完成形がここにあった。

「私には、この愛の結晶があるもん」

ふいになにかを思い出しそうになり、あ、と声をあげかけたところへ、艶《つや》のある音を立てて真鍮のドアベルが鳴った。

「わあ、すてき」

「かわいー」

頭のてっぺんからつま先まで手入れのゆきとどいた若い女性たち——ロマンティックなローズピンクのワンピースと、颯爽《さつそう》としたパンツスタイルの対照的な二人組が入ってきて、華やいだ声をあげて店内を見まわしている。思い思いに商品を手に取り、鏡の前で顔映りをたしかめる彼女たちに、実際着てみると雰囲気変わるから、どんどん試着してみてくださいね、と紺ちゃんが声をかける。女たちの白くみずみずしいうなじが陽の光をうけて光っている。

「ねえ、ママー」

いつのまに背後にまわっていたのか、杏一郎が私のニットの裾を引っぱった。生地が伸びる、ととっさに私はその手をふりはらった。

「お客さんのいるときは、出てきちゃだめって言ったでしょう」

えー、大丈夫ですよう、と女性客のほがらかな声が店内に響く。それで気を大きくしたのか、

「いーちゃんと、外行ってきていい？」とまっすぐ私を見あげて杏一郎が訊ねた。まるく盛りあがった頬の肉がほんのり赤く染まっている。あの父親にしてこの子ありだ。若い女と見たら、これだもの。

「車に気をつけて、あんまり遠くに行っちゃだめよ。お店から見えるところで遊んでてね」

二人を外へ送り出すと、ようやく店の中が大人だけの空間になった。できれば子どもを店に連れてきたくはなかったが、朝から久志はゴルフに出かけてしまい、預ける人がほかに見つからなかったのだ。雪好さんがいたころは、すすんで子どもたちの面倒を見てくれていたのに。

「かわいい子たちですね。おそろいの服着て」

「双子ちゃんですか？」

ヴィンテージのイヤリングと陶器の砂糖壺、それぞれの会計を済ませた彼女たちが、店の外でケンケンをして遊んでいる子どもたちに視線をやりながら訊ねた。きれいに磨きあげたショ

ーウィンドウを通し、子どもたちの声が聞こえてくる。今年は例年よりも桜の開花が早いとかで、おもての並木にはすでに蕾《つぼみ》がふくらみはじめている。

「ちがうちがう。男の子のほうが私の子で、女の子のほうがこっちの」

身ぶり手ぶりで手短に説明したが、紺ちゃんはなにも言わずに、それぞれ包装して袋におさめた商品を彼女たちに手渡していた。

「双子だなんてへんなの。ぜんぜん似てないのに」

遠ざかっていく彼女たちの背中をガラス越しに見送りながら、私はつぶやいた。つぶやいてから、ほんとうにそうだろうか？　と思う。私はなにか、大事なことを見落としているんじゃないだろうか。よくよく見ればあの子たち、色素の薄いやわらかい髪の毛も、肌のトーンも質感も、同じ素材でできているみたいによく似てる。

ふりかえると、お店の奥に設置してある大きな金縁の鏡に、憮然とした自分の顔が映り込んでいた。そんな、まさか、と急いでその思いつきを退けようとするのに、今日ばかりはうまくいきそうになかった。これまでずっと心のどこかに引っかかりながら、秘密を暴くことをおそれて避け続けてきた違和感。真実など、私は知りたくなかった——。

「いつ生まれるって？」

十年前、紺ちゃんたちにも赤ちゃんができたみたいよと伝えたとき、へえ、そう、とさして興味なさそうに頷《うなず》いてから、ごくさりげなく久志は訊ねたのだった。自分の子どもがいつ生まれるかも気にしたことがなかったくせに。

そんなこと、いまのいままで忘れていた。

「雪好さん、男の人が好きって、言ったわよね」

鏡の中の自分と見つめあったまま、震える声で私は訊ねた。

「じゃあ、いのりの父親はだれ？」

レジにお金をしまっていた紺ちゃんが、ゆっくりと顔をあげた。いつかそう訊かれることをわかっていたみたいな顔をしていた。

私たちのあいだにもう言葉はいらなかった。砂時計が引っくりかえるように疑いが確信へと流れ込んでいくのを、なすすべもなく見守るしかなかった。

# 6

二〇二九年
二〇一九年
二〇〇九年
一九九九年
一九八九年

## 一九七九年の子どもたち

すべてを手に入れたと思った。

ほしいものはどんなことをしてでも手に入れる。これまでずっとそうしてきた。

「あんたって子はどうしてそう欲深いの。いいかげん足るってことを知りなさい」

母がよく言っていた。雨露をしのげる家があり、食うに困らないだけでじゅうぶんだと。不幸じゃないことがしあわせだと思っている、しみったれた女。足るなんて、私は知りたいとも思わなかった。

百貨店のショーウィンドウには、パリの最新モードをそのままそっくり盗んできたような美しいドレスが並んでいる。雑誌を開けば、舌を噛《か》みそうなカタカナの異国の食べ物だらけ。流行《はや》りのレコードも真鍮《しんちゅう》のベッドフレームも金の房飾りのついたランプシェードも白く波打つティーカップも、ニューヨークのティファニー本店の前でクロワッサンをかじることも……とにかくすべて、すべてを手に入れたかった。

「だって、出会っちゃったんだもん」

得意の言い訳。ぺろりと舌を出して月賦払い。給料日前は文無しダイエット。ほしいものなんか次から次へと無尽蔵に湧いてきてきりがなく、底の抜けたバケツに水を注ぐみたいに満たされることなどないのだと思っていた。

なのに、どうしたことだろう。

いま私は、目がくらみそうな幸福の中で、これ以上なにもいらないと思っている。

こぢんまりとした文化住宅の二間には、ちゃぶ台と座布団、嫁入りのときに親から買いあたえられた整理ダンス、自分で縫ったギンガムチェックのカーテンが風に揺れている。月賦で買った最新型のオーブンレンジからはチーズケーキの焼ける甘いにおい。文化に入ったときに兄に買ってもらったミシン。すずらんの鉢植え。二槽式洗濯機の渦。よく晴れた五月の日曜日。ラジオから聞こえてくるのは、つんと郷愁を誘うメロディ。おなかの中では三ヶ月になる命がぽこぽこと泡立っている。

完璧だ。なにひとつ欠けることなく満たされている。

「また洗濯機、見てるの？」

シェービングクリームで顔の下半分を白くした雪好が、窓から顔だけ出してこちらを覗《のぞ》き込んだ。ひげなんかほとんど生えないくせに、毎朝律義にひげを剃《そ》る。それは彼の美点でもあり、どうしようもないところでもあると私は思っている。

「うん、そう」

てきとうに返事をしながら、私は洗濯機が渦を生み出すのを見下ろした。

「なにがそんなに楽しいんだか」

「楽しいとかじゃないんだってば。こうやって見張っておかないと、洗濯機がサボる気がして」

「またバカなこと言って」

呆《あき》れたように言いながら、雪好はけらけらと声をあげて笑った。

いつもしんきくさい顔をして、なにやらむつかしいことばかり考えているわりに、私がなにを言っても雪好は愉快そうに笑うのだった。人生における享楽の総量が、人よりうんと足りてないからなんじゃないかと思う。それでいったらおそらく私は享楽過多なほうだから、夫婦で割ってちょうどいい。

「母がいつもこうして見張ってたの。手で洗わないと汚れが落ちた気がしないとか言って。洗濯機のこと、ひとつも信用してなくて」

「へえ。君んとこのお母さん、案外疑《うたぐ》り深いんだな。うちのおふくろなんか、洗濯機がうちにきたときには泣いて喜んでたけどね」

近くにいることをありがたがることと、その存在をしんから信用することはまた別の話なんじゃないかと思ったけど、どうせこの人にはわからないかと早々にあきらめて、私は洗濯機の蓋を閉めた。

「あ、オーブン鳴った。チーズケーキ焼けたかな」

ベランダから部屋にあがるついでに、シェービングクリームだらけの唇にかすめ取るようにキスをすると、

「わっ、危ないって」

雪好はちいさく叫んで、かみそり片手に身を引いた。

そんなことぐらいではもう傷つかなかった。ホイップクリームみたいな白い泡を舐《な》めとったら、苦くていやな味が口の中に広がった。気まずい沈黙をうやむやにするようなタイミングで電話のベルが鳴り、出なくても美幸からだと私にはわかった。

どこからか、ギターをかき鳴らす音が聞こえてくる。少し前に流行ったフォークソングを歌いあげるかすれた声。

「財津《ざいつ》和夫《かずお》の声とは似ても似つかないわね」

こそこそと美幸が耳打ちしてきて、くすぐったさに私は笑う。これはこれで悪くないとは思うけど、ギターのほうの腕前がいかほどのものなのか、私にはよくわからなかった。

「やだなあ、毛虫いそう」

芝生にピクニックシートを敷き、すぐ脇の植栽をびくびく警戒していると、美幸がやさしく私の肩を叩いた。

「大丈夫よう。毛虫が出たところで、紺ちゃんには頼れる旦那サマがいるじゃない」

美幸にかかるとすぐこれだ。「旦那サマ」の存在ひとつでなんでも解決してしまう。

「大丈夫ってなにがよ?」

「やだ、こわーい。新妻なのにそんな顔してたら、旦那サマに愛想つかされちゃうわよ」

それぞれの「旦那サマ」がたは、なにかコメントするわけでもなく、シートの上に胡坐《あぐら》をかいて笑っているだけだった。ついさっきまで幸福にふくらんでいた心が、爪の先で引っかかれたみたいにしぼんでいく。

陽の光の下、足をくずして座る美幸は、アッパッパに毛の生えたようなゆったりした木綿《もめん》の服を着て、化粧もろくにしていない。ほんとうの美幸はこんなんじゃないと思うのに、今日の美幸はこれまで見た中でも群を抜くほどの美しさで、それが余計に面白くなかった。

桜の季節は冷えるからお腹の子にさわると美幸が言うので、時期を後ろにずらし、ばらの季節にお花見をすることになった。母のお下がりの山葡萄《やまぶどう》のかごに、焼きたてのチーズケーキと熱々のアップルティーが入ったポットを詰め、私たちはバスに乗ってばら園のある公園までやってきた。

「だいたい私、桜なんて好きじゃないんだもん。ばらのほうがずっと好き。ね、紺ちゃんもそうでしょ？」

ばらは美幸のいちばん好きな花だった。美幸にとっていちばんなら、私にとってもいちばんということになる。美幸が結婚するなら私も結婚するし、美幸が子どもを産むなら私も子どもを産む。そう決まっているから、そうしなければならないことだった。

桜の時季にくらべたら多少空《す》いているとはいえ、よく晴れた日曜日の公園には、そこらじゅうにござを敷き、ピクニックに興じる学生たちや家族連れの姿があった。氷水に浮かべたラムネや缶ビールを売る出店も並んでいる。昨日降った雨のせいか、ばらの香りよりも水っぽい土のにおいのほうがずっと濃く感じられる。

「やあねえ、海苔《のり》巻きなんか、しみったれてんの」

すぐ隣の弁当にケチをつけながら、籐《とう》で編まれたピクニックバスケットから美幸が取り出したのは、バターと薄切りのきゅうりが挟まれたサンドイッチだった。

「出た、貧乏サンド。ハムとか玉子とか、もうちょっとなんかあるだろ。きゅうりだけなんて酒のつまみにもなんないよ。カブトムシじゃないんだから」

出店で買った缶ビールの水気を振り落としながら久志が文句をつけると、「イギリスではこれが本式なんですってよ」とすました顔で美幸が答えた。なにかの雑誌に紹介されていたとかで、以来サンドイッチといえばこれ一辺倒だったが、今日は様子が違っていた。

「どうせあなたがそう言うと思って」

切り目を入れたバケットに、薄切りのチーズとロースハムを挟み込んで豪快にかぶりつく、野趣あふれる一品も用意されていた。近所にドンクの支店ができてから、美幸はすっかりバケット党である。

新しいものにはためらいなく飛びつく。「anan」や「non·no」、「クロワッサン」――雑誌のグラビアのように着飾って洗練された生活をしたい。あれもこれも片っぱしから頬張ってみたい。

いまどきの女たちにとって、欲望を叶えるのはかんたんなことだ。それよりも、したくないことをしないでいられることのほうがずっと難しい。

「チーズケーキもあるわよ。アップルティー淹れてきたから、おねえちゃんはこっちね」

プラスチックのカップに紅茶を注ぐと、青い草のにおいがいっそう際立ったように感じられた。

「ああ、いいな、ビール気持ちよさそう。あれもだめこれもだめって、妊婦ってほんと損よね。なんだか首を絞められてるような気分になっちゃう」

缶ビールを傾ける夫たちをうらめしそうに見やっていた美幸が、首に手をあてがいながら、うえっとするように舌を出した。

「それにしても、まさか紺ちゃんまでおめでただなんて驚いた。同じ年に子どもを産んだらいっしょに子育てできてちょうどいいなんて前に冗談で話してたけど、ほんとに実現するなんて」

「そうね、夢みたい……」

息が詰まるようなにおいに耐え切れず、ハンカチで口元を覆う。ひとくちだけ齧《かじ》ったサンドイッチの、きゅうりの青臭さとバターのしつこさが胃の中でぐるんと渦を巻いている。

「ごめんなさい、ちょっと」

急いで立ちあがって、公園のトイレに駆け込んだ。

つわりはそんなにひどいほうじゃなかったのに、今日にかぎってどうしたことだろう。胃の中のものを吐き出しても、喉のつかえはしつこく残った。食べつけない洋風の料理ではなく、こんなときばかりは白いご飯と母のぬか漬けが恋しかった。

「ちょっと紺ちゃん、どういうことよ」

手洗いで口をすすいでトイレを出たところで、煙草《たばこ》を吸いながら久志が待ち構えていた。氷水のプールから新しいのを買ってきたのか、片方の手にある缶ビールから水が滴っている。

「美幸から聞かされたときは肝が冷えたよ。そのお腹の子、まさかとは思うけど――」

「なんの話？」

ハンカチで口を拭《ぬぐ》い、煙草のけむりから逃げるように私は歩き出した。それでなくとも太い脚がぱんぱんに浮腫《むく》んで、歩くだけでもしんどかった。

「そりゃないだろ、こっちだって心配して……」

「こんなところでやめてよ、不用心に」

木香《もっこう》ばらのアーチの向こうに、芝生の上でアップルティーを飲む美幸が見えた。家から持ってきた三脚のセッティングに手こずっている雪好の姿も。彼らに向かって手を振りながら、久志のほうは見ずに言った。「今後いっさい口にも態度にも出さないで。妻と親友をいっぺんに失いたくなかったらね」

「雪好は、なんて？」

喘《あえ》ぐような声で久志が訊《き》いた。声をひそめたいのに、へたにこちらに顔を近づけるのも体裁が悪いと逡巡《しゅんじゅん》しているのがうかがえた。額に浮かんだ汗が憐《あわ》れを誘う。

「色男が形なしね」

いい気味だと私は笑った。

はじめて会ったときから、私はこの男が嫌いだった。

いつも軽薄な笑いを浮かべて、なんの思想も持っていないノンポリのくせに、自分以外の人間すべてをバカにし、おちょくるようなことを言う。あんな男やめときなさいよ、おねえちゃんには似合わないわよ、と何度忠告しても、すっかり熱をあげてしまった美幸には届かなかった。紺ちゃんはそう言うけど、あの人、あれでわりにいいとこあるのよ。そう言って、この不実な男をかばいさえした。

どうせいつか結婚しなくちゃいけないなら、見栄えがして扱いに困らない、便利で軽やかな男がいい――とはつねより美幸の言っていたことだった。新しい電化製品でも選ぶみたいといやみを言う私に、あ、でも、そういうことよ、と美幸はうなずいた。

「自分にぴったりくるオーダーメイドの男なんているわけないんだから、ある中から選ぶしかないじゃない。同じ既製品でも、どうせだったらレディメイドよりプレタポルテがいいけどね」

そんなの、私がいくらでも縫ってあげるわよと言えたらよかったけど、洋服とちがって男を縫うことはできなかった。いいじゃないの、男なんていなくたって、二人でお店を開いて、赤ちゃんほしかったらどっかからもらってきて育てましょうよ。男を立てるなんてごめんだけど、おねえちゃんが相手なら話は別。私、いくらでも尽くせると思う。お店が軌道に乗るまではミシンの内職でもして稼ぐし、いざとなったら体を売ってでもぜったいに苦労させないから——ほんとうの望みは、冗談にして舌に乗せるしかなかった。あら、いいわね、と美幸は笑った。もしどっちもお嫁にいけなかったら、きっとそうしましょうよ。

「大丈夫よ、紺ちゃん。私もそうだったから、じきによくなるわ。夏みかん凍らせてきたの、食べる？」

戻ってきた私に、美幸は心配そうな顔をあげた。うん、すっきりした、と私は胸を撫《な》でおろすしぐさをしてみせる。夏みかんなんかより、煙草が吸いたかった。

「よかったら、写真、撮りましょうか？」

赤らんだ顔の若い男が煙草を片手に通りかかり、雪好に火を借りたついでに申し出た。三脚がうまく安定しないでもたついているのを見かねたようだ。

「立派なカメラだな。手が滑って落としちゃわないか、気をつけんと」

「いや、そんな」

細い声で雪好が謙遜《けんそん》する。

カメラは雪好の趣味のひとつで、休日に一人であちこち出歩き、街中のなんてことのない風景や神社仏閣なんかの写真を撮ってくる。生徒たちの写真は撮らないのかと訊いてみたことがあるが、カメラ自慢の他の教師たちに遠慮しているのか、曖昧に首を傾《かし》げて笑うだけではっきりとした答えは返ってこなかった。三脚は、二夫婦合同で新婚旅行に出かけたときに買ったものだ。富士《ふじ》山を背に四人並んで撮った写真が、美幸たちの新居にも飾ってある。

「ご主人、もうちょっと寄って寄って」

男の指示にしたがい、缶ビール片手に久志が美幸の肩を抱き、風でなぎ倒された草のように雪好が私のほうに体を傾けた。「あれ、そっち？」男がファインダーから顔をあげ、くわえ煙草でひとりごちる。

「じゃ、撮りますよー、ウィスキー！」というかけ声に、「チーズじゃなくて？」と戸惑っていると、「南米のほうじゃ、ウィスキーって言うらしいですよ」とすぐさま男が説明した。

「あなた好みじゃない」と美幸が久志の脇腹を突っつき、「どっちもあったら、なおいいね」と久志が笑った。「はい、ウィスキー！」「はい、チーズ！」酒とつまみをかけ声に何度かシャッターを切ると、またいつでもどうぞと言い残して男は去っていった。

「写真、できたら焼き増しするから」

三本目のビールを買いにいこうとする久志を、もうそのへんにしときなさいよとみんなで止めて、早々に解散することになった。帰り道、軽くなった山葡萄のかごを片手にぶらぶらさせながら、公園で聴いたあの歌を雪好はずっと口ずさんでいた。

シャネルが死んだ年に、私たちは出会った。

文化服装学院を卒業した私は、町でいちばん大きな百貨店の婦人服売り場に職を得た。

そこに、日本ではまだ男性的なイメージの強かったサファリジャケットと脚にぴったりと貼りつくパンタロンを颯爽《さっそう》と着こなす、強いまなざしの女性がいた。

鋭く潔いボブカットと真っ赤な唇。つけまつげなんかしなくても、自前のまつげで風を起こす。それまで出会ったどんな人よりきれいでおしゃれで都会的で、すぐに私は美幸の虜《とりこ》になった。

ジャケットは一九六八年のイヴ・サンローランを参考に、米軍の払い下げを二束三文で買ってきて自分で仕立て直し、パンタロンは「装苑《そうえん》」の型紙で縫ったのだと、訊いてもいないのにべらべらと教えてくれた。人一倍虚栄心が強いくせに、虚飾を恥じているようなところがあって気取りきれない。そんなところも彼女の魅力のひとつだった。

「いいなあ、スタイルよくて。この太い脚じゃ、パンタロンなんか穿《は》いてもサマにならないもん」

美幸のなにもかもを私は羨んだ。くせのないたっぷりとした髪の毛も、すらりと伸びた手脚も、日本人離れしたバタ臭い顔も。ヨーロッパの最新モードをうまく取り込み、安物を身につけていてもシックに決まる。子どものころ、親にしつこくせがんでも買ってもらえなかったバービー人形がすぐ目の前にあらわれたかのようだった。

「なに言ってるの、ふっくらしてるぐらいのほうが男の人は好きって言うでしょ？　健康的でかわいいじゃない。もったいないわよ、隠してばっかじゃ」

美幸は二言目にはそうやって私をおだてようとした。男の人がどう思うかなんて、私にはどうだってよかったのに。

私たちは休憩時間になると裏手にまわり、よく二人で煙草をふかした。いまから思えばあれは、一種のデモンストレーションだったのかもしれない。人の出入りの激しい通用口の灰皿を二人で挟み込み、「これは革命よ」と息まいて、新しい女であることを見せつけようとしていた。早くに父を亡くし、一家の長として家計を支える美幸にとって、煙草は唯一の贅沢品であり息抜きでもあった。

「ねえ、おねえちゃん、一服しにいかない？」

だから、いつも私から誘った。煙草代はたいてい私の持ち出しだったが、それでほんのちょっとの時間でも美幸を独占できるなら安いものだった。

「もう、しょうがないわねえ、紺ちゃんは」

弟を大学まで行かせてやったことを自慢にしながら、女だてらにと引け目を感じてもいる。外見に反し、平凡でつまらない女だったが、そんなところもひっくるめて私は美幸を愛した。先輩風を吹かし、なにかとおねえさんぶっては、優位に立っていることを示したがる美幸にだらしなく甘え、頼りなさを装って関心を引こうとした。

お母さんみたいなことしてる、とそのたびに薄暗い笑いがこみあげた。

小さな体をさらに縮こめて、痛いぐらい父に気を遣い、甲斐甲斐しく身のまわりの世話を焼いていた母。不良グループと揉《も》め事を起こした兄が傷だらけで帰ってきたり、足首に金メッキの鎖を巻きつけて出かけようとする私を「売春婦とまちがわれる」と咎《とが》めたり、なにか事が起こると涙声になって、お父さん、お父さん、と父のもとに駆けていった。家族全員が風呂に浸《つ》かったあとに、垢《あか》の浮いた湯でさっと体を流す姿は見るに忍びなかった。

なにが楽しくて生きているのだろうと長いあいだ疑問だったが、弱さで人を支配できると知ったいまなら少しは母のことを理解できる気がする。

私が出すぎると、美幸はそれとわからぬ程度に眉をひそめた。私が「文化」と口にするたびに、美幸の美しい横顔が氷のように硬度を増すのがおかしかった。親の顔色をうかがって育ってきた私がそれを見過ごすはずもなかった。

当時、文化服装学院といえば、ファッションに関心のある娘たちにとっての憧れだった。父親が生きてさえいればいまごろ自分だって文化を出て、東京のマンションの一室でメゾンを起《た》ちあげていたかもしれない。はっきりと口にすることはなかったが、腹ではそう思っていることがうかがえた。

「二言目には文化文化って、文化がなんだっていうのよ。文化を出たところで百貨店の売り子をやってるなら、私たちとおんなじじゃない」

　同僚たちの陰口に加わりこそしなかったけれど、おそらく美幸も同じように思っていたのだろう。そんなふうに見くびることでしか、安心して私をそばに置いておくことができなかったのだ。

　かわいそうな美幸。かわいい美幸。私のファッションドール。ちびた口紅を筆でこそげ、踵《かかと》の擦りきれた靴で通勤するいじましさといったらなかった。

「この口紅、私には合わなかったからおねえちゃんにあげる」

「コート縫った生地が余ってるから、おねえちゃんにもなんか縫ったげる」

　まれに服や化粧品の貸し借りをすることもあったが、ほとんどは私が施したものだった。美幸がみじめにならないように、美幸がいつでも優位に立てるように気を配り、うまく立ちまわって、私は少しずつ美幸をスポイルしていった。

「次に生まれるときは、ぜったい男に生まれてくる。そう決めてるの」

　赤い唇をすぼめ、煙草のけむりを細く吐き出しながら、勝気な目をして美幸はよく言っていた。煙草の灰をこまめに落とすのが美幸で、灰が伸びてもおかまいなしでしょっちゅう制服を汚しているのが私だった。もう、紺ちゃんったら、しょうがないわね、とそのたびに美幸は顔をほころばせ、濡らしたハンカチで汚れを拭ってくれた。

「女は損よ。ろくな仕事がないし、職にありつけたところで給料は雀の涙。男みたいに一生をかけられる仕事ができる女なんてかぎられてる」

　煙草を片手にはすっぱなしぐさをしても、どうしたってエレガントに見えてしまう。それが美幸のかなしさだった。男を脅かすほど強くはなく、男に依存しなければならないほど弱くもないハンパな生きもの。

「このまま百貨店が雇ってくれるっていうなら話は別だけど、年取った女がいつまでも売り場にいちゃ迷惑だもんね」

　美幸の言葉のはしばしに自虐の色が混じるようになったのは、二十五歳をすぎたあたりからだった。クリスマスケーキのたとえが盛んに持ち出され、女は二十四、五までに結婚して退職するのがあたりまえで、それ以上はいきおくれとみなされ、職場で肩身の狭い思いをするはめになった。

「うちの母親も、うるさくってまいっちゃうんだ」

　そういうとき、決まって私は母親のことを引き合いに出した。

「昨日も電話してきて、まだ結婚しないのか、いい人はいないのかってぎゃあぎゃあ言うんだもん。女のしあわせは結婚だなんて言うけど、そういう自分は結婚してしあわせだったのかっていうの」

　笑って私の話を聞いていた美幸は、女のしあわせねえ、とあくびのようなため息をついた。

「女が一人で生きていくことを思ったら、てきとうな男をつかまえたほうが手っ取り早いのはたしかよね」

「うええ、私はそんな持ちでのしないものより、大きな石のイヤリングとか、いい匂いのする石鹸《せっけん》とか、そっちのほうがよっぽどいいって思うけど」

「出たよ、紺ちゃんはそうやってまた。石鹸なんかどうするのよ、使ったらなくなっちゃうのに」

「使わないでとっとくからいいんだもん」

「男はどれだけ使っても減らないわよ」

「やだ、おねえちゃんったら、やらしいこと言わないでよ」

「……どれだけ突っ張ったところで、いつかは観念しなきゃならないようになってんのよ。だってほかに、どうすればいいの」

「つまんないの！　そんなの、つまんない！」

「私たち、もういい年よ。いつまでもそんな駄々こねてる場合じゃないんだってば」なだめるように言って、美幸は自分で吐き出したけむりに目を細めた。「そろそろ本腰入れて永久就職先を見つけなきゃ……」

　そうかといってお見合いはいやだと選《え》り好みし、たまに舞い込んでくる縁談には見向きもしなかった。父親がいないことで足下を見られ、ろくな縁談などきやしないだろうと、はなから諦めていたのだ。

大学を卒業した弟に家長の座を明け渡し、身も心も軽くなって、もう少しだけ遊びたい気持ちもあったのだろう。二人で着飾ってディスコに行き、すました顔で壁にもたれてパンチを舐めていれば、いくらでも男が寄ってきた。美幸ほどの美人に臆さず声をかけてくるだけあって、どの男も女あしらいがうまく、誘いを断っても明るくさっぱりとしたものだった。

「ひさしぶり」

「元気？」

「最近見なかったけどどうしてた？」

「あの子、田舎に帰ったって」

繁華街にある数軒のディスコに通い詰めているうちに、行く先々で知った顔ができた。中身のない会話をかわし、煙草の火を貸し借りしあうだけの気楽な関係。

決まった恋人は作らず、何人かのボーイフレンドを転がして、軽やかにラブアフェアを楽しむ。遅れてきた青春を謳歌する美幸に、男たちのほうも心得たもので、他の男と踊っているところにわざわざ割り込んでいくなんて野暮はしなかった。

「紺ちゃん、私、いまがいちばんたのしい」

流行りのダンスミュージックに体を揺らしながら、音量に負けじと声を張りあげる美幸に、「私も！」と叫んで抱き着いた。汗ばんだ首すじと酸っぱいにおいにむせそうになりながら、こんな時間がずっと続けばいいと願っていた。ほしいものなんかいくらでもあったけど、私が心の底から望んでいるものはひとつだけだった。

享楽の日々に終止符が打たれたのは突然のことだった。

カウンターでドリンクメニューとにらめっこしていた私たちに、「一杯おごるよ」と声をかけてきた男がいた。

「ソルティドッグって飲んだことある？　グラスのふちにこう、塩がまわしてあって、ちょっとクセになる味だよ」

細く長い人差し指を見せつけるように、ひらりと宙に円を描く。ずいぶんと様子のいい男で、麻のスーツをぱりっと着こなすスタイルの良さに私でさえ目を奪われた。見るからに多くの女を泣かせていそうな伊達《だて》男。それが久志だった。

「えー、どうしよう……」

そういうとき、いつもこちらに目配せしてくるはずの美幸は、私がすぐ隣にいることなど忘れてしまったみたいに惚《ほう》けた顔をして、上背のある久志を見あげていた。

――だって、出会っちゃったんだもん。

心のしっぽをつかまれて、もう逃げられない。そういう顔だった。美幸と出会ったときの私もおそらく同じ顔をしていただろう。

「結婚はしかたなくするもの」とうそぶいていたくせに、その日から美幸にとって結婚はしたくてしたくてたまらないものになった。

まだ夏の暑さが残る九月のはじめに、美幸は男の子を出産した。

お産のために里帰りなんてかったるいから、母親の手は煩わせずに二人で協力してやりましょうとあらかじめ美幸と相談し、病院の手配やら産着やらおむつやらあれこれ準備していたのに、いざ予定日が近づいてくると久志の母親がやたらと口を出してくるようになって、病室に近づくことも憚《はばか》られた。

「なんでも思いどおりになんていかないものね」

退院してしばらく経ってから、自宅で赤ん坊に乳をふくませながら美幸は苦笑した。

美幸と久志のマンションには何度も遊びにきていたのに、生まれたての赤ちゃんが加わるだけで、においから雰囲気からそっくり変わっていることに驚いた。なにもかもが淡く輪郭を失ったパステルカラーの世界に、生きものの生臭いにおいが混じり込む。

「向こうの親にまでいい顔しようとするから疲れちゃうのよ。お姑さんの言うことなんて、まともに相手にしないでのらりくらりと聞き流しておけばいいのに」

「紺ちゃんとこはいいわよね。お姑さん、やさしくて。うちんとこはだめ。二人とも気が強いから、どっちかが引かないとすぐ戦争になっちゃう。そうかといって向こうの言いなりになってるだけだと、どんどんつけあがるし」

「やさしいっていうのとは、またちょっとちがうけどね」

今朝も洗濯を終え、内職のミシンがけに取りかかろうとしていたところに姑から電話があった。雪好はもう出ましたけどと伝えると、いいの、いいの、あなたに用があったのよ、安産のお守りを買ってきたから持っていきたくて、今日ちょっとそっちまで行く用事があるからお昼ごろ寄ってもいいかしら、と一方的に段取りをつけようとした。

口実を作っては新居にやってこようとする姑をどのようにしてかわすか。それが、目下の私の命題だった。今日は約束があるんです、友人のところに赤ちゃんが生まれたばかりでお手伝いに呼ばれてて、とやんわり断ろうとしたら、あら、赤ちゃん、川島さんとこの？　と姑は電話口で弾《はず》んだような声をあげた。

「じゃあ私もいっしょに行こうかしら、なんて言い出すからぞっとしちゃった。いえいえ、向こうのお母さんもいますから、お守りなら雪好さんに取りにいかせますんでって、急いで言って電話を切ったわよ」

面白いお姑さんじゃない、と肩を揺らして美幸が笑うので、こっちの身にもなってよ、たまんないんだから、と私は頬をふくらませた。

「お世話かけますけど、よろしくお願いしますね」

電話を切るとき、姑は必ずそう口にする。そのたびに、目の粗いやすりで撫でられたような違和感が耳のふちに残った。そうか、この人は息子を自分のものだと思っているんだ。息子だけでなく私の腹の中にいる胎児ですら、自分の所有物という感覚でいるのかもしれない。そうでなければ出てこない言葉だった。

「それに引き換えこっちの鬼婆ときたら、まだ一人目が生まれたばかりだっていうのに、次はいつだ、最低でも男の子と女の子一人ずつ産めってうるさくて。もうかんべんしてくれってかんじよ。久志なんか、言い返してもくれないし」

美幸のために焼いてきたクッキーを自分でかじっていた私は粉を噴き出して笑った。どこの親もおんなじか。

「次なんて産む必要ないよ。うちの子、女の子だから」

「断言しちゃって」

「わかるのよ、なんとなく」

「紺ちゃんとこに女の子が生まれたってしょうがないでしょ」

「どうして？　私とおねえちゃんの子どもだもん。きょうだいみたいなものじゃない」

「紺ちゃんったら、またおかしなこと言って」

みっともなく突き出た自分の腹を見おろし、美幸の声に合わせて私もくすくす笑った。

久志の母親に言ってやれるものなら言ってやりたかった。もう一人の孫は私が産んであげるから、もうこれ以上、美幸に子どもを産ませようとしないでください、と。

美幸の体が少しずつ変化していくのをおぞましさとともに私は見守っていた。シャープな顎《あご》のラインが肉でもたつき、腹だけでなく尻も胸も醜くふくれあがり、ゆたかな髪は痩せ衰えて艶《つや》を失っていった。なんとまあ奇妙な形になるものだろうと驚き、このまま元に戻らなかったらどうしようと狼狽《うろた》えた。代われるものなら代わってやりたいぐらいだったが、ぜんぶ美幸と同じようにするということが、私にとってはなにより重要なことだった。

「煮びたしとか酢の物とか作ってきたから冷蔵庫に入れとくね。なにかいるものがあったらいつでも電話して。すぐ飛んでくるから」

「二日おきに母がきてくれることになってるから大丈夫。紺ちゃんこそ、自分の体、大事にして。出産って思ってたより体力食うわよ、もうくたくた」

　たどたどしい手つきで赤ん坊にげっぷさせると、美幸は片方の乳を出したまま赤ん坊ごと布団の上に転がった。ミルクの詰まった袋になった気分だわ、とかすれた声で言う。前に温泉で盗み見たときの倍ほど乳首がふくらんで、色も形もまるでちがっていた。

「眠くて眠くて、いくらでも眠れちゃいそう」

「寝てていいよ。お洗濯しとく？」

「ん、へいき……」

　とろとろとそのまま溶けてしまいそうな声で言うと、しずかに美幸は目を閉じた。やさしく眠気を誘う扇風機の風が部屋の中をかき混ぜる。

　美幸の腕の中で、杏一郎と名づけられた赤ん坊が大きな黒目をこちらに向けていた。私が抱こうとすると、なにか感じるものがあるのか、たちまちむずかりだして一度だって抱かせてくれない。濡れたように光るその目はまだろくにものを映していないはずなのに、なんだか見透かされているような気になって、思わずアッカンベーをした。

「やだ、紺ちゃん」

目を閉じているのに気配でわかるのか、くの字に体を折り曲げて美幸が笑った。


雪好はそよ風のような男だった。

いても気にならないし、いなくても気づかれない。穏やかに笑っているだけで、そよ風ほどの影響しか及ぼさない。

「なに言ってるの。それでも男の人がいるって、ぜんぜんちがうでしょ」

結婚しても邪魔にならないちょうどいい男。美幸がくりかえし語っていた理想の結婚相手には、たしかに合致するのかもしれなかった。そのくせ美幸が選んだのは、美幸の手には余るような男だったのだけれど。

私たちはよく仕事帰りにパブに集まって、四人でビールを飲んだ。私と美幸が百貨店を退職してからは、日曜日に雪好が車を出して遠出することもあった。美幸と久志が二人並んでいると、バービーとその恋人のケンみたいにお似合いだった。ちんちくりんの私と痩せ細った鼠男のような雪好は二人の引き立て役でしかなかったが、私はそれでかまわなかったし、雪好のほうでもそうだったのだろう。

「雪好ってのはほんとにいいやつでね」

久志はくりかえしそう言って、私に雪好を売り込んだ。こんないいやつほかに見たことがない、筋金入りのいいやつだ。言葉を重ねれば重ねるほど、なにも言っていないのと同じに聞こえた。

私からすれば、久志や美幸のほうがよっぽど単純で裏表のない「いい人」で、雪好はなにを考えているのかよくわからない人だった。つかみどころがなさすぎて、不気味に感じられるほどに。

何度か四人で顔を合わせているうちに、銀縁眼鏡を透かして見える雪好の目がときおり湿っぽく熱を帯びるのに私は気づいた。視線の先にはいつも久志がいた。そのときだけ雪好は一瞬の熱波になった。

人からどう見られているか、そのことばかりに意識を寄せている久志が気づかないはずもないだろうに、彼は雪好が近くにいることを許した。似た者夫婦とはよくいったもので、崇拝者を近くに置きたがるところまで二人はよく似ていた。それでいったら私と雪好も似た者夫婦ということになるのだろう。

同じ日に同じ式場で結婚式を挙げ、新婚旅行は四人で箱根《はこね》へ、新居は同じ駅の北側と南側にそれぞれ構えた。どちらから言い出したというわけでもないのに、それが当然とばかりにそうなった——というふうに私が仕組んだ。「スープはさすがに冷めるわね」と言いながら、煮物やけんちん汁の入ったお鍋をかかえて私たちは頻繁《ひんぱん》に行き来しあった。

美幸から妊娠を告げられたのは、結婚して半年も経たないころだった。まさかそんなに早いとは思っていなくて動揺をあらわにする私を、「そんなに焦らなくても、紺ちゃんのとこだってすぐできるわよ」と美幸はやさしくなだめた。その顔に、隠しようもなく優越感がにじんでいたことを私は見逃さなかった。

雪好とは一度だけ、初夜のベッドで義務のように体を合わせた。

双方ともにはじめてで、なにをどうしていいのかわからないままに、乏しい知識を寄せあって形ばかりの性交をした。劣情が湧き起こる気配すらなく、結婚初夜にはそうするものだという古くからの決まりごとに従ったまでだった。それきり、いっさいの交渉はなかった。

私たちは二人ともすっとぼけていた。相手の視線がどこに向かっているのか、なんのために結婚したのか、すべて把握しながら、あたりまえの新婚夫婦のふりをしていた。そろそろ身を固めようと思っていた年頃の男女が、親友に引き合わされて結婚を決めた。その退屈でもうしぶんのないストーリーを演じきってみせるのが、相手への礼儀だとわきまえていた。

「おねえちゃんとこ、赤ちゃんできたんだって」

私が報告すると、へえ、そう、と雪好は気のない返事をした。

もっと驚いた様子を見せるかと思ったが、やはり男にとって妊娠というのは現実味のないことなのだろうか。自分のあずかり知らぬところで、女たちが勝手にくりひろげている狂騒ぐらいの認識でいるのかもしれない。

「同い年の子どもがどうしてもほしいから、協力して」

暗黙のルールをやぶったのは、それがはじめてだった。風にたおれる草のように、しおしおと雪好はうなずいた。

翌朝から私は起きてすぐに体温を測り、その日がくるのを待った。方眼紙を買ってきて折れ線グラフにして壁に貼りだしておけば、私の意気込みが伝わるだろうと思った。

「体温があがったから、今日は早く帰ってきて」

そう言って送り出したその日、雪好は家に帰ってこなかった。


十一月に入ると、私はお産のために里帰りした。

思っていたより産後の肥立ちが悪く、こちらに手伝いにくる余裕はなさそうだと美幸に告げられ、どうしたものかと途方に暮れていたところへ、近くの産院に話をつけてきたと母から電話があった。

「どうせそんなことだろうと思った。あんたたち、お産を甘く見てんのよ」

電話口で、勝ち誇ったように母は言った。

「生まれたばかりの赤ん坊を抱えて、他人《ひと》のお産の手伝いなんてできますかっていうの。そんな無茶な話があるかって、最初から私は思っとったわ」

「だったら先にそう言ってよ」

「言ったところで、あんた、私の言うことなんか聞きやしないでしょう」

そのとおりだったので、なにも言い返せなかった。兄と私を出産したときに世話になった助産婦がまだ現役で続けているという。気は進まなかったが、姑に助けを求めるよりはいくらかましだった。

現在住んでいる町から、電車を乗り継いで二時間ほどの山あいの町で私は生まれた。町を分断する大きな川の東側、見渡すかぎり田園地帯が広がる集落に、いまも私以外の家族は暮らしている。

数年前に脳梗塞をやり、左半身に後遺症の残った父は早々に引退して、会社は兄が引き継いだ。いつのまにか父が座っていた場所に兄が座るようになり、兄が座っていた場所には六歳になる兄の長男が座るようになっていた。端のほうに追いやられた父は一人だけ高座椅子に腰かけ、背丈のちがうテーブルで食事を摂《と》る。しょぼくれた父の背中にはかつての威圧的な面影はなく、不機嫌そうに結ばれた兄の唇にかつての父を見るくらいだった。

小さな子どもを二人抱えた義姉は「お嫁さん」を過剰に演じているようなところがあって、母は母で痛々しいほど義姉に気を遣い、家の中がなんだかぎくしゃくとしている。水面下で領地争いでもしているのか、いつも清潔に片づいていた台所はひどい有様で、湯のみひとつ捜し出すにも苦労した。家に染みついたにおいまで変わったような気がしたが、「妊娠して敏感になってるだけだわ」と母は取り合わなかった。帰ってくるんじゃなかったとすぐさま私は後悔した。

「あんたの荷物、まだ残っとるからついでに片してまって」

かつて私が使っていた部屋は、いまでは子ども部屋になっているようで、天袋に押し込まれていた段ボール箱を二階から母が運んできた。

卒業証書や制服のスカーフ、はじめて自分の手で縫ったスカート（赤い格子柄で、「派手すぎる」と母がいやな顔をするのでなかなか着て歩けなかった）などが突っ込んである中から、私は一冊のスクラップブックを見つけ出した。家を出るときにほとんど持って出たつもりだったのにと思いながらページをめくると、花のしずくを集めたような甘いにおいがした。

母が縫う服は、母の人生をそのまま写し取ったように地味で退屈だった。袖のところをふくらませて、スカート丈をもっと短くして、と雑誌の切り抜きを見せて頼んでも、そんな技術がなかったのか、それとも単に面倒だったのか、ただまっすぐ縫っただけのひざ下まであるワンピースやジャンパースカートばかり拵《こしら》えた。自分で縫おうにも母の許しがなければミシンに触れることもかなわず、歯がゆい思いをしながら雑誌の切り抜きをノートに貼りつけるだけだった少女時代。

自分専用のミシンがほしい。上等のウールの生地がほしい。だれにも干渉されない一人暮らしの部屋がほしい。どこにでもダイヤルひとつでつながる自分だけの電話機がほしい。銭湯から髪も乾かさずに帰ってきて湯冷めする自由がほしい。

十年前に飛び出していったこの場所に、こんな形で戻ってくることになるとは思わなかった。ひび割れた窓ガラスに貼られたテープも、天井に浮き出た茶色いしみも、歩くたびにぎゅうぎゅう音の鳴る廊下も、すべてがしみったれていてたまらなかった。

「おまえはここを出ていけ。金なら俺が出してやるから」

そう言って私を逃がしてくれた兄に面目が立たず、決まりの悪さから、食事のとき以外はなるべく近づかないようにしていた。母によく似た従順な妻を娶《めと》り、この地に骨を埋《うず》める覚悟を決めた兄の目に、いまの私はどう映っているのだろう。結局おまえもか。直接口に出して言われたわけでもないのに、兄の仏頂面を前にしていると咎められているような気になった。

すでに私は自分の身の程をいやというほど知っていた。ここから逃げたところで私は私でしかなく、外の世界には目を瞠《みは》るような美しい女や才能のある冴えた女がごまんといて、その中を泳ぎ渡っていくほどの能力も美貌もなければ、一からなにかを生み出したいという意欲もなかった。あれもこれもと欲望をかき集め、切り貼りすることだけが私の情熱だった。

ミシンさえあればなんでも縫えるとあれほど焦がれていたのに、いま私が縫っているのは内職で請け負っているレディメイドのブラウスばかり。

母のミシンはいまでは出番もなく、納戸の奥で埃をかぶっている。

朝食の片づけを終えると、散歩がてら母と連れ立って近くの神社までお参りに出かけるのが、実家に帰ってきてからの唯一の日課だった。

「このへんは、なんにも変わんないね」

見渡すかぎり、稲刈り後の寒々しい田んぼが広がっている。水があがり、剝《む》き出しになったひび割れが母の荒れたかかとを思わせた。空の色までいまいち冴えなくて、白っぽくかすんでいる。

「そんなことない。畠山《はたけやま》さんちの隣に喫茶店もできたし、川の向こうまでいけば新しい店がいろいろできとるよ」

「お母さん、喫茶店なんか行くの？」

その場で飛び跳ねた私をふりかえり、母は目をすがめた。

「喫茶店ぐらいだれだって行くわ」

「よく言う。喫茶店なんか行ったら不良になるって大騒ぎしてたくせに」

「は？　だれがそんなこと言った？　だれかと間違えとるんじゃない？」

「はいはい、お母さんがそう言うならそうなんでしょうね」

母がいったんこうなったら、引き下がるよりほかになかった。

町に一軒しかなかった喫茶店で、高校の同級生と煙草を吸いながらコーヒーを飲んでいたら、裁縫用の竹尺を片手に母が乗り込んできたことがあった。ジーパンなんか穿いて、こんなとこで悪い連中とたむろして、そんな娘に育てたおぼえはないとわめきながら、母は私を打《ぶ》った。髪を引っつかまれて家に連れ戻され、今度は父にしこたま殴られた。見かねて止めに入った兄はさらに殴られて、庭に放り出された。こんなところ出ていってやる、出ていってやる。兄の体にかぶさるようにしながら、口の中に入った砂粒と喉の奥に溜まった血の味を感じていた。

　そういうことも、ぜんぶ忘れてしまったとこの人は言うんだろうか。

　湿気を含んだ風が山からおりてきて、私はちいさく身震いした。父の着古したジャンパーを羽織ってきたが、それでもまだ寒い。ほら、と母が手を伸ばし、自分の首に巻きつけていた手ぬぐいを私の首に巻いてくれた。母の体温としめりけがむっと迫ってくる。

　母も家に居づらいのか、体を冷やすなとうるさく言うわりに、「寒いなら帰ろうか」とは口にしなかった。臨月の私に歩調を合わせようともせず、ずんずん先をいく母の背中を追いかけているうちに、唐突に古い記憶がよみがえった。

　あれは、私がいくつのころだったんだろう。母に連れられ、裏山のふもとにある墓地によくお参りにいった。お盆に家族揃って父のほうの菩提寺にお参りにいくことはあっても、そちらのほうには母と二人でしかいったことがなかった。だれのお墓なのかもよくわからないまま、そのへんで摘んできた花を供え、見よう見まねで手を合わせた。

　あるとき、どこからかこぶし大ほどの石を拾ってきた母は、墓石にするのと同じように線香をあげ、ちいさな白い花を一輪だけ添えて、焦《じ》れるほど長いあいだその石に向かって手を合わせていた。だれに向かってそうしているのか、なんとなく訊いてはいけない気がして、私も黙って手を合わせた。

その帰り道、だれか来ないか見張っとけと言い残し、母は山の中に分け入っていった。私にはそこに道があるようには見えなかったのだが、迷いのない足取りで先へ先へと進んでいく。だれかに見つかったらどうしようと気が気でなかったが、その一方で、なんと軽やかで力強いんだろうとほれぼれするような心持ちで母の勇姿を見あげていた。

「今日の夕飯」

戻ってきた母の手にはきゅっと身の締まった松茸が二本、握られていた。悪事をしでかした興奮と獲物を手にした喜びで得意になっている。そんな母の顔を見るのははじめてだった。

もしかしたらあのとき母は、水子の供養をしていたのかもしれない。流れたのか、おろしたのか、父の子ではなかったのか――そこまで考えて、そんなまさか、と私はそのバカげた思いつきをふりはらった。母にかぎってそんなこと、あるわけがない。

「ねえ、お母さん」

先をゆく母の背中に呼びかけた。

「んー?」

ふりかえりもせず母が答える。

「なんでもない、呼んだだけ」

「あんたって子は、ほんとに昔っからようわからん子だね」

枯草のにおいに満ちたあぜ道の真ん中で、母の声が高い空に吸い込まれていく。結婚しろ結婚しろとあれだけしつこく言っていたわりに、いざ雪好との結婚が決まったら母は冷淡なものだった。私からすれば、母のほうがよっぽどわからない人だった。

「そうだ、お母さん、ぬか床ちょっと分けてよ」

「よく言う！」

今度は母が飛び跳ねた。

「家を出るときに持ってけって言ったのに、あんた、アパートの中がぬかみそ臭くなるっていやがって持っていかんかったでしょ」

「は？　そんなこと言っとらんて。お母さんこそだれかと間違えてんじゃないの？」

憶《おぼ》えはあったが、意趣返しのつもりでしらばっくれた。恨めしそうな目を向ける母から顔をそらし、噴き出してしまいそうになるのをなんとか堪《こら》えた。

「あ、中本《なかもと》さんだ」

遠くを走っていく軽トラックに向かって、中本さーん、中本さーんと聞こえるわけもないのにしつこく手を振っていたかと思ったら、

「ぬか床だけは指一本触らせないで守ってあるから」

なぜか急にひそめた声になって母は言った。昔と同じ、お母さんの味だよ、と。

陣痛がはじまったのが明け方で、日付が変わるころにはすべてが終わっていた。

家から産院まで兄の車で運ばれている最中、まだ陽ののぼりきっていない群青色の世界に雪がちらついているのが見えた。雪なんかこのへんじゃそう珍しくもないのに、そうか、この子は雪の日に生まれるのかと思い、特別な贈り物を用意できたような気持ちになった。いつか、この子に話してあげよう。

それからはとにかく痛くて痛くて、気が遠くなるほどの長い時間、涙と鼻水と脂汗で顔をぐちゃぐちゃにしながら痛い痛いとわめいていた。一刻も早くなにもかもを吐き出して苦しみから解放されたかった。この痛みに美幸も耐えたのだと思わなければ、とても乗り越えられそうになかった。

「女の子だよ」

うつろな意識の中で、だれかの声を聞いた。赤ん坊の泣く声が遠くでしている。

女の子、とつぶやいたつもりが喉にからんでほとんど声にならなかった。もう大丈夫だと思った。これさえあればもう大丈夫。胸があかるくなるような安堵《あんど》に満たされ、すぐにぷつんと意識が途絶えた。

次に目が覚めたときには病室だった。重力の異なる星に移送されたのかと思うほど体の自由がきかず、雪好の手を借りてやっと起きあがった。

「きてたの」

「うん。昨日、学校が終わってからすぐに」

「女の子だって」

「うん」

「お水をいっぱい」

雪好が水差しから注いでくれた水で、私は渇きをうるおした。

あの夜もそうだった。酔っぱらって帰ってきて、玄関のドアを開けるなり、「お水をいっぱい」と私は言ったのだった。無断で夜遅くまで家を空けた私に、雪好はなにも言わずに水を汲んできてくれた。アパートの壁に貼られた折れ線グラフの末尾が、ぴんと上に向かってのびているのを雪好は見ただろうか。

かさついた雪好の不器用な手とはちがい、久志の手はしっとりとこまやかに動き、金魚の尾ひれが肌の上を滑っていくようだった。あんたの好きな男は女を抱くときにこうするんだよと教えてやりたかったが、わずかばかりの罪悪感といつのころからか雪好に対して芽生えていた連帯意識のようなものがそうさせなかった。

赤ちゃんができたと伝えたときも、雪好はなにも訊かずに黙ってうなずいた。三三九度の盃を飲みくだしたときと同じ、うっそりとした微笑《ほほえ》みを口元に浮かべて。それが私たちのルールだったから。

「ああ、やっと終わった」

空になったグラスを雪好に渡し、ベッドの上でため息をつくと、

「これからだよ」と雪好が笑った。「これからはじまるんだ」

答えを知るのが恐くて、「なにが？」とは訊けなかった。

「うそみたい。こんなにあかるいの」

薄いカーテンを透かし、しらじらした光が病室に差し込んでいる。てっきりもう陽が出ているのかと思ったら、降り積もった雪の反射だという。

入口のほうがにわかに騒がしくなり、赤ん坊を抱えた助産婦につきしたがうように母が病室に入ってきた。そうすることがあたりまえというふうに、ほら、と助産婦がこちらに赤ん坊をよこしてくるので、拒否するわけにもいかずに受け取った。子どものころ、親に買いあたえられたミルク飲み人形と重さも大きさもほとんど変わらなかったが、ふにゃふにゃとほの温かくしめりけを帯びていて、生きものなんだとぎくりとした。

「ほんと、かわいい赤ちゃん」

「目元がお父さん似なのかしら」

「あら、よかった。女の子はお父さんに似ると美人になるっていうものね」

七十歳近い助産婦と母がうれしそうに話す声を聞きながら、されるがまま寝間着を剝かれ、

赤ん坊に乳をふくませた。ミルクの詰まった袋になった気分。ああこれが。乳房も乳首も不気味にふくらみ、これでまたひとつ、美幸と同じにできたと私は満足した。

　ついさっき生まれたとこ、うん、女の子、ぜんぜんかわいくなくて笑っちゃった、母の漬けた梅干しみたいな顔してるんだもん。体さえ自由になるならいますぐにでも十円玉をにぎりしめて、美幸に電話をかけにいきたかった。それにしてもおねえちゃん、よくあんな痛いの耐えたわね、私なんかもうぜんぜんだめ、痛くて痛くてこんなのもう無理ってわんわん泣いちゃったんだから。そう言って、美幸と笑い合いたかった。ねえ、おねえちゃん、私たちこれでよかったんだよね？

「重いな……」

　赤ん坊を抱いた雪好が低くつぶやいた。

「どこがあ？　こんなもんで重いとか言っとってどうすんの」

「お父さんなんだからしっかりせんとかんわ」

　助産婦と母がわあわあ囃し立て、まいったなとばかりに雪好が苦笑する。

　美しい親友とやさしい夫、新しく生まれてきた私たちの子ども。この子がいれば、きっとなにもかもがうまくいく。男の子と女の子一人ずつ。都会すぎず田舎すぎない住み良い町に小さな庭付きの一軒家を買って、それから、それから、それから――。

　すべてを手に入れた恍惚《こうこつ》の中で、あとは煙草が吸えれば完璧なのにと私は思っていた。

いまはただもう、それだけだった。

初出
「小説 野性時代」二〇二一年十二月号～二二年十一月号
※書籍化にあたり、加筆修正しました。

吉川トリコ（よしかわ　とりこ）
1977年静岡県浜松市生まれ、愛知県名古屋市在住。2004年、「ねむりひめ」で〈女による女のためのR-18文学賞〉第3回大賞および読者賞を受賞、同作収録の『しゃぼん』でデビュー。著書に『グッモーエビアン！』『戦場のガールズライフ』『少女病』『ミドリのミ』『ずっと名古屋』『光の庭』『女優の娘』『夢で逢えたら』『流れる星をつかまえに』、「マリー・アントワネットの日記」シリーズなど多数。22年、『余命一年、男をかう』で第28回島清恋愛文学賞を受賞。エッセイでは、『おんなのじかん』所収の「流産あるあるすごく言いたい」で第1回PEPジャーナリズム大賞2021オピニオン部門を受賞。

あわのまにまに

2023年２月22日　初版発行

著者／吉川《よしかわ》トリコ

発行者／山下直久

発行／株式会社KADOKAWA
〒102-8177　東京都千代田区富士見2-13-3
電話　0570-002-301（ナビダイヤル）

印刷所／大日本印刷株式会社

製本所／本間製本株式会社



●お問い合わせ
https://www.kadokawa.co.jp/（「お問い合わせ」へお進みください）
※内容によっては、お答えできない場合があります。
※サポートは日本国内のみとさせていただきます。
※Japanese text only

定価はカバーに表示してあります。


ISBN 978-4-04-112156-6　C0093
JASRAC 出 2210297-201